Nervensägen

Geoff Nicholson

NERVEN-SÄGEN

oder

Urlaub mit der ganzen Familie

Aus dem Englischen
von Rainer Schmidt

Eichborn.

Titel der Originalausgabe: WHAT WE DID ON OUR HOLIDAYS

Die Deutsche Bibliothek – CIP-Einheitsaufnahme

Nicholson, Geoff:
Nervensägen oder Urlaub mit der ganzen Familie : Roman /
Geoff Nicholson. Aus dem Englischen von Rainer Schmidt. –
Frankfurt am Main : Eichborn, 1993
ISBN 3-8218-0263-4

Umschlaggestaltung: Rüdiger Morgenweck.
Lektorat: Doris Engelke/Helga Herborth.
Gesamtproduktion: Fuldaer Verlagsanstalt GmbH, 36003 Fulda.
ISBN 3-8218-0263-4
Verlagsverzeichnis schickt gern:
Eichborn Verlag, Kaiserstraße 66, D-60329 Frankfurt

Prolog

Das Ganze fing an, als ich mit ein oder zwei Arbeitskollegen in der Saloon-Bar des Devonshire Arms stand und vergnügt ein Flaschenbier trank. Ich feierte – obwohl »feiern« wahrscheinlich nicht das richtige Wort ist – meinen fünfundvierzigsten Geburtstag, lehnte am Tresen, kümmerte mich um meinen eigenen Kram und plauderte mit Terry über seine Beförderungschancen (mager, wie ich zugeben mußte), als mich etwas überkam, was sich nur als intensiver Anfall von Midlife-Angst beschreiben läßt. Das Bier verwandelte sich in meinem Mund zu Asche, meine Augen, so erzählte man mir später, wurden glasig, und bohrende Zweifel und Ungewißheiten umdrängten mich wie Gaffer bei einem Autounfall.

Den Rest des Abends war ich nicht mehr sehr gesellig. Immer wieder stellte ich mir ein paar ziemlich knifflige Fragen. Wer war ich? Wohin ging ich? Wer waren meine Weggefährten? Kannte ich mich? Kannte ich meine eigene Frau? Meine Kinder? Kannten sie mich? Hatte das Leben vielleicht mehr zu bieten als die Arbeit in der Kreditorenbuchhaltung einer namhaften Möbelhauskette?

Antworten fielen mir zunächst keine ein. Im Gegenteil, je mehr Fragen ich mir stellte, desto weniger wußte ich. Der Zeitpunkt für eine Bestandsaufnahme war gekommen. Ohne mit der Wimper zu zucken, betrachtete ich mich im geschliffenen Spiegel an der Wand des Devonshire Arms, und ich scheute mich nicht zu sagen, daß mir das, was ich sah, nicht restlos gefiel.

Tage vergingen. Mein Gehirn war in Aufruhr. Wenn ich sage, mich packte der Drang, meinem Leben einen tieferen Sinn zu verleihen, wird sich das anhören wie ein alberner So-und-so, aber albern hin oder her: Genau das *war* der Drang, der mich packte.

Ich wollte eine Weile raus aus diesem Karussell, dieser Tretmühle, wollte Zeit haben, alles zu überdenken, ein wenig verweilen, schauen und lauschen, an den Rosen schnuppern, mich selbst und meine Lieben jenes kleine bißchen besser kennenlernen. Was ich brauchte, war ein Urlaub.

Ich dachte schon seit längerem, daß der Urlaub dieses Jahr auf die eine oder andere Weise ein wenig außergewöhnlich sein müsse. Es wird wahrscheinlich der letzte sein, den wir vier als Familie machen werden. Die Kinder werden schnell groß und mir ist klar, daß sie das Tempo ihres alten Dad ein bißchen langweilig finden. Im nächsten Jahr wird mein Sohn Max wahrscheinlich an einem Polytechnikum Umweltwissenschaften studieren, so Gott und ein nachsichtiger Prüfer mitspielen, während meine reizende Tochter Sally erklärt hat, im Schüleraustausch nach Frankreich zu wollen, vorzugsweise nach Lourdes. Sogar meine schlanke und attraktive Frau Kathleen hat vorgeschlagen, wir sollten nächstes Jahr, jeder für sich, »Singles-Ferien« machen. Ich bin nicht der Mann, der sich seiner Familie in den Weg stellt. Mir ist klar, daß das Muster des Familienlebens sich im Laufe der Jahre ändern muß, aber ich fand, daß sie um so mehr Grund hatten, mir nachzugeben und es ein letztes Mal auf meine Art zu tun.

Sie waren nicht sofort einverstanden. Alle hatten ihre eigenen Vorstellungen von dem, was Ferien außergewöhnlich macht. Zwei Wochen Serengeti, die Einkehr in ein tibetanisches Kloster und eine Tour zu den Fleischtöpfen Bangkoks wurden in die Debatte geworfen. Ich schenkte allen ihren Vorschlägen geneigtes Gehör, aber ich weiß überzeugend zu reden und brachte sie schließlich dazu, meine Meinung zu teilen. Hier und da mußte ich auch einen kleinen Wutanfall einlegen, aber es war die Sache wert.

Es gibt nur ein Rezept für den garantiert erfolgreichen Urlaub, und das lautet mit einem Wort: Wohnwagen.

Vorbeugen ist besser als Bohren, das war stets mein Motto, und bei diesem epochalen Urlaub wollte ich kein Risiko eingehen; also fand ich, wir sollten uns einen Platz aussuchen, den wir kennen und lieben. Ein solcher Platz aber ist das »Tralee Carapark and Holiday Centre« in Skegness.

Es handelt sich da um eine wohlgeplante, attraktiv ausgestattete, sorgsam abgeschirmte, kompakte Anlage auf ebenem Gelände, mit Bäumen und Büschen, auf der einen Seite sanft zum Meer hin abfallend und mit kleinen, aber bewaldeten Hügeln an der Rückseite. Der Campingplatz verfügt über einen hervorragenden Panoramablick und ist wirklich pittoresk. Man hat ausgedehnte Dusch- und Toilettenanlagen, einen Laden, einen Waschsalon, einen Kinderspielplatz und einen Calor-Gas-Lieferanten.

Zu meiner Genugtuung ist der Platz frei von Fernsehzimmern, Cafés, Spielhallen, Kneipen, Swimmingpools, Kinos, Pferdeställen, Friseursalons, Gemeinschaftsgrillplätzen und künstlichen Skipisten. Motorräder sind nicht willkommen.

Schön, ich gebe zu, die Bezeichnung »Holiday Centre« ist vielleicht eine kleine Übertreibung, wenn man bedenkt, wie wenig hier tatsächlich geboten wird, aber – wie ich Max und Sally erklärte, als sie versuchten, mich zu einem Treck durch die Sahara zu bewegen – ich weiß, was uns gefällt.

Kinder sind eine Freude, aber sie machen auch Sorgen. Man will das Beste für sie tun, dabei ist es gar nicht so viel, was man tun *kann*. Man bietet ihnen seinen hilfreichen väterlichen Rat, aber sie müssen die Freiheit haben, ihre eigenen Fehler zu begehen.

Mein Junge Max zum Beispiel ist nicht gerade der Sohn, den sich ein Vater wünscht. Er ist ein bißchen launisch und ein bißchen schlampig, immer eine schlechte Kombination. Er liebt Tiere und Natursendungen im Fernsehen, und man sollte meinen, die hätten einen zivilisierenden Einfluß; aber seine Tischmanieren sind schockierend, und wenn er wütend wird, was für meinen Geschmack nur allzu oft passiert, dann neigt er dazu, alles Greifbare in Stücke zu hauen. Er meint es nicht böse, aber er ist nicht so besonnen und sensibel, wie ich meinen Sohn gern hätte.

Im Gegensatz dazu ist meine reizende Tochter Sally allenfalls *zu* sensibel. Wenn sie nicht gerade Blumen preßt oder Gedichte liest, schreibt sie ihre eigenen Kirchenlieder und betet für den Weltfrieden. Wahrscheinlich ist das nur so eine Phase, die die meisten Mädchen durchmachen. Sie wird zweifellos so normal werden wie wir anderen, und bestimmt gibt sie bald den Plan auf, Nonne zu werden.

Sicher wird später noch oft die Rede sein von Max und Sally und auch von Kathleen und mir, vom Leben, von der Liebe und vom Tod sowie von den meisten anderen großen Themen.

Um mir über meine Gedanken und Gefühle klarzuwerden und mich und meine Lieben besser kennenzulernen, habe ich beschlossen, in diesem Urlaub ein Tagebuch zu führen. Ich bin in unsere Schreibwarenhandlung gegangen und habe die beste eng linierte Kladde verlangt, die sie hatten.

Ich gestehe, daß ich mit dem Gedanken gespielt habe, eine technologisch etwas höhere Form der Aufzeichnung zu verwenden. Ich hätte mir eine Videokamera mieten und den ganzen Urlaub aufnehmen können, aber ich bin nicht gut im Umgang mit der Technik, und das Scharfstellen wäre ein Problem geworden. Ich hätte auch einen Kassettenrecorder nehmen und jeden Abend vor dem Schlafengehen darauf sprechen können, aber das war genauso wenig was für mich. Im Gegensatz zu vielen anderen Leuten bin ich nicht bis über die Ohren verliebt in den Klang meiner eigenen Stimme.

Also werde ich das altmodische geschriebene Wort verwenden. Nennen Sie mich einen Maschinenstürmer, wenn Sie wollen. Schreiben war gut genug für Pepys, also ist es auch gut genug für mich. Natürlich hatte Pepys gewisse Vorteile, die mir fehlen. Mit der Pest und dem Brand von London hatte er einen ziemlich fesselnden Stoff, während ich nur zwei Wochen in einem Caravanpark habe.

Manch einer findet vielleicht, ich sei am falschen Ort und hätte nicht genug Zeit, die Höhen und Tiefen des Seins zu erkunden; aber ich bin ein Mann von bescheidenem Ehrgeiz und zuversichtlich, daß ich ein paar lebendige äußerliche Ereignisse aufzeichnen werde, ein paar meiner innersten Gedanken und (wer weiß?) vielleicht sogar hier und da eine Offenbarung.

Samstag

Also, angekommen sind wir.

Die Fahrt hierher, das brauche ich kaum zu erwähnen, war ein absoluter Alptraum. Der Wagen, frisch poliert und inspiziert, Öl und Reifendruck geprüft, mit vollem Tank, konnte es nicht erwarten, loszufahren.

Hätte ich mich nur um mich, meinen Wagen und meine Fahrerei zu kümmern gehabt, wäre alles bestens gewesen. Leider aber muß man sich am Steuer eines Wagens auch um jeden anderen verdammten Trottel auf der Straße Gedanken machen. Manche Autofahrer sind mir unbegreiflich, allen Ernstes. Wo bleiben die Höflichkeit, die Spurdisziplin, die Beachtung der Geschwindigkeitsbeschränkungen? Kennen die ihren Bremsweg? Blinken sie richtig und rechtzeitig? Fragen sie sich vor einem Manöver, ob es auch ungefährlich oder angebracht oder gesetzlich erlaubt ist? *Scheren* sie sich überhaupt um irgendwas?

Ich bin ganz einfach so einem verdammten Idiot hinten reingefahren, der ohne jede Vorwarnung auf die Bremse getreten hat, um eine alte Schachtel, die mit ihrem Gehgestell mitten auf einen Zebrastreifen hinausspaziert war, nicht zu überfahren.

Ich glaube, ich bin genauso fürsorglich und menschlich wie jeder andere, aber als ich mir den Schaden an meinem Auto anschaute, konnte ich nicht erkennen, was der Welt eine schusselige Alte mehr oder weniger geschadet hätte.

Der Fahrer des Wagens, auf den ich aufgefahren war, sprang wutschnaubend heraus und sah aus, als habe er vor, gewalttätig zu werden. Er begutachtete das Heck seines Wagens, das anscheinend nicht mal eine Beule davongetragen hatte, betrachtete mein Auto, das im Gegensatz dazu aufs Gründlichste verbeult war, und ließ daraufhin einen Sturm von geradezu hemmungsloser Heiterkeit los.

»Sie sind ein außerordentlicher Glückspilz«, sagte er.

»Tut mir leid, aber das sehe ich ein bißchen anders«, erwiderte ich.

»Wirklich ein außerordentlicher Glückspilz. Hätten Sie meinen Wagen beschädigt, dann hätte ich Ihr Gesicht beschädigt. Und zwar dauerhaft.«

Bis zu diesem Augenblick war meine Laune ziemlich sonnig gewesen, aber dieser Kerl drohte mir die Stimmung zu verderben. Zum Glück ging er zu seinem Fahrzeug zurück und fuhr davon, nicht ohne etliche Scherben von meinen Scheinwerfern mitzunehmen.

Während ich die restlichen Splitter von meinem Wagen entfernte, dachte ich, wie gut, daß ich eine Vollkaskoversicherung abgeschlossen hatte. Alles hätte bestimmt sehr viel schlimmer enden können. Es war nicht der Urlaubsanfang, den ich mir ausgesucht hätte, aber wenigstens war niemand verletzt, und der Wagen fuhr noch.

Mein Sohn Max versuchte, mich aufzuheitern. Er sagte, wenn er (der andere Autofahrer) mich auch nur angetippt hätte, dann hätte er (Max) ihn zu häßlichem Brei geschlagen. Ich bedankte mich bei Max. Komisch, wie eine Krise die Familie zusammenschweißen kann.

Der Rest der Fahrt verlief angenehm ereignislos. Langsam, ermüdend und gefahrgeschwängert dank der bemerkenswerten Rücksichtslosigkeit anderer Straßenbenutzer, aber ereignislos.

Wir sangen ein bißchen zusammen – das heißt, *ich* sang. Der Rest der Familie weigerte sich, einzustimmen, und so wurde eher ein Solovortrag daraus. Ich beglückte sie mehr oder weniger mit meinem kompletten

Repertoire, von »These Foolish Things« bis zu »Scarlet Ribbons«, und dazwischen kam das ganze Spektrum wohlbekannter Publikumserfolge. Jedenfalls verlief die Fahrt dank meiner Hilfe so mit etwas Swing.

So erreichten wir das Tralee Carapark and Holiday Centre, wo allerlei alte Urlaubserinnerungen aufstiegen. Es gibt jetzt eine Hamburgerbar, einen Billardsalon und einen Minigolfplatz, für meinen Geschmack alles andere als willkommene Erweiterungen; aber ich hoffe, der Geist des Ortes ist intakt geblieben. Auch scheint die ganze Anlage mit einer unakzeptablen Menge Müll übersät zu sein – Hamburgertüten und gebrauchte Kondome, um nur zwei Sachen zu nennen. Ich tue mein Bestes, das zu ignorieren. Vielleicht kann ich im Laufe der Woche eine Müllpatrouille organisieren.

Zu unserem Wohnwagen. Innen an der Tür hing ein Schild mit der Aufschrift »Bitte hinterlassen Sie diesen Wohnwagen so, wie Sie ihn vorzufinden wünschen«. Offenbar wünschten sich die vorigen Bewohner einen Wohnwagen voll alter Brotkrümel (nicht, daß frische Brotkrümel mir lieber gewesen wären), Haarbüschel, gebrauchter Teebeutel, verkäster Milchflaschen, Schmadder und Fett in der Spüle und mit verheerend fauligem Geruch aus der chemischen Toilette.

»Macht nichts«, erklärte ich fröhlich. »Wir können diese Bude im Handumdrehen blitzblank putzen, wenn wir alle mit anpacken.«

Aber die anderen packten nicht mit an, und so brauchte ich ziemlich lange. Trotzdem pfiff ich bei der Arbeit, und der Caravan sah schließlich aus wie ein Palast. Ein etwas beengter, stickiger, übelriechender Palast, aber trotzdem ein Palast.

Das Problem mit der chemischen Toilette zu lösen, dauerte ein Weilchen, aber schließlich entdeckte ich, daß jemand ohne viel Federlesen eine tote Katze in die Kloschüssel geworfen hatte. Ich fand das ziemlich überflüssig, fischte aber die Leiche heraus und warf sie in eine Tonne neben der Hamburgerbar. Das war ein häßlicher Job, aber jemand mußte ihn erledigen, und ich wußte, daß dieser Jemand wohl kaum Kathleen, Sally oder Max heißen würde.

Das Schloß an der Wohnwagentür funktionierte anscheinend auch nicht richtig; um die Tür zu verschließen, schlug ich zwei Nägel ein, befestigte ein Stück Schnur daran und gab so der Sache den letzten Schliff.

»Sehr erfinderisch«, bemerkte Kathleen, als sie zurückkam.

Komisch, daß sie das sagte, denn ich habe schon oft gedacht, daß ich gern etwas erfinden würde. Es könnte etwas wirklich Einfaches sein, das aber jeder braucht, wie die Sicherheitsnadel oder die Zentralheizung oder Mayonnaise. Nicht, daß ich viel Mayonnaise esse. Nennen Sie mich einen alten Exzentriker, aber ich hatte schon immer ein Problem mit dem, was andere Leute essen. Wenn ich losziehen und mir, sagen wir, in einer preiswerten und fröhlichen Sandwichbar ein Sandwich mit Ei und Mayonnaise kaufen würde, dann könnte ich es nicht mit Genuß essen. Ich würde mir dauernd Sorgen machen, daß jemand in die Eiermixtur gespuckt haben könnte.

Wenn ich je im Restaurant oder, Gott behüte, in einer Burgerbar essen würde, wäre ich ständig dabei, das Essen zu inspizieren, immerfort auf der Suche nach Popeln, Schleim, Haaren, abgeschnittenen Zehennägeln, Ohrenschmalz usw. usf. Und heutzutage könnte man leicht noch schlimmere Sachen finden, besonders in Mayonnaise.

Deshalb essen wir also nicht auswärts. Wir sind für Selbstversorgung, herzhafte, verunreinigungsfreie Gerichte, zubereitet von den liebevollen Händen meiner Frau. Ist auch viel ökonomischer!

Außerdem gibt es im ganzen Land nur wenige Restaurants, die derart verlockende Leckerbissen servieren können wie Kathleen. Sie ist zu allen Zeiten eine erstklassige Köchin, aber im Urlaub kennt sie endgültig keine Grenzen mehr. Ich weiß, daß mich in den nächsten zwei Wochen allerlei verführerische Genüsse erwarten. Der bloße Gedanke an ihre Rote Beete und Leber »supreme« versetzt meine Speicheldrüsen in Raserei.

Während sie heute abend eine Geschmackssensation zusammenzauberte, dachte ich, ich zeige ein bißchen Nachbarschaftsgeist und mache mich mit den Leuten im Nachbarwohnwagen bekannt.

Es scheint ein ganz nettes junges Paar zu sein. Ausländer, aber nicht sehr. Sie heißen Garcia: Axel und Iris.

Ich klopfte an die Wohnwagentür. Eine Männerstimme mit leicht spanischem Akzent lud mich ein, hereinzukommen. Der Besitzer der Stimme, der Ehemann, war ein dunkler, verschwitzter, unrasierter Typ. Er rauchte einen Stumpen, trug einen Poncho und spuckte ab und zu in einen Spucknapf aus Messing. Er hatte seine Cowboystiefel auf den Tisch gelegt und schnitzte mit einem niederträchtig aussehenden Messer an einem Stück Holz herum.

Er schien ein wenig unter Alkohol zu stehen und bestand sehr hartnäckig darauf, daß ich ihm bei einem Schlückchen vor dem Dinner Gesellschaft leistete. Ich antwortete, ich würde mit Vergnügen einen kleinen Gin-Tonic oder ein Fläschchen Bier mit ihm trinken, aber das fand er ziemlich lachhaft und zwang mich, trotz meiner Proteste, einen Schluck aus einer Tequilaflasche zu nehmen. Das Zeug war vermutlich nicht mal schlecht, wenn man es mag. Leider mag ich es nicht und hatte infolgedessen beträchtliche Mühe, es bei mir zu behalten. Er machte die Sache nicht besser, als er mir heftig auf den Rücken schlug und mich Gringo nannte.

Seine Gattin, eine durchaus ansprechende Frau, wenn auch mit ihren rabenschwarzen Haaren und blitzenden Augen für meinen Geschmack ein bißchen zu üppig und lasziv, offerierte mir Hors d'oeuvres, die, glaube ich, Tex-Mex heißen: kleine, alarmierende Zubereitungen mit Chili, Knoblauch (einem meiner Lieblingsgreuel), Avocado und zweimal gebratenen Bohnen. Zum Glück konnte ich ablehnen und sagen, ich würde mir damit den Appetit aufs Abendessen verderben (was ganz sicher stimmte).

Während meines Besuches lief eine Schallplatte mit »Spanish Eyes« in völlig unnötiger Lautstärke. Ab und an klatschte Axel heftig in die Hände, während Iris ein paar leidenschaftliche Flamencoschritte vollführte. Nicht gerade das, was man tut, wenn ein Nachbar zu Besuch ist.

Ich war froh, als ich wieder in meinem eigenen Wohnwagen war. Aber ich bin ein toleranter Mann, nehme die Dinge, wie sie sind, und bin sicher, daß wir, wenn beide Seiten wollen, mit den Garcias gute Freunde werden können.

Nach Kathleens köstlichem Abendessen, in dessen Verlauf ich Max leider wegen seiner Tischmanieren rüffeln mußte, waren wir alle ein bißchen erledigt. Trotzdem gelang es mir, die Familie noch zu einer netten Runde Karten zu überreden. Ich weiß, daß Kartenspielen ziemlich aufregend und auch anstrengend werden kann, wir können also von Glück sagen, daß die Karten diesmal ziemlich maßvoll und nervenschonend verteilt waren.

Unsere Nerven wurden indes auf grobe Weise attackiert, als aus heiterem Himmel ein Ziegelstein durch unser Wohnwagenfenster geflogen kam. An dem Stein hing ein Zettel mit den Worten: »Geht dahin, wo ihr hergekommen seid. Tod dem Reich des Bösen.« Eine Unterschrift fehlte.

Nun, ich war schockiert. Solche Dinge konnten die Urlaubsatmosphäre nachhaltig verderben. Aber ich war entschlossen, es nicht dazu kommen zu lassen.

»Wahrscheinlich wurde dieser Ziegelstein im Gefühl fehlgeleiteten Ferienübermuts geworfen«, meinte ich.

»Wahrscheinlich bloß Gören«, pflichtete Kathleen mir bei.

Wir kehrten zu unserem Spiel zurück, aber ich muß zugeben, ich war ein bißchen verstört. Steinewerfen war kein gebräuchlicher Vorgang im Tralee Carapark and Holiday Centre, wie ich es kannte und liebte. Meine Konzentration war offenbar beim Teufel, denn sofort verlor ich die Bank, und binnen kurzem hatte ich kein einziges Streichholz mehr. Ich nahm es wie ein guter Verlierer.

Jetzt ist es spät, lange nach Mitternacht. Die Familie ist zu Bett gegangen und schläft den Schlaf der Gerechten. Ich sitze noch hier im Schein des Nachtlichts, müde, aber erpicht darauf, den Tag und seine Ereignisse zu überdenken und alles in mein Tagebuch zu schreiben.

Vermutlich war es kein absolut perfekter Anfang für einen Urlaub. Ein Autounfall, ein dreckiger Caravan und eine zerschmissene Fensterscheibe – für die meisten Leute wäre das nicht ideal, aber zumindest sind wir hier und an Leib und Leben völlig unversehrt. Jetzt brauchen wir uns nur noch zu entspannen und die Zeit genießen.

Ich hatte schon immer so etwas wie eine philosophische Ader, und während ich nun hier sitze und schreibe, denke ich über Willensfreiheit und Vorbestimmung nach. Da haben wir nun volle zwei Wochen vor uns, und ich frage mich, was für eine Zeit es werden wird. Wird es der Urlaub unseres Lebens? Oder so verregnet und elend, daß es überhaupt keinen Spaß macht?

Und was ich wirklich wissen will: Ist das alles bereits vorherbestimmt? Hat jemand oder etwas bereits entschieden, wie es sein wird, und wir erfüllen nur noch, was schon feststeht? Oder sind wir Herren unseres eigenen Geschicks? Können wir unseren Urlaub so gestalten, wie wir ihn haben wollen?

Sowas steht nicht in den Prospekten. Es ist schon eine komische Welt, nicht wahr? Kathleen hat sich eben im Schlaf umgedreht und gemurmelt: »Komm schon, Eric. Komm ins Bett. Laß uns Babys machen.« Das ist nun eine Wendung, die ich zumindest nicht hätte vorhersagen können. Bloß gut, daß ich Eric heiße, was? Tja, ich kann der Frau einfach nichts abschlagen.

Also zu Bett.

Sonntag

Sehr früh aufgewacht. Ich habe nicht besonders gut geschlafen. Hatte ein paar ziemlich lebhafte Träume: Ich war noch im Büro, und mußte die Transaktionen eines ganzen Quartals ins Wareneingangsbuch eintragen. Ich mußte alles allein machen, bevor ich nach Hause gehen durfte, ein paar Rechnungen fehlten, mein Stift schrieb nicht, die Eintragungen waren in irgendeinem geheimen Code geschrieben, die Buchprüfer hatten alle möglichen schrecklichen Fehler gefunden, für die ich verantwortlich war – lauter solche Sachen. Ich war froh, als ich aufwachte.

Allzu froh war ich auch wieder nicht, denn ich stellte sofort fest, daß ich die Symptome einer beginnenden Sommergrippe zeigte. Es wird behauptet – zumeist von Mitgliedern meiner eigenen Familie –, daß ich ein ziemlicher Hypochonder sei. Das stimmt aber nicht. Es stimmt, daß ich die Neigung habe, eine Menge Medikamente zu schlucken, aber das kommt nur daher, daß ich eine Menge Krankheiten zu bekämpfen habe.

Gestern, zum Beispiel, auf der Fahrt hierher, litt ich ziemlich heftig unter Kopfschmerzen und Reisekrankheit. Lange, beschwerliche Reisen haben eine solche Wirkung auf mich. Ich habe mich da nicht beklagt und beklage mich eigentlich auch jetzt nicht – finde aber, daß derartige Dinge in ein Tagebuch gehören.

Heute sind Kopfschmerzen und Reisekrankheit verflogen, aber ich habe ein Völlegefühl, einen rauhen Hals und die ersten Anzeichen einer verstopften Nase. Aber ich bin nicht der Mann, der sich über seine eigenen Leiden verbreitet, und werde mir auf keinen Fall von Kleinigkeiten wie einer Krankheit den Urlaub verderben lassen.

Beim Frühstück festgestellt, daß ich doch keine Vollkaskoversicherung habe. Tatsächlich habe ich überhaupt keine Kaskoversicherung. Vermutlich ist es meine eigene Schuld. Das Bezahlen der Rechnung habe ich immer Kathleen überlassen, und wie es scheint, hat sie versäumt, unsere Versicherung zu erneuern. Ich kann es ihr eigentlich nicht verdenken. Sie sagt, sie habe es für eine schreckliche Geldverschwendung gehalten, weil ich doch ein so sicherer und vorsichtiger Fahrer sei und all die Jahre ohne eine Schramme davongekommen sei. Was mich allerdings ein bißchen ratlos macht, ist die Tatsache, daß ich mich deutlich erinnern kann, ihr das Geld für die Versicherungsprämie gegeben zu haben.

»Was ist denn aus dem Geld geworden?« habe ich sie gefragt.

»Was soll daraus geworden sein? Glaubst du, ich habe damit Seidenhemden für meinen Liebhaber gekauft?« gab sie scherzend zurück.

Ich bemühte mich, ein Lächeln zustandezubringen, muß aber gestehen, daß es mir nicht leicht fiel. Manchem Ehemann wäre jetzt »der Kragen geplatzt«, aber nicht mir. Ich freue mich, sagen zu können, daß so etwas nicht mein Stil ist. Es hat keinen Sinn, über verschüttete Milch zu jammern, oder? Außerdem wollte ich auch nicht, daß profane kommerzielle Erwägungen meine Beziehung zu Kathleen verdarben. Mir gefällt der Gedanke, daß unsere Ehe auf höheren Dingen basiert.

Nach dem Frühstück nahm ich sie beiseite und fragte, ob sie sich selbst wirklich kenne.

»Ja«, sagte sie, ohne einen Augenblick zu zögern.

»Und kennst du wirklich mich und die Kinder?«

»O ja«, sagte sie ebenso unverzüglich.

»Kommt dir nie der Gedanke, daß das Leben mehr sein könnte als das?«

»Nein«, sagte sie. »Das ist das Leben, und mehr gibt's da nicht.«

»Ich wünschte, ich hätte deine Zuversicht.«

»Ich auch.«

Wir saßen eine Zeitlang da und sagten nichts. Wir brauchten nichts zu sagen. Wir verstanden einander.

»Weißt du noch was?« sagte sie.

»Nein«, sagte ich.

»Ich würde wirklich gern mal von einem Araber von hinten gebumst, und zwar von einem Araber mit einem Riesending, der auch damit umgehen kann.«

Wenn ich kann, mache ich im Urlaub gern morgens einen Spaziergang. Der fegt einem die Spinnweben aus dem Hirn und hilft, die Welt mit frischen Augen zu sehen. Heute morgen war ich noch nicht weit gekommen, als ich zu einem sympathischen jungen Burschen stieß, der ebenfalls in Tralee wohnte. Er sah sehr sauber und adrett aus, und ich muß sagen, ich fand seine Physiognomie angenehm. Aber er hatte etwas Gehetztes im Blick, und der Grund dafür wurde offenbar, als unsere Unterhaltung voranschritt oder, besser gesagt, nicht voranschritt, denn der arme Kerl stotterte ziemlich. Ich persönlich fand das gar nicht so schlimm, aber der arme Kerl meinte offenbar, daß sein Leben damit völlig ruiniert sei.

Er meinte: »Wenn d-d-dieses Stottern nicht wäre, hätte ich eine K-k-karriere als Sprecher für TV-Werbespots machen können.«

Ich halte mir zugute, daß ich Verständnis für die Ansichten anderer aufbringe, sah mich aber doch genötigt zu erwidern, daß er diese Sache meiner Ansicht nach nicht gründlich durchdacht habe.

»Sehen Sie *mich* an«, sagte ich. »Ich stottere nicht, oder? Aber wie Sie sehen, bin ich trotzdem kein Fernsehsprecher. Es gibt Millionen Leute in Großbritannien, aber sie kriegen bestimmt nicht alle Jobs als Fernsehsprecher.«

»Sie haben l-l-leicht reden.«

»Genausogut könnten Sie sagen: Wenn Sie bloß ein fauler Taugenichts wären, hätten Sie Klempner werden können. Alle Klempner sind faule Taugenichtse, aber nicht alle faulen Taugenichtse sind auch Klempner. Ob man Sprecher werden kann, hängt sicher davon ab, wen man kennt, auf welcher Universität man studiert hat und mit wem man sein Bier trinkt, aber nicht bloß davon, ob man stottert oder nicht.«

Das schien ihn nicht besonders aufzumuntern.

»Glauben Sie, B-b-burt Reynolds wäre heute da, wo er ist, wenn er st-t-totterte?« fragte er. »Oder B-b-bryan F-f-forbes? Oder B-b-beryl B-babaindbridge?«

»Wahrscheinlich nicht«, räumte ich ein. »Aber Sie haben bestimmt andere Qualitäten, die *die* nicht haben.«

»Ich habe bloß einen Sprachfehler.«

»Man muß einfach aus dem, was man hat, das Beste machen«, sagte ich vielleicht ein bißchen lahm.

»Vielleicht haben Sie Recht«, sagte er. »Ich mache mir wahrscheinlich bloß was vor mit diesem Sp-p-precherjob. Ich sollte weniger ehrgeizig sein. Vielleicht könnte ich Sp-p-pielleiter beim B-b-bingo werden und die Zahlen ausrufen.«

Ich brachte es nicht übers Herz, ihm zu sagen, daß er ein Spinner war. Vielleicht war er auch keiner. Wenn man als junger Mensch keine Hoffnungen und Träume hat, dann hat man wahrscheinlich nie welche. Andererseits finde ich, daß es sich auszahlt, realistische Hoffnungen und Träume zu haben. Wir verabschiedeten uns, und im Gehen dachte ich über das Wesen der Jugend nach.

Meiner Meinung nach ist Jugend eine komische Sache. Manchmal schaue ich junge Leute an und kann nicht leugnen, daß ich ein bißchen neidisch bin. Sie sind gutaussehend und reich und sexy, und ich denke: Jawohl, lieber wäre ich statt ein durchschnittlicher Mann mittleren Alters einer von ihnen. Dann wieder denke ich an die Zeit zurück, als ich jung war, und die Wahrheit ist, ich war damals ebensowenig gutaussehend und gesund und reich und sexy wie heute. Und wenn ich heute jung wäre, wäre ich wahrscheinlich auch nichts von alledem. Ich wäre bloß jung und durchschnittlich und würde mir Sorgen um die Zukunft machen und darüber, wo ich eine Freundin herkriege, und wegen meiner Pickel. Manchmal habe ich deshalb den Eindruck, daß ich ganz gut dran bin als durchschnittlicher Mann in mittleren Jahren.

Nehmen wir meine reizende Tochter Sally. Nach dem Mittagessen wuschen wir das Geschirr ab, und ich versuchte ganz beiläufig, sie besser kennenzulernen.

»Fragst du dich nie nach dem Sinn des Ganzen, Sally?«

»Nein«, antwortete sie.

»Na ja, vielleicht habe ich auch nicht über die großen Fragen nachgedacht, als ich in deinem Alter war.«

»Ich brauche darüber nicht nachzudenken«, sagte sie, »denn ich bin absolut sicher in meinem Wissen um den göttlichen Plan.«

»Na ja, das ist *eine* Art, die Sache zu sehen.«

»Nein«, widersprach sie. (Und ich merkte, daß sie ein bißchen hochfahrend und großspurig wurde.) »Es gibt nur eine Art, die Sache zu sehen, und die kenne ich. Gottes Art.«

Ehrlich gesagt, habe ich noch nie gewußt, wie ich zur Religion stehe. Ich glaube, ich stehe gar nicht. Ich glaube, ich trete unbehaglich von einem Fuß auf den anderen. Sicher ist die Religion eine gute Sache, solange die Leute sich nicht von ihr mitreißen lassen.

»Warum fallen wir beide nicht jetzt und hier auf die Knie«, sagte Sally, »und beten?«

Ich sagte, sie solle nicht so verdammt albern sein. Ich sagte außerdem, sie sei noch nicht zu alt, um den Hintern versohlt zu bekommen. Da machte sie ein Märtyrergesicht und warf ihr Geschirrtuch hin.

»Da ist immer noch jede Menge Geschirr abzutrocknen, junges Fräulein«, sagte ich.

Sally war schon fast zur Wohnwagentür hinaus, drehte sich aber noch einmal um und erwiderte: »Entschuldige mich. Ich habe mich um meines Vaters Werke zu kümmern.«

»Ein bißchen an den Wareneingangsbüchern arbeiten, was?« versetzte ich, aber da war sie schon draußen. Ach, die Jugend!

Offenbar gibt es in der Nähe einen Flugplatz. Es war Nachmittag, die Sonne stand groß und gelb am Himmel, und plötzlich hörte ich das Geräusch eines Flugzeugmotors. Es war ein Geräusch wie aus dem Ersten Weltkrieg, und bald sah ich das Flugzeug, eine Sopwith Camel, wenn ich mich nicht irrte. Sie kam im Schrägflug aus der Sonne gekurvt und flog außergewöhnlich niedrig, so niedrig, daß ich den Piloten erkennen konnte. Ich winkte ihm fröhlich zu, und er gab mir mit hochgerecktem Daumen ein Zeichen. Ich weiß nicht, was das bedeuten sollte, aber dann bekam ich einen absolut spektakulären Kunstflug präsentiert.

Die Maschine kletterte steil in den Himmel hinauf. Der Pilot nahm das Gas weg und versuchte, einen sogenannten Turm zu fliegen. Das Flugzeug kippte über die Nase nach vorn und fiel wie ein Stein. Es fing an zu trudeln, und ich war sicher, daß es abstürzen würde, aber Sekunden vor dem Aufschlag zündete der Motor wieder, und das Flugzeug stieg in die Höhe, schwarze Rauchwolken wehten hinter ihm her. Der Pilot nahm Kurs auf die offene See und streifte dabei ein paar Baumwipfel. Das Ganze sah schrecklich gefährlich und realistisch aus, aber zweifellos gehörte alles zur Show.

Schließlich schien der alte Doppeldecker ins Meer zu stürzen, und auch das wirkte sehr lebensecht. Ich nehme an, das Ganze war eine Werbenummer für einen Flugzirkus. Falls ich irgendwo Eintrittskarten dafür sehe, bin ich der erste, der sich welche schnappt. Für tollkühn dahindonnerndes Entertainment bin ich immer zu haben. Außerdem sind derartige Vorführungen natürlich von enormem historischen Wert, vor allem für die Jugend.

Wieviele Menschen können die Hand aufs Herz legen und behaupten, sie hätten keine Laster? Ich nicht. Wohlgemerkt, ich bin weder Alkoholiker noch Drogensüchtiger oder Ehebrecher oder sowas, aber ich bin doch sozusagen ein Sklave des Tabaks. Ja, ja, ja, ich weiß, es ist kostspielig und unsozial und schlecht für meine Gesundheit, aber das Laster läßt nicht vernünftig mit sich reden.

Kathleen hat Zigaretten aus dem Haus verbannt, weil sie schmutzig sind und stinken und sie vielleicht Krebs davon kriegt. Im Auto darf ich nicht rauchen, wenn wir zusammen ausgehen, darf ich nicht rauchen, und selbst wenn ich draußen im Garten bin und sie sieht vom Haus aus, daß ich mir eine anstecke, kommt sie herausgerannt und schlägt mir das Kraut aus dem Mund. Vermutlich hat sie ganz recht damit.

Aber ich frage mich, wozu ist ein Urlaub gut, wenn man sich nicht eine kleine Abschweifung gestatten darf? Und warum sollte ein Mann in meinem Alter nicht ab und zu ein paar tiefe Züge nehmen, wenn er findet, daß er es braucht, um ein ganzer Mensch zu sein?

Mir ist ein Trick eingefallen. Da es in unserem Wohnwagen nur die eine chemische Toilette gibt, habe ich gewartet, bis jemand drauf war, und dann an der Tür gerüttelt und gesagt: »Mach dir keine Sorgen um mich – ich benutze die in der sauberen und hygienischen Duschanlage.« Und weg war ich, bin in eine Toilettenkabine geschlüpft und habe mir eine angezündet. So nah war ich dem Himmel schon lange nicht mehr.

Kathleen war nie eine Freundin des rauhen Lebens. Ich persönlich wäre glücklich, wenn ich irgendwo am Waldrand meinen Schlafsack ausrollen und kalte Baked Beans aus der Dose essen könnte, aber Kathleen hat gern ein paar Annehmlichkeiten des modernen Lebens. Sie hält es schon für eine primitive und unerträgliche Härte, den Waschsalon des Wohnwagenparks zu benutzen. Deswegen macht sie es auch nicht. Deswegen habe ich die schmutzige Wäsche der Familie in eine Wäschetonne gekippt und mich selbst auf den Weg gemacht.

Offengestanden, ich war ein bißchen verärgert, als ich feststellte, daß Kathleen vor der Abreise nicht mehr gewaschen hatte. Ich habe nie gewollt, daß Kathleen sich mit dem Haushalt abrackert, aber ich muß doch sagen, vier Koffer voll schmutziger Wäsche mit in den Urlaub zu nehmen, ist vielleicht doch nicht das, was eine durchschnittlich fähige Hausfrau tun würde.

Ich ging in den Waschsalon, stopfte die Wäsche in die Maschine, schaltete sie ein und dachte über dieses und jenes nach. Die Zeit verging. Ich war in der Trockenphase, als zwei junge Leute den Waschsalon betraten. Vielleicht werde ich alt, aber ich konnte nicht erkennen, ob es Jungen oder Mädchen oder beides waren. Ich hoffe, daß sie eins von jeder Sorte waren, denn sie knutschten und befingerten einander unablässig. Ich tat, als ob ich nichts bemerkte.

Sie hatten keine Wäsche dabei, und ich argwöhnte, daß sie vielleicht nichts Gutes im Sinn hätten, ließ aber einfach weiter meine Wäsche trocknen. Sie fragten mich, ob ich ein Pfund wechseln könnte, und da ich einer der Glücklichen bin, die immer reichlich Kleingeld in der Tasche haben, konnte ich ihnen den Gefallen tun, war aber gespannt, was sie hier trocknen wollten.

Nun, sie öffneten die Klappe eines großen Wäschetrockners. Der eine stieg hinein, der andere schloß die Klappe, warf Geld in den Schlitz, und die große Trommel fing an zu rotieren. Ich schaute mit offenem Mund zu. Nach etwa einer Minute machte der, der draußen geblieben war, die Klappe wieder auf, die Maschine stoppte, und sie tauschten die Plätze. Nach einer weiteren Minute wurde die Klappe wieder geöffnet, der von drinnen kam heraus, und sie fingen wieder an zu kichern und zu schmusen.

Ich fand, daß ich dies nun wirklich nicht kommentarlos durchgehen lassen konnte.

»Was um alles in der Welt machen Sie da?«

»Das ist ein Vertrauensspiel«, sagte einer.

»Wie bitte?« sagte ich.

»Man muß sehr viel Vertrauen zu seinem Partner haben, um sich da drin einschließen zu lassen.«

Ich sah ein, daß das nicht zu bestreiten war.

»Ist das nicht gefährlich?«

»Natürlich ist es gefährlich. Wollen Sie's mal probieren?«

»Nein«, sagte ich. »Ich kann mir nicht vorstellen, daß meine Partnerin dazu Lust hat. Kathleen, meine Frau, war zwar in diesem Urlaub bisher ein bißchen komisch, aber *so* komisch nun auch wieder nicht.«

»Nicht mit ihr. Mit uns.«

»Aber ich kenne Sie doch kaum.«

»Das macht es um so pikanter, finden Sie nicht auch?«

Darüber dachte ich eine Sekunde nach und dachte dann: Was soll's? Zum Teufel mit lebenslangen Gewohnheiten: Tu ein einziges Mal etwas Wildes und Verrücktes.

»Okay«, sagte ich.

Ich fing an, in den Trockner zu klettern.

»Aber nur eine Minute«, sagte ich. »Keine Sekunde länger.«

»Keine Sorge. Vertrauen Sie uns.«

Das tat ich. Ich mußte.

Ich weiß nicht, ob Sie je eine Minute in einem heißen Wäschetrockner verbracht haben. Es gibt Schlimmeres. Es ist glühend heiß und luftlos, man verbrennt sich die Hände am Blech der Trommel, man kann kaum atmen, und man wird unaufhörlich herumgedreht, fällt wieder auf den Boden der Trommel, stößt sich den Kopf, und schlecht wird einem auch. Und natürlich wird einem ein bißchen beklommen, weil man nicht weiß, ob man den Leuten, die einen hineingesteckt haben, vertrauen kann oder nicht, zumal wenn die Leute, die einen hineingesteckt haben, zwei androgyne Teenager sind, die man noch nie gesehen hat.

Aber zu meiner Freude kann ich sagen, daß meine Entscheidung, diesem Pärchen zu vertrauen, restlos bestätigt wurde. Nach exakt einer Minute öffneten sie die Klappe, und der Trockner blieb stehen. Ob es eine gute Entscheidung war, überhaupt eine Weile im Trockner zu verbringen, ist eine andere Frage. Als ich herauskam, konnte ich kaum gehen, hatte bohrende Kopfschmerzen und einen heftigen Brechreiz.

Taumelnd verließ ich den Waschsalon, um frische Luft zu schnappen, und machte einen behutsamen Spaziergang über das Gelände, um wieder zu mir zu kommen. Zwanzig Minuten später kehrte ich in den Salon zurück, und natürlich waren die Teenager verschwunden. Das war nicht sonderlich überraschend. Aber zufällig – oder vielleicht gleichzeitig – war auch meine Wäsche verschwunden.

Kathleen war fuchsteufelswild, als ich zurückkam und es ihr sagte.

»Das wäre nie passiert, wenn wir einen FKK-Urlaub gemacht hätten, wie ich es vorgeschlagen habe«, sagte sie.

Auch das war nicht zu bestreiten.

Spätabends traf ich meinen Sohn Max am Rande des Platzes. Er hatte mit einem mörderisch aussehenden Katapult ein Kaninchen geschossen und war gerade dabei, ihm das Fell abzuziehen. Anscheinend machte er seine Sache ziemlich gut.

Als er fertig war, nahm ich ihn beiseite und sagte: »Weißt du, wohin du gehst, Max? Gefällt dir, was das Leben dir zeigt?«

»Nicht besonders«, antwortete er.

Gut, dachte ich; endlich habe ich etwas gefunden, was Max und ich gemeinsam haben.

»Der Apfel fällt nicht weit vom Stamm«, sagte ich. »Wahrscheinlich denkst du auch, es sollte noch mehr geben.«

»Das kann man wohl sagen.«

»Und genau wie mir fällt es dir wahrscheinlich schwer, zu sagen, was dieses ›noch mehr‹ eigentlich sein sollte.«

»Eigentlich nicht.«

»Ach?«

»Ich will Wildheit, Primitivismus, das Gefühl, im Einklang mit meinem animalischen Ich zu sein.«

»Ich bin mir nicht sicher, daß ich verstehe, was du meinst, Max, mein Sohn.«

»Ich rede von Atavismus, von der Erinnerung an Blut und Knochen, vom Wissen um das Böse, von der Unausweichlichkeit des Todes.«

Ich halte mir zugute, daß ich Verständnis für die Ansichten anderer aufbringe, und ich wollte wirklich wissen, wovon Max da redete, zumal er für seine Verhältnisse ungewöhnlich gesprächig war, aber vermutlich bringt man einem alten Hund keine neuen Tricks mehr bei, und ich hatte keine Ahnung, worauf er hinauswollte.

»Wir reden später noch mal darüber«, sagte ich, bin mir aber ganz und gar nicht sicher, daß wir das auch tun werden.

Schließlich noch eine Anmerkung zum Klima. Mir scheint, wir hatten heute ein ziemlich verrücktes Wetter. Es fing einigermaßen unfreundlich an, mit Morgennebel und einem Hauch Bodenfrost. Dann klarte es auf und wurde wolkig, aber heiter, und darauf folgte Sonnenschein mit vereinzelten Schauern. Später wurde es glutheiß, der heißeste Tag seit Beginn der Aufzeichnungen. Gegen Nachmittag wurde es windig, dann kam ein Gewitter mit Sturmböen. Jetzt, während ich schreibe, haben wir eine klare Nacht, und in den Höhenlagen könnte es schneien. Ich muß sagen: Ich bin sehr froh, daß wir uns nicht in Höhenlagen befinden.

Montag

Wieder schlecht geschlafen diese Nacht. Teils wegen schlechter Träume – mußte eine endlose Treppe hinaufsteigen, verlor meine Schuhe, fiel ins Wasser –, teils wegen Kathleens Aufmerksamkeiten. Ich weiß, ich sollte mich nicht über Kathleens Zuneigung zu mir beklagen, aber sie war der Grund, daß ich heute morgen um sieben Uhr todmüde war und wußte, daß ich kaum die

Chance hatte, noch weiter zu schlafen. Ich beschloß, aufzustehen und meinen Spaziergang zu machen.

Ich war nicht weit gekommen, als ich auf einen alten Herrn stieß, der seinen Urlaub ebenfalls in Tralee verbrachte. Er schien mir eine fröhliche Seele zu sein, entspannt, gutmütig und welterfahren. Unsere Unterhaltung umfaßte ein breites Spektrum von Themen: Wintersport, moderne Architektur, Postkartensammeln, der öffentliche Personennahverkehr. Er vertrat ein paar verblüffende Ansichten, aber keine sonderlich extremen – bis wir auf die jüngere Generation zu sprechen kamen.

»Hängen ist nicht gut genug für die«, stellte er fest. »Was die brauchen, ist eine Zeit beim Militär.«

Ich halte mir zugute, daß ich Verständnis für die Ansichten anderer aufbringe, und so sagte ich: »Da könnten Sie recht haben.«

»Natürlich habe ich recht«, sagte er. »Und wenn das Militär nicht zieht, dann sollte man sie auspeitschen und zu abscheulichen Sexualakten zwingen, und Elektroden an ihren Genitalien befestigen und ihre Füße von roten Ameisen anfressen lassen.«

»Ich bin nicht sicher, ob ich Ihnen da restlos zustimmen kann«, sagte ich.

Daß er auf Widerspruch stieß, mißfiel ihm. Sein Gesicht lief rot an und die Augen quollen aus den Höhlen, und er sagte: »Sie sind jetzt meiner Meinung oder ich reiße Ihnen die verfluchte Lunge aus dem Leib.«

Das bereitete mir ein gewisses Problem. Ich bin ein Kerl, der für seine Ansichten einsteht. Ich bin nicht in Urlaub gefahren, um hier den Heuchler zu spielen. Andererseits bin ich aber auch nicht in Urlaub gefahren, um mir die Lunge aus dem Leib reißen zu lassen. Vorsicht, dachte ich mir, ist die Hälfte des Mutes, und ich halte mir etwas auf meine Vorsicht zugute.

»Ach so«, sagte ich. »Jetzt verstehe ich, was Sie meinen.«

Sofort war er wieder gutmütig, entspannt und welterfahren wie zuvor. Na ja, wir können schließlich nicht alle gleich sein.

Habe beschlossen, heute das Problem der Autoreparatur in Angriff zu nehmen. Ich hoffte, irgendeine vertrauenswürdige Autowerkstatt zu finden, wo sie sich den Wagen ansehen, feststellen, was zu tun ist, und es dann im Handumdrehen zu einem sehr vernünftigen Preis erledigen. War das zuviel verlangt?

Eine Zeitlang hatte es den Anschein. Landauf, landab an der Küste von Lincolnshire schauten Männer in blauen Overalls erst mich und dann meinen Wagen an. Dann schürzten sie die Lippen und erklärten, sie könnten nichts für mich tun. Manchmal schüttelten sie betrübt und voller Mitgefühl den Kopf. Manchmal lachten sie irgendwie spöttisch auf. Aber die einen wie die anderen hatten entweder zuviel zu tun, oder die Arbeit war zu groß oder zu klein, oder ihr Schweißer lag mit kranker Gallenblase darnieder. Immer die gleiche alte Geschichte.

Und dann, als ich fast alle Hoffnung hatte fahren lassen, lächelte mir das Schicksal schließlich zu. So ist das Leben, das stelle ich immer wieder fest. Ich stieß auf eine Werkstatt und Gebrauchtwagenhandlung, deren Besitzer sich »Ehrlicher Jago« nannte. Sie sah nicht gerade imposant aus. Die angebotenen Autos sahen aus wie überteuerte Wracks und parkten auf einem holprigen Aschenplatz. Das Büro war eine alte Gartenlaube, die von kränklich blauer Farbe zusammengehalten wurde, und die Werkstatt war aus altem rostigen Wellblech. Bedenken kamen mir auch angesichts des ausländisch klingenden Namens, aber einem geschenkten

Gaul schaut man nicht ins Maul, und ich war verzweifelt genug, um einen Versuch zu wagen.

Ein Mann – Jago vermutlich – kam aus der Werkstatt. Er sah überzeugend ausländisch aus: südländische Erscheinung, glänzendes Haar, schmaler Schnurrbart. Aber ich weiß, daß es nicht nur auf das Aussehen ankommt.

Ich begrüßte ihn mit einem munteren »Guten Tag«, obwohl ich alles andere als munter war. Er antwortete nicht. Er starrte mich mit großen, traurigen Augen an. Sein Aussehen gefiel mir nicht. Er ging ein paarmal um mein Auto herum und musterte es eingehend. Er sagte noch immer kein Wort; allerdings verströmte er wohl eine Art ruhiger Würde.

»Na, was meinen Sie?« fragte ich, als ich das Schweigen nicht länger aushalten konnte.

»Fünfzig Pfund«, sagte er.

Die Stimme war nicht erkennbar ausländisch. Im Gegenteil, sie klang eigentlich eher nach Rotherham. Aber mit welchem Akzent auch immer, sie sagte das, was ich hören wollte, und nannte dabei einen Preis, der niedriger war, als ich zu hoffen wagte.

»Das klingt gut«, sagte ich.

»Also abgemacht, Freundchen«, sagte er und zog fünf ölige Zehner aus der Hosentasche.

»Hä?« sagte ich. »Was soll das?«

»Die fünfzig Eier für den Wagen.«

»Für meinen Wagen? Sie sollen ihn reparieren, nicht kaufen!«

»Oh«, sagte er und wurde wieder sehr still.

Ich weiß, daß die Angehörigen des Kraftfahrzeughandwerks nicht für ihren schwindelerregenden Verstand und ihre lebhafte Konversation berühmt sind, aber das war wirklich lächerlich. Er unternahm einen zweiten stummen Rundgang um meinen Wagen, stocherte mit dem Finger im Kühler und betrachtete den Schaden gründlich. Mein Auto anzuschauen, schien ihm keinen Spaß zu machen, aber mir machte es ja angesichts seines derzeitigen Zustands auch keinen.

»Zahlt das Ihre Versicherung?«

»Nein, sie zahlt nicht!« antwortete ich gereizt.

Er machte ein gekränktes Gesicht.

»Entschuldigung«, sagte ich. »Ich wollte nicht so gereizt klingen.«

Wieder folgte abgrundtiefes Schweigen.

»Ich schätze, das werden zwei Riesen.«

»Aber so viel ist der Wagen gerade mal wert«, protestierte ich.

»Der Wagen ist kaum fünfzig Eier wert«, brummte er vor sich hin.

Ich sah schon, daß mir wieder eine Enttäuschung bevorstand. Jetzt konnte ich nur noch von Mann zu Mann mit ihm sprechen.

»Sie sehen doch aus wie ein vernünftiger Mann«, begann ich. »Wir können uns bestimmt irgendwie einigen.«

Er sah mich ausdruckslos an.

»Etwa nicht?« drängte ich.

»Was meinen Sie mit einigen, Freundchen?«

»Wie wär's, wenn ich den Wagen bei Ihnen lasse. Sie geben mir als Kundendienst einen von Ihren, während meiner repariert wird. Sie knien sich rein, zeigen mal, was Sie können und haben den Wagen in zwei Tagen fertig: saubere Arbeit, ordentliches Handwerk und Sorgfalt im Detail. Ich zahle Ihnen hundert Pfund. Das meine ich mit einigen.«

Das brachte ihn zum Nachdenken. Zumindest sah er aus, als ob er nachdächte. Nach einer Weile wurde sein Gesicht ausdruckslos, und ich war nicht mehr sicher, ob er überhaupt noch irgend etwas tat. Ich wollte den armen Kerl nicht einschüchtern, konnte mich aber des Gedankens nicht erwehren, daß er eigentlich einen Tritt in den Hintern brauchte.

»Ist das in Ordnung?« fragte ich.

»Yeah, in Ordnung.«

Ich muß wohl an sein besseres Ich appelliert haben. Er gab mir ein Auto von seinem Gebrauchtwagenplatz. Es war ein alter, aber noch ganz lebhafter Wartburg. Sowas wird heute nicht mehr gebaut. Die Lenkung hatte ein bißchen Spiel, und ein- oder zweimal geriet ich auf dem Heimweg tatsächlich auf den Gehsteig, aber zumindest hatte ich ein brauchbares Fahrzeug, und ich denke, das ist sehr wichtig für einen erfolgreichen Urlaub. Jetzt kann ich hier sitzen, diese Worte niederschreiben und weiß, daß alles unter Kontrolle ist, mein Auto sich in tüchtigen Händen befindet und bald wieder so gut wie neu sein wird. Endlich scheint mal etwas in diesem Urlaub gutzugehen.

Als ich wieder im Tralee Carapark and Holiday Centre ankam, fand ich Kathleen bei einem Buch. Ich dachte, ich könnte vielleicht eine kleine literarische Diskussion in Gang bringen, und fragte, was sie da lese. Sie reichte mir das Buch. Es hieß *Orgasmus nach Hundeart*, und nach kurzem Durchblättern hatte ich kaum noch Zweifel an seinem schlüpfrigen Inhalt.

»Das ist blanke Pornographie«, stellte ich fest.

»Nein, ist es nicht. Das ist Erotik.«

»Oh, Entschuldigung«, sagte ich. »Vielleicht könntest du mich über diesen subtilen Unterschied aufklären.«

»Also schön«, sagte sie. »Sowohl Pornographie als auch Erotik verfolgen den Zweck, den Leser zu erregen. Aber Pornographie ist masturbatorisch, Erotik hingegen zelebratorisch.«

»Da nimmst du den Mund aber ziemlich voll«, bemerkte ich.

»Ja. Und jetzt will ich zelebrieren.«

Ich gebe zu, daß ich nicht soviel lese, wie ich sollte, aber zumindest *weiß* ich, daß ich es nicht tue, und *wenn* ich lese, ist es wenigstens etwas Anständiges und Erbauliches. Ein Urlaub ist immer eine großartige Gelegenheit zum Nachholen. In den vergangenen Jahren habe ich es mit *Moby Dick*, *Verfall und Untergang des Römischen Reiches* und *Orlando Furioso* versucht. Dieses Jahr habe ich mich zur Abwechslung für *Meine Familie und andere Tiere* entschieden.

Ich machte es mir im Liegestuhl bequem und schlug die erste Seite auf. Ich war nicht sehr weit gekommen, als mein Sohn Max vorbeischlenderte. Er warf einen Blick auf den Titel meines Buches und sagte dann ziemlich hämisch: »Meine Familie und andere Gemüse würde besser passen.«

Ich ließ Max wissen, daß er noch nicht zu alt sei, um eins hinter die Löffel zu kriegen, und er ließ mich wissen, daß er rasch ins Dorf hinüber wolle, um sich die Haare schneiden zu lassen. Ich war entzückt; ich wußte, er würde sich dann wohler fühlen. Man stelle sich meine Bestürzung vor, als er mit völlig kahlrasiertem Kopf vom Friseur zurückkam.

»Na, vermutlich sparen wir jetzt Geld für Shampoo«, scherzte ich.

»Sei nicht so flapsig, Dad«, antwortete er. »Shampoo, Haarschnitte, Friseure, das sind lauter Symbole einer bankrotten Zivilisation.«

»Ach«, sagte ich.

»Im natürlichen Zustand hätten wir nichts von all dem.«

»Im natürlichen Zustand hätten wir alle Haare bis an die Knie und würden von Läusen nur so wimmeln.«

Er sah mich an, als hätte ich etwas schrecklich Falsches gesagt, fast als hätte ich ihn verraten.

»Ich hatte gehofft, du würdest es vielleicht verstehen«, sagte er.

Wieder eine fehlgeschlagene Kommunikation. Ich war tief betrübt.

Ich habe gerade einen Augenblick der Muße, und so habe ich beschlossen, einmal ein paar meiner Lieblingsgreuel aufs Papier zu bannen. Dies wird die Nachwelt, sollte die Nachwelt je dieses Tagebuch lesen – und ich muß zugeben, ich hoffe, daß die Nachwelt es tun wird –, befähigen, mich etwas besser kennenzulernen. Wer weiß, vielleicht wird es sogar *mir* helfen, mich besser kennenzulernen. Also:

Die Leute vom Wetterbericht
Frauen, die fluchen
Knoblauch
Cowboystiefel
Moderne Kunst
Kanadier
Luftverschmutzung
Krieg
Leute, die Rugby als »Rugger« bezeichnen
Leute mit schmutzigen Fingernägeln
Krethi und Plethi
Strickjacken
Kinder, die ihre Eltern beim Vornamen nennen
Einsame Inseln
»Schallplatten für einsame Inseln«
Heroin
Origami
Cocktails
Leute namens »Vic«

Bungalows
Vierfarbige Fotobücher über die Königliche Familie
Die Königliche Familie
Tandems
Hungersnöte
Leute, die Heimtrainer besitzen (gegen Heimtrainer an sich habe ich nichts, bloß gegen die Leute, die sie besitzen)
Pest
Auszehrende Krankheiten
Perversion
Selbstklebende Briefumschläge
Bleistiftanspitzer, die aussehen wie andere Dinge, wie ein Globus oder ein Hund oder was weiß ich
Atommüllkippen
Kalbfleisch
Mussolini
Mike Denness
Klitorisbeschneidung
Tod
Paisleymuster
Meine Sehschärfe prüfen lassen
Gummihandschuhe
Verkäufer jeglicher Art
Vandalismus
Briefmarkensammeln
Einbauküchen
Ballett
Silvester
Heizlüfter
Tyrannei
Leute mit Wintergärten
Wintergärten
Personalcomputer

Unpersönliche Computer
Diese kleinen Glaskugeln mit Wasser, die man schüttelt, und dann schneit es
Lawinen
Hosenbügler
Auswurf
Faschismus
Zeitungsanzeigen für Perücken, auf denen ein Mann »vorher« gezeigt wird, wo er kahl ist und jämmerlich guckt, und »nachher«, wo er strahlend lächelt. (Wenn der »Vorher«-Mann auch ein bißchen lächeln würde, wäre er ganz okay und bräuchte keine Perücke)
Perücken
Krebs
Frauen mit Achselhaaren
Falsch zusammengebaute Technik
Folkmusic
Schallplattengutscheine
Intoleranz
Völkermord
Die Brandbomben auf Dresden
Leute, die ihren Hunden Mäntelchen anziehen
Schweiß
Mundgeruch
Mord
Nazis
Inzest
Erpressung
Emotionale Erpressung
Emotionen (wo sie fehl am Platz sind)
Gewalt
Gasrechnungen
Reklame
Nazis (kann man einfach nicht oft genug sagen)

Neonazis
Die Neue Barbarei
Die Alte Barbarei
Manchester United (ich weiß nicht, warum, aber die konnte ich noch nie leiden)
Tod

Ich könnte noch weitermachen, habe aber beschlossen, hier aufzuhören, um nicht wie ein miesepetriger alter Knochen dazustehen. Erst dachte ich, ich mache jetzt eine Liste von all den Dingen, die ich wirklich mag. Ich setzte mir meine Denkhaube auf, und was mir einfiel, waren das Wahre, das Schöne und das Gute. Aber dann fragte ich mich: Was ist wahr? Was ist schön? Was ist gut? Und Antwort ward mir nicht. Ich wurde ziemlich versonnen und hätte leicht trübsinnig werden können, wenn nicht zufällig meine reizende Tochter Sally vorbeigekommen wäre und gefragt hätte: »Warum verschließt der törichte Mensch seine Ohren vor den Worten des Herrn?«

»Frag mich nicht, mein Schatz«, sagte ich. »Ich weiß nicht mal, warum Frauen falsche Wimpern tragen.«

Auch falsche Wimpern gehören zu meinen Lieblingsgreueln.

Jetzt ist es nach Mitternacht, und im Wohnwagen ist es dunkel bis auf eine kleine Leuchtstoffröhre, in deren Licht ich schreibe. Es ist wahrscheinlich noch ein bißchen früh in diesem Urlaub für wirkliche Weisheiten, aber ein oder zwei Wahrheiten sind mir doch eingefallen, die es meiner Ansicht nach wert sind, festgehalten zu werden.

1. Man soll sein Haus niemals vollständig elektrifizieren.

2. Man soll sich einen Satz gute Tischlerwerkzeuge kaufen – das wird man nie bereuen.
3. Plastische Chirurgie ist niemals eine wirkliche Lösung.

Mein Schreibfluß wurde eben von einem Gespräch unterbrochen, das ich mit meiner Frau Kathleen führte. Sie bewegte sich im Schlaf und rief meinen Namen.

»Eric.«

»Ja.«

»Eric.«

»Was?«

»Eric.«

»Was willst du?«

»Ich will das, was du mir letzte Nacht gegeben hast, aber ich will dreimal soviel davon.«

»Okay. Laß mich nur mein Tagebuch zu Ende schreiben.«

Ich kann nicht so tun, als begäbe ich mich heute nacht auf die eheliche Schlafstatt im vollen Vertrauen auf meine Fähigkeit, Kathleens verdreifachten Anforderungen gerecht zu werden. Aber niemand wird je sagen können, daß ich es nicht versuche.

Dienstag

Gegen sechs Uhr heute morgen wurde ich roh aus dem Schlaf gerissen, als ein Polizeiwagen mit blinkenden Lichtern vor dem Caravan hielt und sein Zweiklanghorn ertönen ließ. Ich stand auf, zog meinen Bademantel über und wollte gerade die Tür öffnen, um nachzusehen, was der Trubel zu bedeuten hatte, als drei Polizisten, zwei in Zivil und einer in Uniform, die Tür aufstießen. Ich würde sagen, sie wandten unnötig viel Kraft auf, um dies zu bewerkstelligen; schließlich wurde sie nur von zwei Nägeln und einem Stück Schnur zugehalten. Bevor ich noch fragen konnte: »Was hat das zu bedeuten?«, hatte der Uniformierte mir den Arm auf den Rücken gedreht, und ein anderer fuchtelte mir mit einem Schlagstock vor der Nase herum.

Der Mann, der mir weder den Arm auf den Rücken gedreht hatte noch mit einem Schlagstock vor meiner Nase herumfuchtelte, zückte kurz seinen Ausweis, und ich hatte gerade genug Zeit, um zu lesen, daß sein Name Chief Inspector Hollerenshaw war.

Er hatte Haare wie Putzwolle und ein Gesicht, das aussah, als hätte es jemand mit Putzwolle abgeschrubbt. Er war breitschultrig, stämmig und von der ganz harten Sorte. Er sah entschieden aus wie ein Mann, den man lieber nicht ärgert. Das Problem war nur, daß er sich benahm, als hätte ich ihn schon geärgert. Dann begann er etwas, das man nur als Verhör bezeichnen kann.

»Wo waren Sie am Abend des Fünften?« bellte er.

»Welches Fünften?« fragte ich unschuldig.

»Was?«

»Des Fünften welchen Monats?«

»Das habe ich zu wissen und Sie rauszufinden.«

»Ich nehme an, ich war zu Hause.«

»Sie nehmen an, Sie waren zu Hause, aber Sie wissen nicht mal, von welchem Monat ich rede.«

»Ich bin immer zu Hause.«

»Bei wem zu Hause?«

»Bei mir zu Hause.«

»Ach ja? Wer ist das Flittchen?« Er deutete auf Kathleen.

»Das ist kein Flittchen«, erwiderte ich erbost. »Das ist meine schlanke und attraktive Ehefrau.«

»Schlank vielleicht, aber attraktiv, das ist eine andere Frage. Attraktivität ist schließlich eine subjektive Angelegenheit, nicht wahr?«

»Ja«, sagte ich. »Allerdings finde ich, in Kathleens Fall ...«

Ich spürte, daß der uniformierte Polizist mir langsam den Arm aus dem Gelenk hebelte.

»Nicht wahr?«

»Ja, ja, äußerst subjektiv.«

»Ich bin froh, daß wir uns einig sind. Wo ist jetzt das Zeug?«

»Verzeihung?«

»Ich gebe Ihnen gleich ›Verzeihung‹!«

»Was für Zeug?« fragte ich flehentlich.

»Werden Sie nicht superschlau. Ich habe meine Methoden für den Umgang mit superschlauen Typen.«

Er schlug mir ins Gesicht. Der Schlag hätte härter ausfallen können, aber ich war froh, daß es nicht der Fall war.

»Was ist mit dem Morrison-Einbruch? Wer war euer Hehler? Wo treibt sich der kleine Victor dieser Tage rum? Was ist aus dem Alten geworden? Und wer ist Mr. Big?«

»Ich weiß nicht, wovon Sie reden.«

Er schlug mich noch einmal. Kathleen und die Kinder waren inzwischen hellwach und sahen ziemlich verdattert zu. Daß sie sagten: »Erzähl's ihnen, Dad. Um Gottes willen, erzähl ihnen alles, was du weißt«, war nicht sehr hilfreich. Na ja, wahrscheinlich meinten sie es gut.

»Bitte«, sagte ich, »bitte hören Sie auf mit dem Unfug. Hier ist offensichtlich ein Irrtum passiert.«

»Wenn das ein Irrtum ist, wieso fahren Sie dann den Wartburg?«

Plötzlich ging mir ein Licht auf.

»Ach, du heiliger Strohsack!« Ich war erleichtert, weil die Ursache dieses Durcheinanders jetzt klar war. »Also darum geht es. Sie glauben, daß der Wagen draußen mir gehört. Aber das stimmt nicht. Es handelt sich schlicht um eine Verwechslung.«

Ich erklärte, daß ich den Wagen nur geborgt hätte, während der Ehrliche Jago meinen reparierte und hoffte, daß die bloße Erwähnung seines Namens genügen werde. Ich dachte mir, die Polizei werde ihn wahrscheinlich als einen Ganoven und zwielichtigen Autohändler kennen. Aber sie kannten ihn nicht und fanden meine Geschichte anscheinend nicht sonderlich überzeugend. Es sah nicht besonders gut aus für mich, aber ich möchte gern glauben, daß meine offensichtliche Unschuld hervorschimmerte.

»Also schön«, meinte Hollerenshaw. »Machen wir eine Spazierfahrt.«

Nacheinander kletterten wir in den Polizeiwagen, und ich wies ihnen den Weg zum Etablissement des Ehrlichen Jago. Ich saß hinten und wurde von Zeit zu Zeit von dem Uniformierten mißhandelt. Der Fahrer (der Mann, der mir vorher mit dem Schlagstock vor der Nase herumgefuchtelt hatte) fuhr wie ein Irrer. Ich wurde hin und her geschleudert, stieß mir ständig den Kopf an der Decke und erlitt nach kurzer Zeit einen schweren Anfall von Seekrankheit.

»Mach das Radio an«, sagte Hollerenshaw.

Der Fahrer fummelte an den Knöpfen herum und fand einen Nachrichtensender.

»Ich will Musik, du Trottel«, schnarrte Hollerenshaw und drehte selbst am Radio, bis er etwas gefunden hatte, was ihm gefiel. Es war klassische Musik, ein Stück für Soloklavier. Es war okay. Mich riß es nicht sonderlich mit, aber Hollerenshaw schien ganz hingerissen. Er kriegte einen komischen Gesichtsausdruck, und seine Augen schwammen in Tränen.

»Mozart«, sagte er. »Das nenne ich Musik.«

Er fing zu weinen an wie ein Baby und schniefte in ein schmutziges weißes Taschentuch, das der Fahrer ihm reichte. Irgendwann sagte ich: »Es gibt bestimmt eine ganz einfache Erklärung für das alles.« Aber diese Bemerkung fiel auf ziemlich steinigen Boden.

Die einfache Erklärung, auf die ich hoffte, war beim Ehrlichen Jago nicht zu finden. Als wir dort ankamen, wo Werkstatt und Gebrauchtwagenplatz gestanden hatten, war dort nur noch ein Haufen Schutt und ein Aschenplatz. Von meinem eigenen Auto keine Spur.

Wir stiegen aus dem Polizeiwagen und gingen am Tatort auf und ab.

»Wissen Sie, warum ich Kriminelle hasse?« fragte Hollerenshaw.

»Nein«, sagte ich.

»Weil sie dumm sind. Wissen Sie, was ich meine?«

Ich nickte.

»Ich frage mich, ob *Sie* dumm sind. Ich weiß es noch nicht, aber ich gebe Ihnen einen guten Rat: Kommen Sie mir nicht schlau. Kommen Sie mir nicht komisch. Klar?«

»Klar.«

»Hier bin ich derjenige, dem Gelächter, Applaus und Bewunderung zustehen. Richtig?«

»Richtig.«

»Aber kriege ich auch, was mir zusteht? Nein. Stattdessen erlebe ich Beleidigungen, Mißtrauen, Haß. Die Leute glauben, ich hätte keine Ahnung von Weltpolitik, von Ideengeschichte. Die meinen, ich sei unwissend. Ha! Was wissen die schon?«

»Gar nichts«, sagte ich.

»Stimmt genau. Wenn Sie glauben, dieser Job ist einfach, dann sollten Sie's mal selbst probieren. Ich könnte einen Mercedes haben. Ich könnte ein Haus mit Doppelgarage haben, mit Gewächshaus und Fischteich. Ich könnte eine Frau haben, die ihre Nachmittage im Solarium verbringt, und zwei Kinder im Internat, wo sie lernen, Mitglieder des Establishments zu werden. Aber nein. Nichts davon hab' ich. Und wissen Sie, warum?«

»Nein«, sagte ich.

»Weil ich ein denkender Bulle bin. Komisch, was? Wunderbarer Witz, finden Sie nicht auch? Ich möchte Sie lachen sehen.«

Ich versuchte, zu lachen, aber es ist schwer, sich zur Heiterkeit zu zwingen, wenn man keine empfindet, und ich empfand entschieden keine. Da kam er sehr bedächtig auf mich zu und schob sein Gesicht sehr dicht an das meine heran. Ich roch Knoblauch in seinem Atem, eines meiner Lieblingsgreuel.

»Wissen Sie noch was?«

Ich schüttelte den Kopf.

»Das Komische daran ist, daß ich Ihnen aus irgendeinem Grund vertraue. Ich weiß nicht, warum. Sie haben anscheinend ein ehrliches Gesicht.«

Dann spuckte er mir in mein ehrliches Gesicht.

»Wir sehen uns wieder, Freundchen«, sagte der Fahrer zu mir.

»Na ja, Sie wissen ja, wo Sie mich finden.«

Die drei stiegen ein und ließen mich auf der Straße stehen, frierend und unangemessen bekleidet.

»Könnten Sie mich vielleicht mitnehmen?« fragte ich.

Alle drei grinsten, und einen Moment lang glaubte ich, sie würden mich zurückbringen, aber statt dessen drehte Hollerenshaw sein Fenster herunter und sagte:

»Ich gebe Ihnen gleich ›mitnehmen‹.« Und sie fuhren davon, daß die Asche aufspritzte.

Der Weg zum Tralee Carapark and Holiday Centre war weit, aber ich nutzte ihn für meinen Morgenspaziergang. Zugegeben, normalerweise mache ich meinen Morgenspaziergang nicht in Bademantel und Pantoffeln, und sie machten mir das Laufen nicht leichter. Zum Glück war es noch früh, und ich begegnete niemandem unterwegs; allerdings fuhr ein Kleinbus voller Bauarbeiter an mir vorbei, die lauthals johlten. Außerdem ging ein plötzlicher Hagelschauer nieder, aber ich bemühte mich, ihn zu ignorieren.

Als ich zum Wohnwagen kam, stellte ich fest, daß Kathleen mein Frühstück weggeworfen hatte. »Hatte nicht erwartet, dich so bald wiederzusehen«, sagte sie. »Du alter Gesetzesbrecher.« Das sagte sie so, daß ich den deutlichen Eindruck hatte, es würde ihr gut gefallen, wenn ich ein Gesetzesbrecher wäre.

»Dann nehme ich nur eine Tasse Tee«, sagte ich.

»Die Teebeutel sind alle«, sagte sie.

Also trabte ich zum Laden, um Beuteltee zu kaufen. Ich fand es ziemlich nachlässig von Kathleen, uns ohne angemessene Vorräte in Urlaub fahren zu lassen, sagte aber nichts. Ich schlenderte in den Laden und stand einem mürrischen Jugendlichen gegenüber, dessen Haarschnitt so merkwürdig aussah, daß er vermutlich modern war. Der Junge las Zeitung und blickte nicht auf, als ich eintrat. Als ich fragte, wo der Beuteltee sei, reagierte er nicht, und als ich ihn selbst gefunden hatte und ihm das Geld gab, um zu bezahlen, griff er danach und warf es in die Kasse, ohne mich, das Geld oder die Kasse eines Blickes zu würdigen. Alles in allem schien er mir kein besonders glücklicher junger Mann zu sein.

»Kopf hoch«, sagte ich. »Vielleicht passiert es nie.«

Diese Bemerkung veranlaßte ihn zumindest, den

Blick von der Zeitung zu heben. Stirnrunzelnd sah er mich an.

»Ist schon passiert«, sagte er.

»Was genau ist denn passiert?«

»Die rücksichtslose Ausbeutung der unorganisierten Werktätigen.«

»Ist das nicht immer so?«

»Das ist eine ziemlich leere Antwort, stimmt's?«

Das konnte ich nicht bestreiten.

»Und überhaupt ist es nicht immer so. Und selbst, wenn es so ist, muß es ja nicht so sein. Wissen Sie, was ich in diesem Rattenloch verdiene?«

Wie rasch kommen wir doch von der Politik zum Privaten. Ich sagte, ich wisse nicht, was er verdiene, aber ich könne mir denken, daß es nicht sehr viel sei. Andererseits fände ich nicht, daß der Laden ein Rattenloch sei; ich fände, er sei eine angenehme Arbeitsumgebung, und der Job biete Gelegenheit, viele Urlauber kennenzulernen und zu bedienen.

»Das hat nichts damit zu tun. Ich weiß, was ich wert bin. Ich habe Talent. Mein menschliches Potential wird in diesem Laden in verbrecherischer Weise verschwendet. Und die Bezahlung ist Mist.«

Ich erkannte sofort, daß es hier ein Problem gab. Offengestanden, weil der Bursche so mürrisch und wenig entgegenkommend war, fand ich, daß er ein großzügiges Einkommen eigentlich nicht verdient hatte. Andererseits, vielleicht würde er sehr viel weniger mürrisch und widerwillig arbeiten, wenn man ihm mehr bezahlte. Das ist ein Problem, mit dem wir es in der Kreditorenbuchhaltung oft zu tun haben.

»Sie könnten eine Gehaltserhöhung verlangen und sich vornehmen, bessere Laune zu zeigen«, schlug ich vor.

»Daß ich nicht lache«, antwortete er und lachte ironisch.

»Oder Sie könnten kündigen?«

»Und? Soll ich verhungern?«

»Ich sehe Ihr Problem.«

»Das nennt man den Bargeld-Nexus.«

»Das wußte ich nicht.«

»Aber ich sehe große Veränderungen kommen. Die politischen Strukturen in diesem Einzelhandelsunternehmen sind gefährlich verkrustet. Der kapitalistische Räuberbaron, dem der Laden gehört, sitzt den ganzen Tag zu Hause vor dem Fernseher, und ich mache hier die Arbeit. Wenn er sich den veränderten Zeiten entgegenstellt, sage ich ein Blutbad voraus.«

»Na gut, ich werde darauf achten«, sagte ich und sehnte mich zum Wohnwagen und zu einer Tasse Tee zurück.

»Und wenn Sie sich mit diesen Beuteln einen Tee aufbrühen«, sagte er noch, »dann gedenken Sie dabei der Not meiner Brüder und Schwestern unter den Teepflückern in Sri Lanka.«

Das versprach ich.

Später mußte ich über Haarschnitte nachdenken und über das, was ich zu Max über die Natur gesagt hatte. Zweifellos stimmt es, daß die meisten von uns ohne ein wenig Künstlichkeit (in Form von Shampoo, Seife und Haareschneiden) aussehen würden wie Schweinepriester. Aber wenn ich meine reizende Tochter Sally anschaue, finde ich immer, daß sie so was wie eine natürliche Schönheit ist. Ein kleines Paradoxon, was?

Während ich diesen Gedanken nachhing, starrte ich einfach so ins Leere. Dachte ich wenigstens. In Wirklichkeit starrte ich anscheinend Sally ziemlich unverwandt an, denn sie fragte mich: »Wieso starrst du mich so unverwandt an?«

»Entschuldige«, sagte ich. »Ich habe gerade nur deine natürliche Schönheit bewundert.«

Jede andere Tochter hätte sich geschmeichelt gefühlt. Sally nicht.

»Wenn ich so etwas wie Schönheit habe«, erklärte sie, »dann nur, weil ich die Schönheit Gottes widerspiegele.«

Kathleen und ich haben ein großes Faible für Urlaubssouvenirs. Wir haben Spaß an Aschenbechern, Briefklammern und solchen Dingen, oder auch an einem hübsch gemachten T-Shirt. Ich war allerdings ein bißchen überrascht, als Kathleen vorschlug, wir sollten uns dieses Jahr zur Abwechslung jeder eine intime Tätowierung machen lassen.

»Wie bitte?« Ich habe kein Verlangen danach, mir »Ein Andenken aus Mablethorpe« in großen Lettern auf die Brust schreiben zu lassen. Schon gar nicht: »Skegness ist so erfrischend.«

»Ich glaube, ich möchte eine Orchidee auf dem Hintern haben«, sagte sie, »und du kannst eine Hummel kriegen.«

Ich sah den Reiz an der Sache nicht und ließ an meiner Meinung keinen Zweifel.

»Was hast du gegen einen Kannenuntersatz?« fragte ich.

»Ich will mir keinen Kannenuntersatz auf den Hintern tätowieren lassen«, sagte sie ätzend.

Manchmal glaube ich, diese Frau versteht mich absichtlich nicht.

Die ganze Gegend hier ist ein ziemliches Eldorado für Angler. Jeden Morgen sieht man sie in kompletter Ausrüstung mit Angelruten und Gummistiefeln und Keschern losziehen. Zwölf Stunden später kommen sie dann zurück, mit Angelruten und Gummistiefeln und Keschern. Ohne Fische, nur mit Angelruten und Gummistiefeln und Keschern. Vermutlich tut es einem gut. Einfach zwölf Stunden lang dazusitzen und nichts weiter zu tun, das muß einem doch einen klaren Kopf verschaffen – vorausgesetzt, daß man einen klaren Kopf bekommen möchte. Nicht jedem liegt ja etwas daran.

Jedenfalls spazierte ich heute nachmittag am Fluß entlang und rief den Anglern, die ich sah, ein munteres Hallo zu, als ich auf einen ziemlich ungewöhnlichen Anblick stieß. Einer von ihnen hatte einen Fisch an der Angel, und zwar einen ziemlich lebhaften. Die Angelrute des Burschen bog und spannte sich, und er hatte einen richtigen Kampf auszufechten. Ich mußte an Spencer Tracy denken.

»Was dagegen, wenn ich stehenbleibe und zugucke?« fragte ich.

Der Angler war sehr beschäftigt, aber trotzdem, fand ich, hätte er den Anstand haben können, mir zu antworten. Ich weiß nicht, wieso einer, der einen Fisch fängt, deshalb nicht höflich sein kann.

Der Kampf dauerte eine Ewigkeit, und mir wurde es allmählich ein bißchen langweilig, aber schließlich hatte er seine Leine eingeholt und hievte den immer noch zappelnden und sich sträubenden Fisch aus dem Wasser. Es war ein häßliches kleines Stück Ungeziefer, wie ich es noch nie gesehen hatte. In Größe und Form glich er einem Basketball, blau und weiß gestreift, mit schwarzen Flossen und Augen an Stielen, langen, stachelförmigen Fühlern und riesigen, spitzen gelben Zähnen in einem halboffenen, bösartigen Maul.

Ich wollte gerade sagen: »Den können Sie aber ausstopfen und zu Hause aufs Kaminsims stellen«, da machte sich das Ungeheuer von der Leine los und ging dem armen Kerl schnurstracks an die Kehle. Die gelben Zähne bissen zu, und der Angler wand sich wie in letzten Zuckungen. Ich war so verdattert, daß ich überhaupt nichts tat. Im Büro bin ich für Erste Hilfe zuständig, aber natürlich hat mich der Kurs auf derartige Späße nicht vorbereitet.

Ich sah mich nach einem Stock um, nach einem Stein oder einer Notrufsäule, aber verdammt, ich fand nichts.

Daß der Bursche, der da angefallen worden war, hintenüber kippte, die Uferböschung hinunterkullerte und ins Wasser fiel, war keine Überraschung. Noch immer rang er mannhaft mit dem Fisch, aber es war ein ungleicher Kampf, und nach kurzer Zeit hatte der Fisch ihn vom Ufer weggezerrt, hinaus in die Flußmitte, wo die beiden noch ein bißchen um sich schlugen und dann unter der Wasseroberfläche verschwanden. Noch ein paar Luftblasen und kleine Wellen, dann war alles ruhig und still.

Ich schaute die Uferböschung auf und ab. In der Ferne standen noch ein oder zwei andere Angler, aber sie waren in ihr Tun vertieft, und ich wollte sie ungern stören. Außerdem, was hätte ich sagen können? »Seht euch vor! Die Flüsse Lincolnshires wimmeln von Killerfischen, so groß und rund wie Basketbälle. Ich weiß, jetzt könnt ihr nichts mehr sehen, aber einer hat gerade einen Burschen ins Wasser gezerrt, während ich rumstand und nichts unternahm!« – Wohl nicht.

Am besten war es, sich herauszuhalten. Ich kehrte zum Wohnwagen zurück, wo Kathleens Lamm-und-Nierenfett »Surprise« auf mich wartete.

Meine reizende Tochter Sally besitzt eine gewisse kreative Begabung, und so war ich nicht überrascht, sie mit einem Skizzenblock auf den Knien im Liegestuhl zu finden. Ich spähte über ihre Schulter auf ihre Zeichnung. Ich kann sagen, daß ich so was wie ein Kunstliebhaber bin, und betrachtete lange und angestrengt, was sie gezeichnet hatte, konnte aber weder Sinn noch Verstand darin erkennen.

»Was zeichnest du da, mein Kind?« fragte ich sie in, wie ich fand, väterlicher Art. »Ist es etwas Abstraktes oder was?«

»Es stellt den Hitzetod des Universums und die erlösende Macht des Leidens dar«, sagte sie. »Aber ich erwarte nicht, daß du das verstehst.«

»Dann ist ja gut«, fauchte ich zurück, beißend wie Essig, und noch während ich fauchte, tat es mir leid, daß wir einander nicht besser verstanden. Wieso verletzen wir immer diejenigen, die wir lieben?

Heute abend bin ich überfallen worden. Nicht gerade das, was man im Tralee Carapark and Holiday Centre erwartet. Ich war drüben im Duschtrakt, um verstohlen ein Zigarettchen zu rauchen, und auf dem Rückweg lauerten mir zwei Burschen in ziemlich feschen Anzügen auf. Sie packten mich von hinten, durchwühlten meine Taschen und nahmen alles Geld, was ich bei mir hatte. Viel war es nicht, aber doch genug für zwei kriminelle Teenager, hätte man meinen sollen. Aber nein.

»Das ist doch nichts, verdammt«, sagte einer von ihnen.

»Na, ich *bitte* um Entschuldigung«, sagte ich gekränkt. »Beim nächsten Mal werde ich selbstverständlich genug Geld mitnehmen, um die Straßenräuber bei Laune zu halten.«

Daß ich widersprach, gefiel ihm nicht. Er trat mich, um mir sein Mißfallen zu zeigen.

»Wenn wir nicht soviel Geld kriegen, wie wir brauchen, können wir sehr unangenehm werden.«

Natürlich, dachte ich: Rauschgift. Ohne Zweifel finanzierten sie mit ihren Raubüberfällen eine ernste und kostspielige Rauschgiftsucht. Warum also nicht mit ihnen darüber reden und sehen, was sie umtreibt?

»Wofür gebt ihr das Geld denn aus? Heroin? Kokain? Aufputschtabletten?«

»Seien Sie nicht albern«, sagte der, der mich getreten hatte. »Geld für Rauschgift haben wir genug. Wir machen Raubüberfälle, um unsere Kreditkarten zu bezahlen.«

Vermutlich war es ein Zeichen der Zeit. Da ich nicht hatte, was sie als »genug Geld« empfanden, beschlossen sie, mich zu verprügeln, »um mir eine Lektion zu erteilen«, wie sie sich ausdrückten. Die Prügel waren gar nicht so schlimm, aber mir ist eigentlich nicht klar, was für eine Lektion ich damit gelernt haben soll.

Der mürrische junge Mann im Laden hat mir eine Menge Stoff zum Nachdenken gegeben. Was Politik angeht, so neigen meine Ansichten entschieden der Mitte zu, aber »Mitte« ist doch ein komischer Ausdruck, wenn man sich's recht überlegt. Es soll »gemäßigt und risikolos« bedeuten, aber es kommt ja immer darauf an, wo man in der Mitte steht. Mitten auf einer Autobahn zu stehen, ist zum Beispiel nicht besonders gemäßigt und risikolos.

Jetzt ist es nach Mitternacht; die Familie schläft, und ich habe noch keine rechte Bettschwere. Deshalb dachte ich, ich notiere mal rasch *mein politisches Testament:*

Zunächst einmal bin ich ein großer Anhänger der Freiheit, solange die Freiheit des einen nicht die eines anderen vermasselt. Das findet bestimmt jeder.

Im Grunde meines Herzens muß ich wohl ein kleiner Kapitalist sein, denn mir gefällt die Vorstellung, reich zu sein und faul herumzusitzen, während der Plebs sich abrackert und Geld für mich macht. Andererseits möchte ich natürlich selbst kein richtiger Pleb sein und mich ab-

rackern müssen, um für irgendeinen kapitalistischen Räuberbaron ein Vermögen zu machen. Ich hasse Räuberbarone genauso wie jeder andere, und finde, daß der Kommunismus keine so schreckliche Sache ist, besonders für ein paar von diesen Figuren in Südamerika und Afrika.

Arbeitslosigkeit ist offensichtlich eine wirklich schlechte Sache, aber ebenso offensichtlich ist es, daß ein Unternehmen effizient und straff geführt sein muß und keine Leute beschäftigen kann, die bloß rumstehen. Wenn jemand dann arbeitslos ist und kein Geld hat, sollte der Staat selbstverständlich dafür sorgen, daß er nicht verhungert. Aber wenn man für die Leute zuviel tut, verlieren sie ihre Selbstachtung und werden so, daß sie selbst nichts mehr machen.

Gewerkschaften sind eine gute Sache, wenn sie die Rechte der Arbeiter schützen, aber eine schlechte, wenn sie militant und subversiv werden.

Ich finde, die Menschen sollten die Freiheit haben, über die Straße zu gehen, ohne von der Polizei behelligt zu werden, und sie sollten auf alle Fälle in ihrem eigenen Wohnwagen schlafen dürfen, es sei denn natürlich, sie wären Verbrecher; in diesem Fall sollte die Polizei schnell und hart durchgreifen. Ein schlappe Polizei zahlt sich nicht aus. Ich glaube, die meisten Polizisten machen ihre Arbeit gut, aber ein fauler Apfel ist immer im Korb, und leider habe ich ihn anscheinend gefunden. Ich bin kein Fan der Todesstrafe, aber wie sonst kann man manche Leute zur Vernunft bringen?

Ich glaube, es liegt an der Bildung. Jeder hat ein Recht auf Bildung, aber manchmal scheint mir, wir bilden die Leute nur dazu aus, daß sie unglücklich sind mit dem, was sie haben. Sie halten sich alle für so verflucht clever. Wenn der Staat keine gute Erziehung bieten kann, ist es nur recht und billig, daß wir unsere Kinder auf Privat-

schulen schicken können, solange sie dabei nicht zu einem Haufen eingebildeter Snobs und Schwuler werden.

Ich finde, Frauen sollten genauso viele Rechte haben wie Männer, aber man darf nicht vergessen, daß zwischen Männern und Frauen ein sehr großer Unterschied besteht. Ich habe nicht viel übrig für diese rasenden Feministinnen – nicht, daß ich glaube, sie hätten besonders viel übrig für mich.

Ich glaube an den Satz: ein Mann, eine Stimme. Aber ich glaube, daß manche Leute nicht wissen, was gut für sie ist. Und wenn man manche Leute sieht, die wählen dürfen, fragt man sich schon ...

Ich bin sicher, daß es Politiker gibt, die nur in dem Geschäft sind, weil für sie etwas dabei herausspringt, aber im Großen und Ganzen, schätze ich, meinen sie es gut und tun ihr Bestes. Ich persönlich hätte nichts gegen eine gütige Diktatur, solange sie wirklich gütig wäre. Ich hasse Extremisten jeglicher Couleur.

Ich finde eigentlich nicht, daß wir freundlich zu Ländern sein sollten, die politisch im Unrecht sind, aber man darf sich auch nicht in die Angelegenheiten anderer Leute einmischen, und wenn man allzu heikel ist, kann man am Ende mit niemandem mehr befreundet sein.

Ich halte nichts von Zensur, aber manches, finde ich, geht schon zu weit, beispielsweise »Orgasmus nach Hundeart«.

Ich persönlich wäre ohne Atomwaffen glücklich, aber wenn man sich manche von diesen verrückten Ausländern ansieht, die welche haben, ist es vermutlich besser, daß wir sie auch haben.

Sicher gibt es noch massenhaft andere politisch heiße Eisen, die ich hier behandeln könnte, aber das reicht fürs erste. Und ich finde Politik nicht annähernd so kompliziert, wie manche Leute uns gern weismachen möchten. Ich finde alles, was ich gerade geschrieben habe, absolut plausibel, und kann mir nicht vorstellen, daß ein vernünftiger Mensch in irgendeinem Punkt nicht zustimmen könnte. Deshalb begreife ich eigentlich nicht, wieso es so viel Streit gibt.

Gut. Nachdem ich das nun erledigt habe, kann ich fortfahren mit dem eigentlichen Geschäft des Lebens, oder, in meinem Fall, des Schlafens, da ich jetzt zu Bett gehen werde; das heißt, da Kathleen ja bei mir im Bett liegt, werde ich wohl noch ein oder zwei Stunden wach bleiben. Na ja, Urlaub ist ja nur einmal im Jahr!

MITTWOCH

Habe beschlossen, auf ein Schwätzchen zu den Garcias hinüberzugehen, war aber gezwungen, mir einzugestehen, daß diese Leute wirklich nicht nach meinem Geschmack sind.

Die Sonne war noch nicht untergegangen, aber Axel – oder Mr. Garcia, wie ich ihn lieber anrede – saß bereits auf den Stufen vor seinem Wohnwagen und trank Schnaps aus der Flasche, ein Zeug namens Mescal. Er bot mir die Flasche an, und da ich freundlich sein wollte, hätte ich beinahe ja gesagt. Zum Glück inspizierte ich aber die Flasche und sah, daß ein toter Wurm drin lag. Ich erklärte, ausgerechnet dies seien die Dinge, vor denen ich eine Phobie hätte; er solle die Flasche in den Laden zurückbringen und Ersatz verlangen. Er lachte auf die reichlich spöttische Art, die Ausländer so an sich haben.

Als er ein paar Blechdosen auf einem nahen Zaun in einer Reihe aufstellte, wurde alles nur noch schlimmer. Er schnallte sich ein Halfter um, in dem ein, wie ich zugeben mußte, sehr hübsch gearbeiteter silberner Revolver steckte. Dann blinzelte er die Dosen mit halbgeschlossenen Augen an und feuerte in ungefähr die richtige Richtung, bis die Trommel leer war. Dabei brach er ein ziemlich großes Stück aus dem Zaun, aber die Dosen blieben weitgehend unversehrt. Das machte ihn verzweifelt und unglücklich. Er fluchte schrecklich auf Spanisch und trat im Davongehen nach Kleinkindern und Haustieren.

Mrs. Garcia, die ich bis dahin nicht gesehen hatte, steckte den Kopf aus dem Wohnwagen und fragte: »Ist er fertig?«

»Ich glaube ja«, antwortete ich.

Sie kam heraus. Ich hatte den Eindruck, daß sie für diese Tageszeit eine ziemlich unnötige Menge Busen zeigte, und war versucht, sie aufzufordern, sich zu bedecken; aber ich schätze, das hätte wenig genutzt.

»Axel ist kein schlechter Mann«, sagte sie. »Aber er trifft eine Blechdose nicht mal auf sechs Schritte mit einem Maschinengewehr. Er hat nie herausgefunden, was er mit seinem Leben eigentlich tun will. Ich glaube, am glücklichsten wäre er als Mediziner.«

Ich lächelte matt.

»Na, es ist nie zu spät, eine neue Karriere anzufangen«, sagte ich.

Da legte sie mir eine Hand auf den Oberarm, warf ihr langes schwarzes Haar zurück und sagte: »Küß mich, Amigo.«

Vermutlich war das ein kleiner Spaß, aber irgendwie glaubte ich, daß wir beide nicht den gleichen Sinn für Humor haben; sicherheitshalber entschuldigte ich mich deshalb und ging. Man kann heutzutage nicht vorsichtig genug sein.

Ich habe heute die Entdeckung gemacht, daß ich nicht der einzige bin, der ein Tagebuch führt. Eigentlich sollte ich nicht überrascht sein.

In einem Wohnwagen etwas geheimzuhalten, ist schwer, und ganz zufällig stieß ich auf einige lose Blätter mit Kathleens unverwechselbarer Handschrift. Anscheinend erlebt sie diesen Urlaub etwas anders als ich – das war zu erwarten –, aber Kathleens schriftstellerische Bemühungen scheinen mir doch so überspannt zu sein, daß ich mich frage, ob sie vielleicht zu einem Arzt gehen sollte. Der Stil ihrer Prosa ist äußerst modern und ziemlich überhitzt. Vielleicht hat der *Orgasmus nach Hundeart* sie beeinflußt. Lektüre für die ganze Familie ist das jedenfalls nicht, aber ich denke, aus Gründen der Vollständigkeit sollte ich hier eine Probe davon einfügen. Es ist nur ein winziges Stückchen. Da, wo das herkam, ist noch viel mehr.

DIENSTAG

Ein Telefon klingelt. Auf der Zunge der Geschmack von Honig und Limone. Öl auf der Haut, eine heiße Sonne. Der Abendwind wirbelt herein aus den Gehegen Asiens, Olivenholz im Kamin, ein dunkel gewobener Teppich der Lust. Wir sind nicht stark genug, zu widerstehen.

Das langsame Erwachen des Körpers, ein dunkler Fluß, der sich rührt in irgendeinem inneren Bezirk und weißes Wasser wird, als er das Licht findet, durch die Erde rinnt, lang vertrocknete Kanäle durchströmt. Dünste von Fleisch und Opium, juwelenfunkelnde Hände streichen über Brokat, einsame Bewegungen, stumme Betrachter, ein weißer Hals, purpurn gefleckt von der Liebe, der Zunge des Werbers, den Küssen des

Märtyrers, aus Wellen geboren und schmiegsam wie Ton.

Bewegung ist unter den Laken, etwas Menschliches, etwas Fischartiges, ein Heben der Lenden, ein Zucken, Haar wie Metall, Speichel an einem Finger, Sperma auf Samt, Linien des Lachens, von Gesichtspuder verklebt.

Irgendwo wird ein Handel geschlossen, ein Auftrag verteilt, etwas getauscht. Eine verbotene Union von Blut und Geld, Intrige und Ekstase. Weißer Wein quillt aus einem Rosenknospenmund. Ein Herzschlag, Trompeten, ein Klanggeflecht. Angst, Abscheu, Faszination, der Trieb zur Gewalt, der Drang zur Selbsterniedrigung. Das Streicheln einer Pfauenfeder erweckt eine Brustwarze zum Leben. Die Illusion der Vollständigkeit. Er ist gnadenlos. Ihr Körper zittert wie ein nasses Tuch im Wind.

Lange Finger, Nägel wie Katzenkrallen, scharlachrot lackiert, eine straffe Vorhaut, Moschus, die Luft schwer von Tieren, ein feuchter Laut aus dem Dunkel, kajalumrahmte Augen, schwarz wie die Liebe, der Duft von Pfirsichen, ein Messer, das Seide schlitzt.

Sein Körper ist glatt wie ein Fell, dick und warm wie Fleisch. Schweiß glitzert auf einer Stirn, an einer Wirbelsäule, unten. Das Bett ist tief wie ein Bergwerk. Jemand saugt an ihrem Daumen. Ein Schuh mit bleistiftdünnem Absatz auf einem Marmortisch, ein bloßer Fuß streichelt einen nackten Schwanz. Die Haut ist gebleicht hinter einem Gitterwerk aus Strapsen und Spitzen, Fessel, Befreiung. Nackte Beine auf einem Ledersofa, Brüste fallen wie Teig.

Fingerspuren, Schrammen, ein männliches Schweigen, Einatmen. Zungen, die schlecken in antikem Ritus, Orchideen, Brandy, der Geschmack des Todes. Der Winter packt uns. Schmale Knöchel. Jasmin und Fenchel. Schleim. Die Stiefel der Hure sind fleckig von Kot. Far-

ben: Cyan, Karmesin, Aquamarin. Gesichter wie durch Lack gesehen, ein straff zusammengezogener Schließmuskel. Ein Turm mit schwarz flatternder Fahne. Tierhörner, Flamencotänzer, Aale, das Gefühl des Aufsteigens, ein stählerner Pfeil, Wut, silberne Explosionen am Rande des Gesichtsfeldes.

Der Nebel senkt sich über die Ufer des Sees. Der Abend dämmert. Die Show ist fast zu Ende. Wieder geht ein Tag zu Ende. Wir sind ganz allein in unserer Dunkelheit.

Weitere Kommentare von mir sind wohl überflüssig.

Entdeckte meinen Sohn Max, wie er, umgeben von streunenden Hunden und herrenlosen Katzen, auf dem Zaun des Tralee Carapark saß. Während ich zusah, schien er buchstäblich die Vögel aus den Bäumen herabzubeschwören. Spatzen, Krähen, Amseln und Drosseln kamen aus den Zweigen und ließen sich auf seinen Schultern und auf dem Zaun nieder. Kaninchen hoppelten durchs Gras. Eichhörnchen, Füchse, Mäuse, Dachse, Wiesel, alle kamen dazu und ließen sich rings um Max nieder. Er wirkte sehr viel entspannter als sonst. Ich war einigermaßen verblüfft.

»Was hast du vor, Max?« schrie ich, was leider den Effekt hatte, daß ein großer Teil des Wildgetiers die Flucht ergriff.

»Ich habe mit den Tieren geredet«, antwortete er.

»Geredet?«

»Nur geredet«, sagte er. »Sie sprechen meine Sprache. Manchmal glaube ich allerdings, reden ist nicht genug.«

Ich widersprach nicht.

Wenn ich ein guter Vater bin – und ohne mich zu brüsten, halte ich mich für einen solchen –, dann verdanke ich das der Tatsache, daß ich ein gutes Langzeitgedächtnis habe. Ich weiß noch genau, wie es war, als ich Kind war, Schuljunge oder Jugendlicher.

Ah, die Pubertät! Es ist die beste und die schlimmste Zeit. All die neuen Chemikalien und Hormone strömen einem durchs Blut, und das ist zwar ziemlich aufregend, aber auch ziemlich schmerzhaft und verwirrend.

Und was die Pubertät besonders beeindruckend macht, ist die Art, wie bestimmte Dinge einem für den Rest des Lebens erhalten bleiben: bestimmte begeisterte Vorlieben, bestimmte Orte, ein bestimmtes Lied oder Buch. Oder, in meinem Fall, Joan Crawford.

Jeder gesunde, heranwachsende Junge hat ein Lieblings-Pin-up (obgleich ich nicht behaupten kann, daß Max eines hat), und für Jungs meiner Generation war die Wahl nicht leicht. Wir waren durch eine riesige Auswahl verwöhnt. Da gab es Marilyn Monroe, Jane Russell, Liz Taylor, aber die fand ich immer ein bißchen zu naheliegend. Dann gab es Natalie Wood, Shirley MacLaine, Debbie Reynolds, aber die waren nie naheliegend genug. Diana Dors war Engländerin, und Engländerin zu sein, ist immer ein Nachteil für ein Pin-up. Was ich suchte, mußte weltgewandt sein, sophisticated, reif, selbst wenn das bedeutete, daß ich mich für eine mit langen Zähnen entschied. So landete ich bei Joan Crawford.

Während die anderen Jungs Schlange standen für *Manche mögen's heiß*, *Giganten* oder *The Girl Can't Help It*, gab ich mein Taschengeld für *Johnny Guitar* aus und *The Story of Esther Costello*. Während die anderen sich in *Bus Stop* und *Denn sie wissen nicht, was sie tun* drängten, fahndete ich nach seltenen Aufführungen von *Wunderbare Rettung*, *Menschen im Hotel* und *Mildred Pierce*. Die anderen Jungs hielten mich wahrscheinlich für ein bißchen komisch, aber schon damals hatte ich keine Angst davor, abseits der Massen zu marschieren.

Zu sagen, was ich an Joan eigentlich so besonders mochte, fällt mir ziemlich schwer. Natürlich war sie sexy und statuenhaft, aber wer war das damals nicht? Natürlich hatte sie blitzende Augen, eine fein gemeißelte Nase mit bebenden Nüstern und warme, schmelzende Lippen. Sie wirkte vornehm, entschlossen, leidenschaftlich, vielleicht ein bißchen hochmütig. Aber sie hatte mehr als das alles. Sie hatte *Klasse*. Sie war auch so etwas wie eine Ikone.

In späteren Jahren kam heraus, daß Joan vor ihrem großen Durchbruch in Pornofilmen aufgetreten war. Das vergoldete die Lilie zwar nicht gerade, aber ich habe es ihr auch nie zum Vorwurf gemacht. Allenfalls erweckte es mein tiefes Mitgefühl und bewies – als wäre dieser Beweis noch nötig gewesen –, daß Joan vor allem eine Überlebenskünstlerin war.

Dann kam heraus, daß Joan alles andere als eine ideale Mutter gewesen war und ihre Tochter mit einem Drahtbügel verprügelt hatte. Auch wurde sie gegen Ende ein bißchen häßlich, und ihr Gesicht verwandelte sich zu einer Art Joan-Crawford-Maske mit vollen Lippen und hochgezogenen Brauen, und sie heiratete einen Kerl, der Präsident von Pepsi-Cola war, und sie fing an, in grausigen amerikanischen Seifenopern aufzutreten. Aber mir war das egal. Und wenn sie sich als Drogendealerin, Massenmörderin oder Mädchenhändlerin entpuppt hätte, mir wäre es egal gewesen. Ich konnte Joan alles verzeihen.

Ich erwähne Joan Crawford an dieser Stelle nur, weil ich niemals irgendwohin gehe, ohne einen großformatigen Bildband mit ihren Porträts mitzunehmen. Ich meine, ich gehe zur Arbeit oder zum Heimwerkerladen, aber zwei Wochen wegfahren, ohne einen Blick auf Joan zu werfen, das wäre undenkbar. Wenn das Leben mich fertigmacht, wie es das schon ein paarmal getan hat, dann klappe ich einfach mein Buch auf und blättere die schweren Hochglanzseiten um, und im Handumdrehen bin ich wieder der Alte. Manchmal fühle ich mich sogar besser als vorher. Ich fühle mich geadelt und erhöht. So geht das mit Ikonen.

Als Familie haben wir Nacktheit immer als etwas Natürliches und Gesundes empfunden, ohne eine große Sache daraus zu machen. Man stelle sich jedoch meine Überraschung vor, als ich aus dem Wohnwagen kam und meine reizende Tochter Sally mit ausgestreckten Armen auf dem Boden liegend fand, die Beine (das sage ich mit Genugtuung) zusammengelegt, und nackt bis auf ein paar burgunderfarbene Sandalen und eine Menge Sonnenöl.

Ich hatte das Gefühl, etwas sagen zu müssen und gab ihr zu bedenken, daß unsere Freunde, die Garcias, ihren Anblick womöglich als peinlich oder anstößig empfinden könnten, aber mein Standpunkt leuchtete ihr nicht ein. Schließlich fragte ich einfach: »Was zum Teufel glaubst du eigentlich, was du hier machst?«

»Ich mache meinen Körper zu einem Tempel für Christus«, sagte sie.

Darauf fiel mir nichts ein; also blieb ich friedlich. Ich bin sicher, sie wird aus dieser Phase herauswachsen, aber hoffentlich passiert es bald.

Wollte mir eine Tasse Tee machen und mußte feststellen, daß wir jetzt keinen Zucker mehr haben. Wieder dachte ich, Kathleen sei nachlässig gewesen, muß aber zugeben, daß mein Sohn Max viel mehr Zucker zu sich nimmt als sonst. Wahrscheinlich braucht er ihn. Er verbrennt in letzter Zeit eine Menge Energie.

Also trabte ich zum Laden hinüber; ich hoffte, den mürrischen Jüngling in besserer Laune anzutreffen als beim letzten Mal. Auf alle Fälle war er lebhafter und zeigte keine Spur von seinem alten Widerwillen gegen Blickkontakte. Allerdings versperrte er mir den Eingang zum Laden. Sein Haar sah seltsamer aus denn je, und er hielt ein Schild in der Hand, auf dem stand: »Unterstützt den wilden Streik, eine kleine Geste im Kampf für die Rechte der Werktätigen und weltweite Gleichheit. Tod den Ausbeutern.« Es war ein ziemlich großes Schild.

»Soll das heißen, ich kann keine Packung Zucker kaufen?« erkundigte ich mich.

»Es freut mich, daß meine politische Botschaft verstanden wird.«

»Doch, doch, wird sie«, sagte ich. »Tatsächlich habe ich mir sehr zu Herzen genommen, was Sie über die Teepflücker in Sri Lanka gesagt haben, und ihrer Lage große Aufmerksamkeit geschenkt. Ich habe an nichts anderes mehr gedacht.«

Das war geflunkert, aber mit gutem Recht, wie ich fand, denn ich wickelte den mürrischen Jüngling zum Wohle einer größeren Sache ein.

»Genaugenommen habe ich meine ganze politische Haltung revidiert«, fügte ich hinzu.

»Die Zeit für Revisionen ist vorbei. Was ich will, ist Konfrontation.«

»Soll das heißen, daß es keinen Sinn hat, mit Ihnen zu diskutieren?«

»Genau.«

Das ist es, was ich an der Politik hasse. Weshalb soll *ich* vernünftig sein, wenn es sonst kein Mensch ist? Soviel mir auch an meinem Zucker gelegen war, auf eine Konfrontation mit dem mürrischen Jüngling hatte ich nun doch keine Lust. Ich wußte zwar, daß Kathleen nicht sehr erfreut sein würde, wenn ich mit leeren Händen nach Hause käme, aber nicht einmal sie kann gegen politische Notwendigkeiten an.

Jetzt ist es nach Mitternacht. Offengestanden, es war ein sehr ereignisreicher Tag, und ich bin zu erschöpft, um jetzt noch ernstlich philosophisch zu werden. Außerdem fühle ich mich erschöpft, wenn ich nur daran denke, was die Nacht mit Kathleen noch so alles bereithält. Ich kann ihr nichts abschlagen, das habe ich schon angemerkt, und selbst wenn ich versuchen wollte, ihr etwas abzuschlagen, würde sie es mir wahrscheinlich nicht durchgehen lassen.

Vermutlich sollte ich mich nicht beklagen. Viele Männer würden einen Arm oder ein Bein dafür geben, in meiner Lage zu sein – mit einer Frau, die mich nach all den Jahren der Ehe immer noch unwiderstehlich findet. Und ich kann *ihr* auch nicht widerstehen, obwohl ich es weiß Gott versuche.

DONNERSTAG

Ich erwachte mitten in der Nacht aus angstvollen und strapaziösen Träumen und fühlte eine seltsame Erscheinung über mir. Ich knipste das Licht neben meiner Koje an und sah meine reizende Tochter Sally über mich gebeugt. Ihr Haar war wild zerzaust, ihr Nachthemd hing lose, und sie hielt eine Bibel, einen Rosenkranz und ein Fläschchen, das höchstwahrscheinlich

Weihwasser enthielt, in den Händen. Ich versuche, ein verständnisvoller Vater zu sein, aber dies war kein Scherz mehr.

»Was glaubst du, welche Uhrzeit wir haben?« fragte ich, auch wenn das nicht allzuviel zur Sache tat.

»Die Hexenstunde«, sagte sie.

Hätte ich bloß nicht gefragt.

»Und was glaubst du, was du hier treibst, junges Fräulein?«

»Ich bete für dich, Vater.«

Ich war sprachlos.

»Ich weiß, du bist kein schlechter Mensch, Vater, aber du bist den Ränken des Satans zum Opfer gefallen.«

»Das bin ich ganz sicher *nicht*!«

»Sorge dich nicht, Vater. Ich versuche, bei Gott Fürbitte für dich zu leisten.«

Und damit kehrte sie in ihr Bett zurück. Heute früh fragte ich mich, ob das vielleicht alles ein Traum war. Zumindest dachte ich, ist Sally vielleicht schlafgewandelt. Während des Frühstücks aus Blutwurst und Rührei erwähnte keiner von uns beiden den Zwischenfall. Mir schien es nicht der rechte Augenblick, das väterliche Strafgericht zu spielen.

Machte meinen morgendlichen Spaziergang und lief dabei einem Burschen über den Weg, der mich bat, ihm ein paar Tombolalose aufzukaufen. Ich helfe immer gern bei einer guten Sache, und hier ging es um den Tierschutz; also nahm ich ihm ein halbes Dutzend Lose aus der Hand.

»Was kann ich gewinnen?«

»Preise die Menge«, sagte er. »Den Urlaub Ihres Lebens, Topfsets, Reisewecker. Alles mögliche.«

Nicht, daß es mir darauf ankam, was die Preise waren. Ich hatte im Leben noch nichts gewonnen. In dieser Hinsicht habe ich einfach kein Glück. Aber keine Viertelstunde später hielt ein blauer Lieferwagen vor dem Wohnwagen, der Kerl, der mir die Lose verkauft hatte, stieg aus und gratulierte mir zu einem der Hauptpreise.

»Sprechen Sie's nicht aus.« Ich war wie vom Donner gerührt. »Es ist der Urlaub meines Lebens, nicht wahr?«

»Nein, so ein Hauptpreis ist es nun auch wieder nicht. Sie haben einen Hund gewonnen.«

Er machte die Heckklappe seines Lieferwagens auf, und ein großes, schwarzes Tier knurrte mich aus dem dunklen Laderaum an. »Komm schon, Sindbad«, sagte der Kerl, und der Hund glitt heraus. Ich nehme an, er war ein ansehnliches Tier, er war so groß wie ein kleines Pferd und eine Mischung aus Schäferhund, Rottweiler und einer Andeutung von Neufundländer, hatte aber auch eine ordentliche Portion Wolf in sich. Ein glücklicher Hund schien er mir nicht zu sein. Die Sehnen an seinem Hals waren angespannt wie Klaviersaiten, die Augen blickten wild, und ein Rinnsal von weißem Schaum troff aus seiner offenen Schnauze. Die Zähne möchte ich gar nicht erst beschreiben. Er trug ein gewaltiges, nietenbesetztes Halsband, an dem ein Stück Kette hing, und diese Kette drückte der Mann mir jetzt in die Hand.

»Ich bin kein Hundemensch«, protestierte ich, aber der Kerl hörte gar nicht zu. Er saß schon wieder in seinem Lieferwagen und gab Gas.

Der Hund und ich schauten einander an. Liebe auf den ersten Blick war es nicht. Mein einziger Gedanke war, das Tier zu einer Polizeiwache zu schaffen, dort meine Lage zu erläutern und sie wenigstens dazu zu überreden, daß sie Sindbad in ein Tierheim brachten. Hoffentlich würde ich auf dem Revier nicht Hollerenshaw treffen.

Aber meine Pläne führten nicht weit. Ich hielt die Kette fest und zog in die Richtung, in die der Hund gehen sollte. Aber der Hund wollte nirgendwohin, wo ich hin wollte. Es kam zu einem kurzen Kampf, Willen gegen Willen, der damit endete, daß Sindbad ein Geheul ausstieß, das mir das Blut gerinnen ließ; dann schnappte er nach mir und stieß mich um. Die Kette fiel mir aus der Hand, und die Bestie hetzte, bellend wie ein Höllenhund, davon.

Es hatte den Anschein, daß er ebenso heftig beißen wie laut bellen konnte. Er lief auf dem Gelände herum, terrorisierte Kinder, verletzte kleinere Hunde (er hätte sicher auch größere Hunde verletzt, wenn es welche gegeben hätte), kippte Picknicktische und Grills um und sprang schließlich über den Zaun in ein angrenzendes Feld, wo er ein Gemetzel unter einigen Schafen anrichtete. Mehrere Caravanfreunde waren etwas aufgebracht, und ich konnte es ihnen nicht verdenken.

Den ganzen Vormittag wehten Geheul und Gebell zum Tralee Carapark herüber. Ein tapferer Mann, der behauptete, gut mit Tieren umgehen zu können, zog aus, um Sindbads Vertrauen zu gewinnen, aber ihm wurde das Hosenbein abgerissen, und als er zurückkam, war er am Boden zerstört. Der Hund bezog daraufhin Position an der Einfahrt des Platzes und blieb ganz still sitzen; er brach nur dann in furchterregende Wildheit aus, wenn jemand sich auf weniger als fünfundzwanzig Schritt näherte oder versuchte, die Anlage zu betreten oder zu verlassen.

Mir war klar, daß die Situation unbefriedigend war und daß ich eine gewisse Verpflichtung hatte, sie zu klären. Schließlich gehörte der Hund, wenn auch widerstrebend, sozusagen mir. Ich holte ein halbes Pfund Würstchen aus unserem Caravan und ging, um Sindbad in Versuchung zu führen. Ich bemühte mich, freundlich auszusehen und keine Angst zu zeigen. Anfangs gelang es mir ganz gut. Ich glaube, ich zeigte nicht mal Angst, als er auf mich lossprang, aber eine Sekunde später hatte er die Würstchen verschlungen und meine Hand gepackt, und von da an schien es ziemlich egal zu sein, ob ich Angst zeigte oder nicht.

Man kann nicht sagen, daß er die Hand biß, die ihn fütterte. Er umspannte sie nur mit den Zähnen und stoppte damit die Blutzufuhr, und hin und wieder kaute er ein bißchen. Das hinderte ihn wenigstens am Bellen, auch wenn er immer noch ziemlich unangenehm knurren konnte.

So verharrten wir eine ganze Weile. Wir würden jetzt noch so dastehen und meine Hand hätte inzwischen Gangrän bekommen – wenn nicht Max auf dem Schauplatz erschienen wäre. Ich weiß nicht, wo er gewesen war – vermutlich auf einem seiner Streifzüge durch die Natur. Als Sindbad Max erblickte, ließ er meine Hand los, hörte auf zu knurren und kehrte zu seinem Gebell und Geheul zurück. Er stürzte sich zähnefletschend auf Max, und seine Augen waren unnatürlich gelb. Max war sehr ruhig. Er schaute dem Tier tief in die Augen und ließ dann einen so mächtigen Kinnhaken los, daß dem Hund der Kopf in den Nacken flog. Sindbad kippte bewußtlos um.

Ich wollte Max danken, aber er wischte meine Bezeugungen beiseite.

»Siehst du?« sagte er. »Manchmal reicht es nicht, mit ihnen zu reden.«

Er beugte sich über den Hund, nahm eine seiner Hinterpfoten in die Hand und hielt sie hoch, so daß ich sehen konnte, daß ein großer Dorn im weichen Fleisch steckte. Max zog ihn heraus.

Als der Hund wieder zu sich kam, tätschelte Max ihm liebevoll den Kopf. Sindbad machte ein Geräusch, das ganz wie ein Schnurren klang. Er wirkte verspielt und friedfertig wie ein junges Hündchen, aber ich muß sagen, etwas in seinen Augen verriet mir, daß die alte Brutalität nicht für alle Zeit verschwunden war. Hunden habe ich noch nie getraut.

Eine Gruppe Urlauber sah staunend zu, als Max und Sindbad zusammen das Gelände des Tralee Carapark and Holiday Centre verließen. Sie waren ein herrliches Paar. Ein Junge und sein Hund. Es tat meinem alten Herzen wohl, aber ein Hundetyp bin ich immer noch nicht.

Meine Hand sah nicht sehr gut aus, als Sindbad damit fertig war. Wahrscheinlich hätte ich mir deshalb keine Sorgen gemacht, aber Kathleen bestand darauf, mich sicherheitshalber in die Unfallambulanz am Ort zu bringen. Ich fand das ungewöhnlich fürsorglich von Kathleen.

Wir betraten das Wartezimmer und meldeten uns an der Theke an. Der Typ hinter besagter Theke betrachtete unverschämt blinzelnd meine Hand, schien aber nicht sonderlich beeindruckt zu sein. Er sagte, wir sollten uns setzen, und sobald es gehe, werde sich jemand um uns kümmern. Ich fand das nicht sonderlich beruhigend. »Jemand« konnte alles mögliche bedeuten. Meine Gelassenheit wäre sehr viel größer gewesen, wenn er gesagt hätte: »Ein erstklassiger, äußerst kompetenter Arzt wird sich um Sie kümmern.« Ist alles nur eine Frage der Public Relations.

Hieronymus Bosch hat nie zu meinen Lieblingsmalern gehört, aber ich bin sicher, er hätte sehr gut dargestellt, was dieses Wartezimmer bevölkerte. Der Raum war vollgestopft mit Leuten, von denen die meisten irgendwelche unattraktiven Symptome zur Schau trugen: Wunden, Schnitte, Triefaugen, Schwellungen,

Arme und Beine in unmöglichen Verrenkungen, eiternde Geschwüre, um nur einiges zu nennen. Bei all dem wurde mir ziemlich übel. Und im Hintergrund gab es weinende Anverwandte, ein paar Betrunkene, Leute, die sich übergaben, Männer, die auf und ab gingen, Kinder, die auf dem Fußboden mit Lego spielten, bis ihnen das zu langweilig wurde, woraufhin sie sich gegenseitig kreischend umherjagten.

Wir warteten ungefähr eine Stunde. Ich versuchte, eine Illustrierte zu lesen. Kathleen schwatzte fröhlich mit Ärzten, Trägern, Pflegern und Monteuren. Sie behauptete, das vertreibe ihr die Zeit. Aber schließlich kam ich an die Reihe, und man führte mich in einen größeren Raum, der durch grüne Vorhänge in einzelne Abteile verwandelt wurde. »Legen Sie sich aufs Bett; gleich kommt jemand.« Wieder »jemand«. Ich versuchte, es mir auf der platten Liege bequem zu machen.

Auf der anderen Seite meines Abteilvorhangs hörte ich eine Frau weinen. »Alles in Ordnung da drüben?« rief ich munter. Keine Antwort – es sei denn, man betrachtet Weinen als eine Antwort. Ich dachte, ich schaue besser mal nach, und spähte durch eine Lücke zwischen den Vorhängen. Was ich sah, war ein ganz schön grausiges Spektakel.

Das Weinen kam von einer untersetzten, schäbig gekleideten alten Frau, die auf einem Stuhl saß und die Hand einer Männergestalt auf dem Bett umklammerte. Sie war untröstlich. Der Mann lag bewegungslos. Er war schweiß-, schmutz- und bluttriefend. Teile seines Körpers waren mit schmutzigen Verbänden umwickelt, und seine Kleider waren zerfetzt. Seine Haut war unnatürlich weiß und von Schrammen und Blutergüssen übersät. Dann schaute ich näher hin (und es dauerte ein, zwei Sekunden, bevor ich begriffen hatte), und ich sah, daß er enthauptet worden war. Die alte Frau hielt

Händchen mit einem kopflosen Leichnam. Kein Wunder, daß sie ein bißchen durch den Wind war.

»Kopf hoch, meine Liebe«, sagte ich. »Auf See geschieht noch Schlimmeres.«

Ihr fehlten die Worte. Ich sah, daß sie sich zu sprechen bemühte, aber es dauerte lange, bis etwas dabei herauskam. Endlich sagte sie: »Mich würd's ja nicht stören. Aber er ist nur wegen Verstopfung hergekommen.«

Ich hörte Schritte, zog rasch den Kopf in mein eigenes Abteil zurück und war nicht gerade von Vertrauen erfüllt. Wenn sie einem den Kopf abschlugen, der nur Verstopfung hatte, was würden sie dann wohl tun, wenn man mit einer verletzten Hand kam? Ich hörte, wie jemand mit der alten Frau redete. Dann wurde der Leichnam hinausgerollt, und das Weinen verhallte. Als Ersatz wurde ein neuer Patient hereingerollt. Zwei Männerstimmen waren zu hören, knapp und effizient, und sie benutzten eine Menge medizinischer Ausdrücke. Ärzte vermutlich. Ketten rasselten. Ein elektronisches Summen ertönte, dann ein Sägen, Hacken, Splittern, lautes Platschen von Flüssigkeit und ein Geräusch, als hätte jemand ein großes Stück Leber auf eine Steinplatte geklatscht. Meiner Hand ging es von Minute zu Minute besser.

Die Stimmen wurden lauter. Die eine sagte: »Aber haben wir das Recht, Gott zu spielen?« »Natürlich haben wir das, verdammt«, sagte die andere.

Ich beschloß, mich schleunigst zu verziehen. Als ich aus meinem Abteil trat, bekam mich eine vorübergehende Krankenschwester zu fassen. »Ah ja«, sagte sie, »Sie sind sicher zur Operation gekommen. Bitte hier entlang.«

Sie zerrte mich auf eine Schwingtür zu, hinter der ich einen Operationssaal erkennen konnte. Zwei schmierige, unrasierte Gorillas in Overalls und Gummistiefeln lungerten drinnen herum. Sie aßen Brathähnchen und fummelten mit bösartig aussehenden medizinischen Instrumenten herum. Sie grinsten mir finster zu und winkten mich herein.

Ich entwand mich der Schwester. »Nein, nein«, sagte ich. »Hier liegt ein Irrtum vor. Ich bin nur hier, um das Gas abzulesen.«

Sie war nicht restlos überzeugt, zögerte aber eine Sekunde lang, und das genügte mir, um ihrer Aufmerksamkeit zu entrinnen und ins Wartezimmer zurückzukehren. Sie verfolgte mich nicht. Zweifellos hatte sie etwas anderes zu tun. Krankenschwestern sind vielbeschäftigte Leute. Die Lage im Wartezimmer hatte sich inzwischen nicht gebessert. Kathleen hatte sich mit einer Gruppe Jungmediziner angefreundet. Sie verließ sie nur widerwillig. Wir gingen zu unserem Wagen.

»Was haben die Ärzte gesagt?« wollte sie wissen.

»Oh, kein Grund zur Besorgnis«, sagte ich beiläufig. »Ich soll mich nur ein bißchen schonen.«

»Hoffentlich nicht allzusehr. Heute abend hätte ich dich gern wieder fit und aktiv.«

Ich erlitt einen jähen Rückfall.

Nach all diesem Unsinn brauchte ich wirklich eine Zigarette, und sicher hätten viele Ehefrauen jetzt kapituliert und mir angesichts dieser außergewöhnlichen Umstände erlaubt, rasch ein Zigarettchen in meinem eigenen Wohnwagen zu rauchen. Aber Kathleen ist aus härterem Holz geschnitzt, und so mußte ich wie immer in den Dusch- und Toilettentrakt gehen.

Ich stellte mich an die Waschbecken, zündete mir eine an und betrachtete mich im Spiegel. Wenn ich mich nicht sehr irre, habe ich heute mehr graue Haare als noch vor einer Woche. Na ja, ich finde nicht, daß es Sinn hat, solche Dinge zu verbergen. Vielleicht wird das Alter mich distinguiert machen.

Während mir diese Gedanken noch durch den Kopf gingen, flog die Tür zu einer der Toilettenkabinen auf, und eine große, graue, geisteskranke Gestalt stürzte sich auf mich. Es war wieder mal Chief Inspector Hollerenshaw. Er packte mich mit der einen Hand am Kragen und drückte meinen Kopf in ein Waschbecken, während er mit der anderen den Heiß- und Kaltwasserhahn aufdrehte. Das Waschbecken lief voll. Mein Kopf tauchte unter. Über das eine Ohr strömte ein Schwall von kaltem Wasser, das andere wurde von heißem verbrüht. Das Wasser stieg mir in die Nase und drang mir in die Kehle, und ich fragte mich einen Augenblick lang, ob ich jetzt ertrinken würde. Aber Hollerenshaw hatte andere Pläne. Er riß meinen Kopf aus dem Becken und schleuderte mich quer durch den Raum.

»Wissen Sie, was *ich* denke?« sagte er.

Ich konnte nicht sprechen. Ich schüttelte nur den Kopf und sah ihn erwartungsvoll an.

»Ich denke, Leute, die nicht bereit sind, die Verantwortung für einen Hund zu übernehmen, sollten auch keinen halten dürfen. O ja, ich kenne Ihren Typ. Sie glauben, das sind niedliche, liebenswerte Weihnachtsgeschenke. Nun, sie sind viel mehr als das. Nämlich lebende, atmende Geschöpfe. Sie brauchen Hingabe und Liebe. Für mich sind Leute, die sich nicht ordentlich um ihren Hund kümmern, einfach jämmerlicher, unfähiger Abschaum. Meiner Meinung nach ist die Gesellschaft ohne solche Leute besser dran.«

Ich wollte protestieren, wollte ihm von der Tombola erzählen, von dem Mann im Lieferwagen und dem Dorn in der Pfote, aber ich kam überhaupt nicht zu Wort.

»Ihnen gebe ich gleich ›Tombola‹«, fuhr Hollerenshaw fort. »Ich hatte mal einen Hund, als ich noch ein kleiner Junge war. Er war der beste Freund, den ich je hatte. Wir sind überall zusammen hingegangen. Haben alles zusammen gemacht. Ich habe bloß gepfiffen, und er hat mir gehorcht, ohne zu fragen. Er hieß Wolfgang.«

Und Hollerenshaw fing an, ein Stückchen klassische Musik zu pfeifen, ohne Zweifel von Mozart, sehr, sehr laut. Und während er pfiff, begann er zu schluchzen.

»Was habe ich falsch gemacht? Ich bin kein schlechter Mensch«, sagte er zwischen Pfeifen und Schluchzen. »Aber heute gehorcht niemand mehr, wenn ich pfeife. Ich bin zu sensibel für diesen Job, wissen Sie. Zu einfühlsam. Ich sehe beide Seiten. Jede Seite. Ich denke, wir sind alle schuldig. Ich denke zuviel. Sie müssen mir helfen, Eric. Bitte.«

Ich tat mein Bestes. Ich pfiff mit ihm, so gut ich konnte. Murmelte, daß morgen früh alles ganz anders aussehen würde. Ich möchte gern glauben, daß ich ihm ein bißchen helfen konnte. Wenn ich heute etwas gelernt habe, dann dies: So schwarz die Dinge auch aussehen mögen, es gibt immer irgendwo einen Polizisten, dem es noch schlechter geht als dir.

Max kam zum Abendbrot zurück. Er war allein.

»Was ist aus Sindbad geworden?« fragte ich.

»Ich habe ihm die Freiheit geschenkt«, sagte Max. »Er ist in die Wildnis zurückgekehrt.«

Soweit ich sehen konnte, hatte er sich nie sehr weit von der Wildnis entfernt. Nach der Entfernung des Dorns war er vielleicht glücklich und nicht mehr so mordlustig wie vorher, aber für die meisten Zwecke immer noch mordlustig genug. Ich hoffe bloß, Hollerenshaw erfährt nichts davon.

Nach dem Abendessen hatte ich den Wunsch, mich von meinen Sorgen abzulenken. Ich liebe Spiele, egal, ob im Freien oder im Zimmer. Ich bin kein sehr konkurrenzbegeisterter Mensch. Es kümmert mich nicht besonders, ob ich gewinne oder verliere. Ich liebe Spiele, weil sie den Charakter bilden und weil sie einen großen zivilisatorischen Einfluß ausüben, vor allem auf junge Menschen. Jedenfalls sind sie sehr viel besser für Geist und Körper als das Herumräkeln vor dem Fernseher, außer wenn es einen Film mit Joan Crawford gibt.

Der Rest der Familie hat meine Begeisterung eigentlich nie teilen können, und heute abend hatte ich große Mühe, irgend jemanden dazu zu überreden, irgend etwas zu spielen. Ich hatte viele Brettspiele mitgebracht, für jeden etwas, hätte man meinen sollen, aber ich fand keinen Abnehmer.

»Komm schon, Dad«, sagte Max. »Mensch-ärgere-dich-nicht und Monopoly sind okay, aber Kinderkram. Ich will etwas spielen, was mehr Risiko und Herausforderung bietet.«

»Zum Beispiel?«

»Ein Wahrheitsspiel.«

Davon hatte ich noch nie gehört, aber ich war so erpicht darauf, irgend etwas zu spielen, daß ich mich darauf einließ. Max erklärte mir kurz die Regeln. Offengestanden, kann ich mir nicht vorstellen, was daran spannend sein soll, aber das Spiel geht so: Jeder Spieler muß irgendein dunkles Geheimnis von sich selbst enthüllen, das er bis jetzt vor den anderen Spielern verborgen gehalten hat. Das ist schon alles! Klingt wirklich zu einfach, nicht wahr?

»Aber woher weiß ich, ob ich gewonnen oder verloren habe?« erkundigte ich mich.

»Das merkst du schon«, sagte Max bedrohlich.

Also starteten wir einen Versuch. Ich brachte die Kugel ins Rollen und gestand, daß ich der netten Mrs. Henderson, als ich ihr den alten Ford Escort verkaufte, erzählt hatte, ich hätte ein neues Getriebe einbauen lassen. Das war aber gelogen. Es war bloß ein Austauschgetriebe gewesen.

Deshalb hatte ich immer ein schlechtes Gewissen gehabt, und tatsächlich fühlte ich mich wohler, nachdem ich es mir von der Seele geredet hatte. Vielleicht war dieses Wahrheitsspiel doch nicht ganz ohne. Max war von meiner Enthüllung natürlich überhaupt nicht beeindruckt.

»Wir suchen nach grundlegenderen Sachen«, nörgelte er. »Etwas, das wirklich an den Grundfesten rüttelt.«

»Was denn, zum Beispiel?«

»Vielleicht, daß du ein Kriegsverbrecher warst oder so was.«

Ich bedachte Max mit einem Blick, den ich gern als meinen »vernichtenden Blick« bezeichne. Max war aber nicht vernichtet.

»Wenn du so clever bist, Max, dann wollen wir doch mal hören, was dir so einfällt«, forderte ich ihn heraus, aber das sollte ich bald bereuen.

Max sagte: »Die Wahrheit ist: Ich will dich umbringen, Dad, und mit Mom schlafen.«

Ich lachte nervös, wußte aber, jetzt war es kein Spaß mehr. Das ist nicht die Art von Gefühlsäußerung, die man in seinem eigenen gemieteten Wohnwagen zu hören erwartet. Ich sah Kathleen an und hoffte auf ein bißchen eheliche Unterstützung, aber zu meinem Verdruß hatte Kathleen (die sonst nicht gerade zu den Spielbegeisterten zählt) beschlossen, sich vom Geist des Spiels mitreißen zu lassen.

»Wenn wir jetzt wirklich alle die Karten auf den Tisch legen«, meinte sie, »dann gibt's etwas, was ich auch noch niemandem erzählt habe.«

Ich war für einen Augenblick erleichtert. Das bedeutete zumindest, daß sie nicht erzählen würde, sie wolle von einem Araber mit einem großen Ding bedient werden, der auch wußte, wie man damit umging. Denn das hatte sie mir ja schon erzählt. Aber meine Erleichterung war fehl am Platze.

»Es war schon immer meine Phantasie«, sagte sie, »es mir gleichzeitig von zwei gut bestückten Zwergen besorgen zu lassen, von einem auf jeder Seite.«

»Mutter!« entfuhr es mir unwillkürlich.

Sie haßt es, wenn ich sie Mutter nenne. Typisch Kathleen – läßt sich vom Geist mitreißen, wo Geist nicht erforderlich ist. Mir hatte es die Sprache verschlagen. Wie Max ganz richtig gesagt hatte: Man merkte schon, wann man in diesem Spiel verloren hatte. Wer weiß, welchen Lauf die Dinge noch genommen hätten, wenn meine reizende Tochter Sally sich nicht ins Getümmel gestürzt hätte.

»Die einzige Wahrheit ist die Wahrheit des Herrn«, sagte sie. »Und das ist kein Spiel.«

Das setzte der Sache einen höchst willkommenen Dämpfer auf. Sie können lange warten, bevor Sie mich nochmal beim Wahrheitsspiel erwischen.

Jetzt ist es nach Mitternacht, und so vieles geht mir durch den Kopf: Cricketschiedsrichter, Hunde, Tombolas, Kliniken, Polizeibrutalität und Sex. Lassen Sie mich gleich erklären, daß ich genauso viel Spaß am Sex habe wie jeder andere auch. Okay, vielleicht nicht wie *absolut* jeder, aber doch Spaß genug. Genug für mich jedenfalls. Und ich bin sicher, die meisten Leute entspannen sich im Urlaub, haben mehr Zeit für ihren Partner und denken öfter an Sex als zu Hause. Diese Wirkung hat unser Urlaub jedenfalls auf Kathleen.

Gern würde ich sagen können, Kathleen sei besonders liebevoll in diesem Urlaub, aber ich bin nicht sicher, ob »liebevoll« das richtige Wort ist. »Fordernd« paßt vielleicht eher. Und ehrlicherweise muß ich zugeben, daß ich nicht den Eindruck habe, Kathleens Forderungen wären durch Liebe oder Zuneigung motiviert. Ihre außer Rand und Band geratene sexuelle Energie scheint mir eher der Grund.

Jetzt ist mir klar, daß es im Grunde schon in dem Augenblick anfing, als wir hier ankamen, und auf alle Fälle ist es seitdem nicht besser geworden. Kaum waren wir in Tralee eingetroffen, da zeigte sie auf einen jungen Mann in Shorts, der am Wohnwagen vorbeikam. Wie ich mich jetzt voll Bitterkeit erinnere, sagte sie: »Guck dir mal diesen Fickschwengel an. Also das nenne ich einen Monsterhammer!« Natürlich machte ich mir nicht die Mühe, hinzuschauen, und in jenem Augenblick dachte ich mir nicht viel dabei. Jedenfalls machte ich mir nicht die Mühe, es in meinem Tagebuch zu erwähnen. Aber wenn ich jetzt zurückschaue, scheint es mir so eine Art Vorbote gewesen zu sein.

Anfangs dachte ich, wenn ich Kathleen gäbe, was sie wollte, wäre sie glücklich und würde sich bald beruhigen. Aber nein. Ich glaube, am Anfang stellte ich sie einigermaßen zufrieden, aber dann verlangte sie – wie Oliver Twist – mehr. Also bemühe ich mich, ihr mehr zu geben, aber leicht ist es nicht, und ihren ziemlich ätzenden Bemerkungen entnehme ich, daß ich Wünsche offen lasse. Inzwischen scheint mir, daß sie mehr will, als jeder anständige Mann ihr geben kann. Ich will nicht behaupten, daß Kathleen unersättlich ist. Ich bin sicher, ein handverlesenes Team von kräftigen und hochtrainierten Hengsten könnte sie zufriedenstellen. Das Problem ist bloß, ich bin kein Team.

Ich habe heute abend versucht, die Sache zu erörtern und meine Ansichten klarzulegen.

»Ich bin fünfundvierzig Jahre alt, Kathleen. Ich tue mein Bestes, aber vergiß nicht, daß ich den Höhepunkt meiner sexuellen Leistungskraft seit mindestens fünfundzwanzig Jahren überschritten habe.«

Ihre Antwort, die ich hier nur der lückenlosen Berichterstattung wegen wiedergebe, lautete: »Wenn du nicht scheißen kannst, geh runter von der chemischen Toilette.«

Ich weiß nicht genau, was sie mit dieser Bemerkung sagen wollte, aber sie ist ein gutes Beispiel für die Derbheiten, auf die Kathleen in letzter Zeit so scharf ist. Während ich jetzt schreibe, regt sie sich in der Koje, und bald werde ich zur Erfüllung meiner Gattenpflichten gerufen werden. Viele sind berufen, aber ich bin anscheinend derjenige, der auserwählt ist.

Freitag

Heute wieder launisches Wetter. Ich kam nach einer dringend benötigten Zigarette aus dem Duschtrakt zurück, als die Sonne verschwand und das ganze Tralee Carapark and Holiday Centre von einem undurchdringlichen Nebel verhüllt wurde. Es war eine echte Erbsensuppe. Ich konnte kaum den nächsten Caravan sehen. Trotzdem beschloß ich, einen Spaziergang zu machen. Ich traf keine Menschenseele. Vermutlich hatten sie alle ein schwächeres Herz als ich.

Dann plötzlich sah ich doch etwas. Ich weiß, unsere guten, alten Augen können einem im Nebel seltsame

Streiche spielen, aber ich schwöre, ich sah, wie eine maskierte Männergestalt in Piratenstiefeln und Lendenschurz einen leblosen Körper quer durch die Anlage zu einem frisch ausgehobenen flachen Grab schleifte. Der Leichnam wurde ins Grab geworfen, und der Maskierte schaufelte rasch Erde darüber.

Zweierlei fand ich daran interessant. Erstens, obwohl der, der da schleifte und schaufelte, maskiert und recht ungewöhnlich bekleidet war, könnte ich schwören, daß er aussah wie Axel Garcia. Zweitens: Der Leichnam hatte keinen Kopf.

Dann verzog sich der Nebel, die Sonne kam wieder heraus, und es war ein wunderschöner Morgen. Ich sah keine Spur von Garcia, dem enthaupteten Leichnam oder dem flachen Grab. Ich kam mir ein bißchen dämlich vor. Man hat mir schon immer eine blühende Phantasie nachgesagt, und vielleicht war ich auch ein bißchen durcheinander nach meinem Erlebnis im Krankenhaus am Tag zuvor; also tat ich das Ganze mit einem Achselzucken ab. Die Nebelschwaden hatten mir wahrscheinlich einen Streich gespielt, sagte ich mir.

Der Klassenkampf im Laden der Anlage ging mir ziemlich auf den Geist. Da ich keine Lust hatte, mir durch kleine, lokale politische Unruhen das Leben schwermachen zu lassen, schickte ich meinen Sohn Max zum Laden, um einen zweiten Versuch zu unternehmen, Zucker zu kaufen. Dafür hatte ich zwei Gründe. Erstens ist Max etwa genauso alt wie der mürrische Jüngling, und so hoffte ich auf eine gewisse Harmonie, zumindest soviel, daß es Max gelänge, den Zucker zu besorgen. Zum zweiten bietet Max in letzter Zeit einen ziemlich furchterregenden Anblick. Er hat angefangen, sich in Tierfelle zu hüllen, und sein Benehmen ist, gelinde ausgedrückt, unkultiviert. Nun, sollte sich die Harmonie nicht einstellen, sagte ich mir, würde er dem jungen Mann womöglich soviel Angst einjagen, daß er mit dem Zucker rausrückte.

Max machte sich ganz bereitwillig auf den Weg, was für Max ungewöhnlich ist, aber als er nach einer Stunde noch nicht zurück war, beschloß ich, hinüberzugehen und nachzusehen, was los war. Ich hoffte aufrichtig, daß er sich in keinen häßlichen Disput hatte verwickeln lassen, aber ich hoffte vergebens.

Max und der mürrische Jüngling hatten offensichtlich in bester Harmonie zueinandergefunden. So sehr, daß Max jetzt auch Streikposten bezogen hatte. Der junge Mann trug immer noch sein Schild »Mehr Rechte für die Werktätigen« und »Proletarier aller Länder, vereinigt euch«, und Max hatte ein kleineres, auf dem stand: »Gerechtigkeit für alle – sonst ...«

»Max«, sagte ich und bot meinen väterlichen Rat. »Ich bin ja durchaus dafür, daß bei einem halbwüchsigen Jungen ein bißchen politisches Bewußtsein erwacht, aber davon haben wir keinen Zucker, oder?«

Max zückte ein Bowiemesser und hielt es mir an die Kehle. Ich war verblüfft; aber meine Verblüffung wuchs noch, als der mürrische Jüngling mir den Arm um den Hals schlang und mir eine Flasche Bleichmittel dicht vor die Nase hielt.

»Sind Sie für uns oder gegen uns?« wollte der Jüngling wissen.

»Ich glaube nicht, daß ich eine solche Frage mit einem einfachen Ja oder Nein beantworten kann«, sagte ich.

Aber mit Halbherzigkeiten ließ der mürrische Jüngling sich nicht abspeisen. Vernünftig zu reden war mit ihm auch nicht, und so kam es, daß ich eine politische Geisel wurde. Eigentlich kamen mir die Forderungen des Jünglings gar nicht so ungeheuerlich vor. Er verlangte lediglich eine Lohnerhöhung von zehn Pfund pro Woche, und wenn er die nicht bekäme, würde ich konzentriertes Ammoniak in die Augen bekommen.

Ich weiß, in einer idealen Welt sollte man weder Drohungen noch Erpressungen nachgeben, aber auf solchen Prinzipien reitet man nicht mehr unbedingt herum, wenn die *eigenen* Augen auf dem Spiel stehen. Ich erbot mich, den Besitzer des Ladens anzurufen und ihm die Situation zu erklären. Ich hoffte, die Sache würde sich bei Bier und Sandwiches klären lassen.

Ich rief an. Die Frau des Besitzers meldete sich. Ich bat sie, mich mit ihrem Mann zu verbinden, aber sie sagte, sie wage nicht, ihn zu stören, weil er sich gerade einen Rita-Hayworth-Film im Tagesprogramm ansehe. Ich hatte Verständnis für sein Widerstreben, mit mir zu sprechen; vielleicht war Rita Hayworth für ihn das gleiche wie Joan Crawford für mich. Aber nach langem Flehen willigte die Frau ein, ihn ans Telefon zu holen. Ich schilderte ihm die Lage in seinem Geschäft, und er sah ein, daß man etwas unternehmen müßte. Er erklärte sich bereit, zum Geschäft zu kommen und die Situation zu erörtern, sobald der Film zu Ende sei. Offengestanden glaube ich nicht, daß ihm viel an meinen Augen lag, aber es schien ihn zu beunruhigen, daß der Laden geschlossen war und er deshalb kein Geld verdiente.

»Sehen Sie, was ich meine?« sagte der mürrische Jüngling. »Durch und durch ein kapitalistischer Räuberbaron.«

Als der Besitzer kam, sah er nicht eben aus wie ein Räuberbaron. Er war ein alter Kauz, dem man nicht mal das Betreiben einer Muschelbraterei zugetraut hätte, von einem Laden im Tralee Carapark and Holiday Centre ganz zu schweigen. Immerhin, als es zu den Verhandlungen kam, erwies er sich als harter Brocken.

»Welchen Preis hat das Augenlicht eines Mannes?

Können Sie das sagen?« wollte der mürrische Jüngling wissen.

»Ja«, sagte der Ladenbesitzer. »Ungefähr fünf Pfund extra die Woche. Das ist das Äußerste, wozu ich bereit bin.«

Anscheinend hatten die Gespräche sich festgefahren. »Aber da können wir doch sicher zu einem Kompromiß kommen«, sagte ich. Keine der beiden Parteien sah, wie das möglich sein sollte, aber zum Glück fiel mir ein Plan ein, bei dem jeder das Gesicht wahren konnte. Der Besitzer war bereit, dem mürrischen Jüngling fünf Pfund pro Woche mehr zu zahlen, und ich verpflichtete mich, den fehlenden Fünfer aus meiner Tasche beizusteuern. Das schien mir ein vertretbarer Preis für mein Augenlicht. Die Vereinbarung kam zustande, und wir schüttelten uns alle die Hände. Der Besitzer eilte zu seinem Fernsehapparat zurück, und der Jüngling machte den Laden wieder auf. Ist es nicht schade, daß nicht alle Auseinandersetzungen so glücklich enden?

Ich kaufte ein Paket Zucker. Auf dem Rückweg zum Wohnwagen versicherte Max mir, wäre es hart auf hart gekommen, hätte er nicht zugelassen, daß der mürrische Jüngling mir Bleichmittel ins Gesicht schüttete.

»Das ist gut zu wissen, Max. Ich habe immer geahnt, daß du im Grunde deines Herzens ein gutmütiger Junge bist.«

Mein Kompliment schien ihn zu freuen. Mit einem Jauchzer rannte er davon und verschwand in der Ferne. Ich kehrte in den Wohnwagen zurück und trank meine dringend benötigte Tasse Tee: mit Milch und zwei Stück Zucker.

Der Tee half ein bißchen, aber ich beschloß, mir noch etwas Gutes zu tun und ein ruhiges halbes Stündchen mit Joan Crawford zu verbringen. Ich legte mir den Bildband in den Schoß. Als ich anfing, durch die Seiten zu blättern, durchbohrte ein eisiger Dorn mein Herz. Joan war geschändet worden. Jemand war hier zu Werke gegangen, mit böser Absicht und einem Filzstift.

Auf einem Standfoto aus *Susan and God* trägt sie jetzt einen buschigen Vollbart mit breitgezwirbeltem Schnauzer. Auf einem Porträt aus *Forsaking All Others* ist ihre zigeunermadonnahafte Schönheit durch die Hinzufügung einer kleinen runden Brille und einer bösen Akne entweiht. In *No More Ladies* ist Joans makellos gerundeter, wenngleich keineswegs exzessiver Busen in grober Weise vergrößert, und auf einem Bild aus *They All Kissed The Bride* kommt eine Sprechblase aus ihrem Mund. Die Sprechblase enthält die hinterhältigen Worte: »Und das war nicht alles, was sie mit der Braut getrieben haben.« Und so geht es weiter – Seite um Seite kindisches Gekritzel und plumpe Kommentare. Mir wurde ganz schlecht. Aber vor allem wurde ich wütend. Ich schimpfte und tobte, verfluchte den Schurken, der das getan hatte, und wünschte, er möge in der Hölle schmoren. Meine Wut war geradezu maßlos.

Selbstverständlich war Max mein Hauptverdächtiger, aber er war in der Ferne verschwunden. Kathleen begriff nicht, worüber ich mich so aufregte, was mir auch kein Trost war. Und mittendrin kam Sally vorbei und meinte: »Tja, Dad, warum *mußt* du auch Götzenbilder anbeten ...« Sie war überrascht, als ich daraufhin noch wütender wurde.

Habe wieder eine Flugnummer zu sehen bekommen. Der letzte Kunstflug der alten Sopwith Camel war schon erhebend genug gewesen, aber heute haben wir gesehen, wie es im Zweiten Weltkrieg zuging, und ich fand es atemberaubend.

Eine gelbnasige Messerschmidt 109 stieß aus der Sonne auf uns herab. Als sie herankam, hörte ich etwas, das klang wie Flakfeuer – zweifellos ein raffinierter Soundeffekt. Das Flugzeug ging in den Geradeausflug über, als es Tralee erreichte, und fing dann an, die Anlage zu beschießen. Ich muß sagen, ich war ein bißchen überrascht, als ich merkte, daß sie echte Kugeln benutzten. Wie es scheint, sind diese Luftakrobaten Echtheitsfanatiker, die nichts von Attrappen halten.

Plötzlich füllte sich das Cockpit der Maschine mit Rauch, und ich sah, wie Öl über die Frontscheibe und die Verkleidung strömte. Das Flugzeug raste davon; der Motor kreischte wie eine Moorhexe, und wichtige Teile flogen herunter. Nach einer Weile hörte man in der Ferne eine allmächtige Explosion.

Zum Glück war in Tralee kaum Schaden entstanden; allerdings hatte es dem netten jungen Stotterer die Luftmatratze durchlöchert. Ich riet ihm, zum Flugplatz hinüberzulaufen und Schadenersatz zu verlangen oder wenigstens Gratistickets für die Show, aber dazu ist er wahrscheinlich zu bescheiden. Die Welt ist zu hart für Leute wie ihn.

Auch konnte ich nicht übersehen, daß eine Kette von Einschußlöchern das Dach des Wartburg zierte. Wenn es mein eigener Wagen gewesen wäre, hätte ich mich wahrscheinlich ziemlich aufgeregt. Da er aber jemand anderem gehörte, machte es mir nicht allzu viel aus. Etwas Gutes findet sich in allem ... Außerdem war das Ganze sehr geschichtsträchtig und lehrreich gewesen, vor allem für die Jugend.

Sie wissen ja, ich hatte schon immer eine Schwäche für Geschichte. Vielleicht, weil ich ein bißchen hinter meiner Zeit herhinke und eigentlich kein Mann von heute bin. Aber was auch der Grund sein mag, ich war schon immer fasziniert von historischen Ratenüssen wie: »Wer war Jack the Ripper? Warum griff die Light Brigade an? Wer hat den Stein bewegt? Warum war Ethelred nicht bereit?«

Das Ärgerliche an der Weltgeschichte ist meiner Meinung nach, daß es in ihr nicht gerade von netten Leuten wimmelt, sondern von Mördern, machtbesessenen Despoten, Kriegsgewinnlern, Zeloten, Bigotten und Verrückten – niemand nach meinem Geschmack. Ja, es gibt eine ganze Menge historischer Gestalten, denen ich gern mal die Meinung sagen würde. Ich habe eine Liste dieser Figuren zusammengestellt und an entsprechender Stelle angemerkt, was ich mir von der Seele reden würde.

Rasputin
Tiberius
Elvis Presley
Peter der Große (Ich habe eigentlich nicht viel übrig für jemand, der darauf besteht, sich »Groß« zu nennen. Wieso nicht einfach »Peter der Bescheidene«, und es dann anderen überlassen, zu entscheiden, wie groß du warst?)
Mussolini (Man traue niemals einem Staatsführer, der eine absurde Uniform trägt.)
Heinrich VIII.
Ulysses Simpson Grant
Pablo Picasso (»Hallo, Mr. Picasso«, würde ich sagen. »Ein dreijähriges Kind hätte diese Bilder malen können!« Eigentlich glaube ich nicht, daß es so ist, aber sagen würde ich es trotzdem, nur um ihn zu ärgern. Ich weiß nicht, warum, aber ich habe ihn nie leiden können. Ich glaube, es hat etwas mit seiner Kopfform zu tun.)
Jesse James (Wie kann man als Outlaw nur Jesse heißen?)

Mozart
Dr. Crippen
Vorsitzender Mao (auch einem Staatsführer, der einen absurden Overall trägt, traue man niemals)
Sigmund Freud (der würde wenigstens was anfangen können mit dem, was ich mir von der Seele rede!)
Die schöne Helena (also gut, ihr Gesicht hat tausend Schiffe in See stechen lassen – na und? Was ist so toll daran, Schiffe in See stechen zu lassen? Und wie läßt man eigentlich mit dem Gesicht ein Schiff in See stechen?)
George Formby
Christopher Columbus
Dr. Johnson (»Ich frage mich, ob Sie wohl was dagegen hätten, mal einen Blick auf mein Bein zu werfen?«)
Und schließlich der Earl of Sandwich (da würde ich darauf hinweisen, wie gut es ist, daß er nicht Pratt oder Sidebottom geheißen hat, denn sonst würden wir heute alle rumlaufen und getoastete Sidebottoms und Pratts mit Käse und Zwiebeln essen. *Ich* würde davon natürlich überhaupt nichts essen, es sei denn, Kathleen hätte es mit ihren eigenen zarten Händen zubereitet.)

Nun ja, soweit diese Grille! Wie man sieht, habe ich meinen Humor noch nicht verloren!

Ich kam zu dem Schluß, daß ich wirklich mal mit Sally über diesen ganzen Religionskram reden muß. Es gibt Zeiten, da sollte ein Vater sich heraushalten, aber es gibt auch Zeiten, da muß er sich hineinstürzen. Sally hört vielleicht nicht gern, was ich zu sagen habe, aber eines Tages wird sie mir dankbar dafür sein. Ich fand sie auf dem Kinderspielplatz. Sie hatte eine Horde Kinder um sich versammelt und trug ihnen ein Gleichnis vor.

»Hoffentlich störe ich nicht, Sally«, sagt ich.

»Nein, ich habe immer Zeit für meinen irdischen Vater«, antwortete sie.

»Na, dann bist du ja vielleicht auch gewappnet, daß das, was ich dir zu sagen habe, von irdischem Interesse ist«, sagte ich.

Ich wollte einen leichten Ton anschlagen, aber das war nicht einfach. Sally hat in letzter Zeit keinen Sinn für Leichtigkeit. Sie legte den Kopf zur Seite, lächelte mich mit heiterer Gelassenheit an und setzte eine Miene auf, als lasse sie sich dazu herab, mit dem Dorftrottel zu reden.

»Sprich, Vater«, sagte sie.

»Es ist dieser ganze Religionsfimmel«, sagte ich. »Ich frage mich, ob du das alles noch richtig in der Hand hast.«

»Nicht ich habe es in der Hand. Es ist alles in Gottes Hand.«

»Ja, das ist es ganz bestimmt, und ich bin froh, daß du daran glaubst. So viele junge Leute glauben an gar nichts mehr. Aber gleichzeitig frage ich mich doch, ob du nicht etwas versäumst?«

»Was könnte ich versäumen? Mir mangelt es an nichts, denn der Herr ist mein Hirte.«

»Ich denke, du versäumst ein bißchen Spaß.«

»Was für Spaß?«

»Auf Partys gehen, sich einen kleinen Schwips antrinken, Popmusik hören, komische Kleider anziehen – du weißt schon, all das, was junge Leute so tun.«

»Alles, was du da beschreibst, sind die Werke des Teufels. Ich bin enttäuscht, daß du das nicht wußtest. Und ich bin enttäuscht, daß du mich in Versuchung führen willst.«

Kinder! Manchmal ist es, als redete man gegen eine Wand oder, in Sallys Fall, mit den Zeugen Jehovas, die plötzlich vor der Tür stehen und einen fragen, ob man die »frohe Botschaft« schon empfangen habe.

»Würdest du etwas für mich tun, Vater?« fragte sie.

Ich bemühe mich, ein entgegenkommender Vater zu sein. Ich bemühe mich, meinen Kindern nichts zu versagen, aber jetzt verriet mir Sallys Gesichtsausdruck, daß sie etwas vorschlagen würde, was ich höchstwahrscheinlich lieber ablehnen würde.

»Laß es drauf ankommen«, sagte ich.

»Würdest du bereuen?«

»Was sollte ich bereuen?«

»Alles. Dein seichtes, leeres, sinnloses Leben.«

»Moment mal. Die Behauptung, daß mein Leben leer ist, weise ich entschieden zurück. Mir scheint es im Augenblick ziemlich erfüllt zu sein.«

»Aber das zeigt nur, wie leer es im Grunde ist.«

Und sie fiel auf die Knie und fing an zu beten. »O Herr, schaue herab auf Eric, Deinen unwürdigen Diener . . .«

»Um Gottes willen, hör auf damit, Sally. Du machst eine Szene. Alle Kinder auf dem Spielplatz starren dich an. Und hör auf, dich als die fromme Helene auszugeben.«

»Aber ich bin Gott näher als du, und deshalb bitte ich dich, zu bereuen. Meine ewige Erlösung ist sichergestellt, aber was deine betrifft, habe ich ernste Zweifel. Ich stelle mir nicht gern vor, daß mein Vater in der Hölle schmort.«

Ich war ein bißchen verärgert. Für wen hielt sie sich eigentlich, daß sie ihrem eigenen Vater erzählen wollte, ihm stünden ewige Höllenqualen bevor? Ich bin vielleicht ein genauso großer Sünder wie jeder andere auch, aber ich finde, ich habe trotzdem ein Anrecht auf ein wenig Respekt von meiner eigenen Tochter.

»Du bist noch nicht zu alt, um was hinter die Löffel zu kriegen«, sagte ich.

»Wenn du mich schlagen möchtest, bitte sehr. Ich werde auch die andere Wange hinhalten.«

Ich wette, das hätte sie gemacht. Ich hatte genug. Ich zog mich zurück, bevor ich etwas sagte, was ich vielleicht bereuen würde.

»Gott segne dich«, rief sie mir nach.

Ich erwiderte nichts mehr. Gott hat sich für einiges zu verantworten in meinem Tagebuch.

Als der Abend kam, hatte ich eine Aufmunterung nötig. Wenn man als Geisel genommen wird und fast sein Augenlicht verliert, wenn einem das Joan-Crawford-Buch vollgekritzelt und der Leihwagen beschossen wird, und wenn für die eigene Seele herablassend gebetet wird, dann ist man danach nicht eben in bester Stimmung. Ich war bereit, mich ablenken zu lassen, denn sonst hätte ich mich niemals von Kathleen dazu überreden lassen, in die Varieté-Show im örtlichen Stadttheater zu gehen. Es gab genug Gründe für mich, dort nicht hin zu wollen. Ich mag keine Menschenmengen, vor allem im Theater nicht. Ich mag keine Theater. Und ich mag keine Varieté-Shows; ich finde, kennt man eine, kennt man sie alle. Ich hätte es vorgezogen, mit meinen Lieben zu Hause zu bleiben. Wir hätten uns die Zeit mit irgendwelchen Spielen – aber um Gottes willen nicht dem Wahrheitsspiel – vertreiben können. Nur weil Kathleen so erpicht darauf war, gingen wir. Max und Sally ließen sich nicht überreden, und so gingen nur wir beide, was manch einer vermutlich romantisch gefunden hätte.

Die Show hieß »Skegness Stars«, aber wenn diese Meute die Stars waren, dann bin ich froh, daß ich die Nebendarsteller nicht zu sehen bekam. Vielleicht war ich überkritisch, aber ich sah wirklich keinen Spaß darin, mir für mein gutes Geld anzuhören, wie eine unmusikalische Matrone in Lurex »I Am Sixteen Going On Seventeen« sang oder ein alter Penner »Wimoweh« auf dem Xylophon spielte, und es machte schon gar keinen Spaß, einem sogenannten Komiker zuzuschauen, der seine Beobachtungen über die britische Eisenbahn und über Doppelfenstervertreter zum Besten gab. Wahrscheinlich wäre ich in der Pause einfach gegangen, wäre Kathleen nicht gewesen. Sie vertilgte zwei Gin Tonics und war dann bereit für die zweite Hälfte, in der unter anderem ein Hypnotiseur auftreten sollte.

Ich habe nie besonderes Interesse an Hypnose gehabt. Sie kann sicher sehr hilfreich sein, wenn man ein paar Pfunde verlieren oder Selbstvertrauen gewinnen oder das Rauchen aufgeben möchte. Aber den Wert der Hypnose als Ferienunterhaltung, vorgeführt auf einer Varietébühne, bezweifelte ich von Anfang an.

Ich weiß nicht, ob Sie einem dieser Burschen schon mal bei der Arbeit zugesehen haben. Als erstes versammeln sie eine ziemlich große Gruppe von Leuten auf der Bühne und veranstalten ein paar einfache Tricks mit ihnen, und dabei stellt der Hypnotiseur fest, welche Personen in dieser Gruppe sich besonders gut als Objekte eignen. Nach und nach werden die weniger leicht beeinflußbaren auf ihre Plätze zurückgeschickt, und schließlich bleiben die zwei oder drei am leichtesten hypnotisierbaren Leute auf der Bühne zurück, um sich nunmehr vollends zum Affen zu machen.

Der Hypnotiseur war ein kleiner, vertrauenswürdig aussehender Bursche im weißen Smoking; er hatte ein rundes, harmloses Gesicht und eine onkelhafte Art. Er fragte nach Freiwilligen. Sie meldeten sich nur zögernd. Ich brauche kaum zu sagen, daß ich nicht die Absicht hatte, aufzustehen, aber das Unglück wollte es, daß unsere Plätze am Mittelgang lagen. Ich hatte gedacht, das sei gut, weil wir dann leichter hinausgehen könnten. Aber es erleichterte es auch der Assistentin des Hypnotiseurs, mich auszugucken, als sie ins Publikum herunterkam, um mögliche Kandidaten aufzutreiben.

Ich kämpfte wie ein Löwe, aber ich hatte keine Chance. Die Assistentin zog auf der einen Seite, und Kathleen schubste auf der anderen. Zum Schluß fand ich, es sei peinlicher, mich weiter zu sträuben, als nachzugeben, und so ging ich auf die Bühne. Kathleen kam auch mit. Sie war nicht aufzuhalten.

Wir standen mit einem runden Dutzend anderer Leute unbeholfen herum, und der Hypnotiseur erzählte uns, wir würden immer jünger, und ein paar aus unserer Gruppe fingen an, sich wie Kinder und dann wie Babys aufzuführen. Dann bekamen wir gesagt, wir seien in einem Schützengraben im Ersten Weltkrieg, und mehrere Leute erlitten einen Feuerschock. Ich sah wirklich nicht, welchen Unterhaltungswert das alles haben sollte, aber ich war doch erleichtert, als ich sah, daß die anderen – Kathleen eingeschlossen – herumsprangen, als wären sie nicht ganz richtig im Kopf, während ich völlig unhypnotisiert und ganz der Alte war.

Ich wurde mit einiger Schärfe auf meinen Platz zurückgeschickt, worüber ich erst einmal erleichtert war. Aber dann mußte ich für den Rest des Abends dort sitzenbleiben und mir dieses wenig erbauliche Schauspiel ansehen, ein Schauspiel, bei dem meiner eigenen Frau eine Hauptrolle zugedacht war.

Da war ein Hundertzehn-Kilo-Mann, dem gesagt wurde, er sei ein Weihnachtsengel, und der mit seinem Zauberstab herumtanzte. Eine winzige Lady wurde in einen Feldwebel verwandelt. Es gab noch manches andere, aber ich kann zu meiner Freude sagen, daß ich das meiste vergessen habe. Es möge genügen, wenn ich sage, daß ich mich nicht unterhalten fühlte. Das Publikum nahm natürlich alles gierig auf.

Dann nahm die Sache eine häßliche Wendung. Der Hypnotiseur hatte nach und nach alle auf ihre Plätze zurückgeschickt. Jetzt waren nur noch drei Freiwillige auf der Bühne: der Hundertzehn-Kilo-Mann, eine Stenotypistin aus Grantham und Kathleen. Der Hypnotiseur überzeugte die beiden Frauen davon, daß sie Ringerinnen seien; der Mann sei der Schiedsrichter. Kathleen nahm die Stenotypistin sofort in die Beinschere und wollte nicht mehr loslassen. Der sogenannte Schiedsrichter wurde dann auch noch in den Kampf verheddert, und alle drei rangen miteinander auf dem Boden. Leicht hätte sich jemand verletzen können, wenn der Hypnotiseur sie nicht mit einem Fingerschnipsen zu sich gebracht hätte; ich bezweifle allerdings, daß Kathleen dieser Jemand gewesen wäre.

Offensichtlich sah der Hypnotiseur in Kathleen sein ideales Objekt; er sagte ihr, sie sei nun eine Striptease-Tänzerin aus dem »Crazy Horse« in Paris. Ich sprang auf und protestierte. Das ging zu weit! »Lassen sie uns diesem traurigen Schauspiel ein Ende machen!« rief ich. Aus Gründen, die mir unbegreiflich sind, schien das Publikum dies erheiternd zu finden.

Der Hypnotiseur trat an den Rand der Bühne, fixierte mich mit stählernem Blick, sagte, ich sei sechs Jahre alt, und plötzlich war ich sechs Jahre alt und stand allein vor einem vollbesetzten Theater, wo das gesamte Publikum mich auslachte. Ich tat, was jeder Sechsjährige getan hätte; ich fing an zu schluchzen und nach meiner Mutter zu rufen. Ich konnte es nicht glauben. Ich fühlte mich nicht hypnotisiert, und trotzdem benahm ich mich, als wäre ich es. Unter beträchtlichem Applaus ging ich auf die Bühne und umarmte Kathleen heftig, als wäre sie meine Mutter, aber sie hielt sich natürlich für eine Stripperin aus dem »Crazy Horse« und wollte nichts von mir wissen.

»Ist das nicht Ihr kleines Söhnchen?« fragte der Hypnotiseur sie.

»Isch 'abe kein kleines Söhnschen«, sagte Kathleen mit sehr passablem französischen Akzent. »Isch bin Madame Kathleen.«

»Und haben Sie einen Mann, Madame Kathleen?«

»Einen Mann 'abe isch. Quel Wichser!«

Sie machte ein obszöne Handbewegung, und das Publikum tobte. Ich persönlich hatte gehofft, dieses Wort niemals aus Kathleens Mund hören zu müssen. Und falls es mir doch nicht erspart bliebe, dann zumindest nicht als Beschreibung meiner selbst, und schon gar nicht vor einer bunt zusammengewürfelten Meute von zweitausend Urlaubern.

»Madame Kathleen, ich denke, es ist Zeit für Ihren Auftritt.«

»Mammy!« schrie ich.

Der Hypnotiseur erklärte dem Publikum, Kathleen werde keineswegs einen richtigen Striptease vorführen. Sie werde einen imaginären Strip vollbringen, imaginäre Strümpfe und Handschuhe und Büstenhalter ausziehen und ihre wirklichen Kleider an Ort und Stelle lassen. Kathleen schien er das indessen nicht erklärt zu haben. Irgendeine Strippermusik ertönte, und unversehens, viel schneller, als ich es für möglich gehalten hätte, hatte sie sich ihrer wirklichen Kleider entledigt und stolzierte nackt auf der Bühne umher. Es war ein Glück, daß Kathleen so schlank und attraktiv war.

Ich glaube, selbst für dieses Höhlenmenschen-Publikum war es offensichtlich, daß dies nicht hätte passieren sollen: Schockiertes Schweigen senkte sich über den Saal, aber die Leute waren kaum schockierter als der

Hypnotiseur selbst. Er bemühte sich, Kathleen fingerschnipsend zu sich zu bringen, aber inzwischen versuchte sie mit mäßigem Erfolg, den Hundertzehn-Kilo-Mann zu entkleiden.

Der Vorhang fiel; Kathleen, der Hundertzehn-Kilo-Mann, die Stenotypistin aus Grantham und der Hypnotiseur verschwanden dahinter, und ich blieb davor stehen und schaute ins Publikum. Was jetzt kommt, will ich selbst kaum glauben, aber ich unterhielt die Zuschauer mit einer Interpretation von »On The Good Ship Lollipop« einschließlich Steptanz-Einlage. Ich beendete meine Nummer mit den Worten, ich müsse nun gehen, weil ich Pipi machen müsse.

Ein Bühnenarbeiter führte mich hinaus und brachte mich in eine Garderobe, wo der Hypnotiseur mich wieder in den Normalzustand versetzte. Kathleen war auch da, wieder mehr oder weniger bekleidet, und anscheinend war sie gerade dabei, eine Verabredung mit dem Bühnenarbeiter zu treffen.

»Ich liebe die Leute vom Showbusineß«, erklärte sie.

Mit Worten läßt sich kaum ausdrücken, wieviel Schmerz, Demütigung und Zorn ich empfand. Außerdem war ich entsetzt, daß Kathleen diese jämmerliche Veranstaltung mit dem Showbusiness gleichsetzte.

»Na, der Pöbel findet ja vielleicht, er habe für sein Geld etwas geboten bekommen«, sagte ich verbittert zu dem Hypnotiseur.

»Irrtum, Meister«, sagte er. »Wenn Leute so austicken, wie Sie beide, dann denkt das Publikum immer, die Nummer ist abgesprochen.«

Jetzt ist es nach Mitternacht. Kathleen ist im Bett. Sie hat mich mehrmals beschworen, zu kommen und »meine Pflicht« zu tun. Aber ich werde hart bleiben. Ich habe ihr gesagt, ich schäme mich für ihr Benehmen und bringe es nicht über mich, mit ihr das Laken zu teilen. Als Ausrede ist das so gut wie jede andere.

So bestürzend meine Begegnung mit der Hypnose auch war, muß ich mir eingestehen, daß vielleicht doch etwas Gutes daran ist. Wenn wir mehr über uns selbst und unsere Lieben wissen wollen, dann dürfen wir, glaube ich, das Unterbewußtsein nicht ignorieren. Kathleen ist in ihrem Unterbewußtsein eine französische Stripperin. Ich bin im Unterbewußtsein ein sechsjähriger Junge, der nach seiner Mutter schreit. Ich denke, da gibt's eine Lektion zu lernen, wenn auch eine schmerzhafte.

Der Schmerz fand keine Linderung, als wir nach der Show in unseren Wagen stiegen. Ein paar junge Flegel, die offenbar im Theater gewesen waren, sahen mich, johlten vor Hohngelächter und schrien unter anderem: »Hey, guck mal, da ist ja Shirley Temple!«

Ich war so vernünftig, nicht zu antworten.

Das alles bringt mich zum Thema Tod. Ich stimme vielleicht nicht mit allem überein, was Sally sagt, aber sie hat mich auf alle Fälle nachdenklich gemacht. Normalerweise zerbreche ich mir nicht weiter den Kopf über den Tod. Dafür gibt es zwei Gründe. Der eine ist, daß ich weiß Gott genug damit zu tun habe, mir den Kopf über das Leben zu zerbrechen. Zweitens glaube ich, der Tod ist gar keine so üble Sache. Ich meine, jeder muß ihn mal durchmachen, er ist etwas völlig Natürliches, und man kommt nicht drum herum – also neige ich zu der Auffassung, daß es wahrscheinlich am besten so ist. Und selbst wenn es nicht am besten ist, hat man wahrscheinlich mehr davon, wenn man es wenigstens glaubt.

Was nun nach dem Tod passiert, das ist eine völlig andere Geschichte. Ich will sofort hinzufügen, daß ich nichts von Reinkarnation halte. Ich hatte nie die geringste Lust dazu. Ich meine, wenn man gut siebzig Jahre lang ganz glücklich in South Yorkshire vor sich hingelebt hat, dann wird man es nicht besonders zu schätzen wissen, als guatemaltekischer Bauer zurückzukommen, oder? Schon gar nicht als Ziege oder Käfer oder sowas.

Dann ist da diese Geschichte mit Himmel und Hölle, die in mancher Hinsicht ganz vernünftig klingt – aber ich habe meine Zweifel. Als System, finde ich, läßt es doch einiges zu wünschen übrig. Himmel und Hölle kommen mir einfach ein bißchen extrem vor.

Sagen wir, Sie sind ein ganz gewöhnlicher Bursche, Sie haben niemandem je ernsthaft etwas getan, aber trotzdem haben Sie sich schuldig gemacht, indem sie neidisch, wollüstig, faul usw. waren. Nun, nach den Vorschriften ist die Sache völlig klar: Sie müssen nach unten. Und wenn Sie da ankomen, werden Sie ohne Zweifel Hitler und Lucrezia Borgia und Jack the Ripper treffen, und vermutlich werden die Sie fragen, was Sie angestellt haben, und dann müssen Sie sagen: »Ich bin faul gewesen.« Die werden Sie glattweg auslachen! Sie passen da einfach nicht hin. Genauso gut könnte man Leute in ein Hochsicherheitsgefängnis schicken, weil sie mit den Fernsehgebühren eine Woche im Rückstand sind.

Und im Himmel ist es auch nicht besser. Sie können ruhig ein guter, ehrlicher, gottesfürchtiger Kerl gewesen sein – wenn Sie in den Himmel kommen, geraten Sie in die Gesellschaft von Johannes dem Täufer und Maria Magdalena und St. Christophorus und all denen, und da werden Sie sich genauso wenig zu Hause fühlen.

Wenn ich das System entwickeln müßte, hätte ich eine Menge Zwischenstufen – den Himmel ganz oben und wirklich wundervoll, und die Hölle ganz unten, und da wär's die Hölle, und dazwischen gäbe es ungefähr fünfzehn Zwischenstufen. Man sucht sich die Ebene, die einem am besten paßt, und da bleibt man in alle Ewigkeit. Ich denke, meine Idee könnte langfristig allen eine Menge Ärger ersparen.

Andererseits, vielleicht ist da ja auch gar nichts. Vielleicht stirbt man, und das war's – nichts weiter. Ich glaube, damit wäre ich auch einverstanden. Es wäre natürlich nicht so gut wie der eigentliche Himmel, aber wenn man ein paar der Alternativen betrachtete – ja, wenn ich daran denke, auch nur noch eine weitere Nacht mit Kathleen zu verbringen –, könnte einem, glaube ich, sehr viel Schlimmeres widerfahren als das ewige Vergessen.

Samstag

Habe heute morgen festgestellt, daß es in ganz Skegness nicht einen einzigen Buchladen gibt, der mir einen großen Bildband über Joan Crawford verkaufen kann.

Da ich für Kritik empfänglich bin, habe ich ein bißchen nachgedacht über das, was meine reizende Tochter Sally mir über das Anbeten von Götzenbildern gesagt hat. Vielleicht stimmt es, daß ich von meiner Bewunderung für Joan ein wenig besessen bin. Vielleicht ist es, wie Sally später zu bedenken gab, kein bloßer Zufall, daß sie die gleichen Initialen wie der Sohn Gottes hat. Aber man kann es drehen und wenden, wie man will, ich kann einfach nicht finden, daß Joan eine falsche Göttin sein soll. Für mich ist sie echt.

Die Buchläden waren eine ziemliche Enttäuschung und verglichen mit den Verkäufern dort, war der mürrische Jüngling aus dem Laden geradezu ein dienstbeflissener Geist. Sie hatten den Bildband alle gerade nicht mehr da, oder sie hatten ihn nie gehabt, oder sie wußten nicht, *was* sie überhaupt hatten, oder sie hatten noch nie von Joan Crawford gehört. Einmal wurde mir ersatzweise ein Buch über Joan Collins angeboten.

Was ist das für eine Welt, in der Buchhandlungen keine Bildbände über Joan Crawford mehr am Lager haben? Eine Welt nach meinem Geschmack jedenfalls nicht, das steht fest.

Alles ist heutzutage anscheinend besessen von Sex. Nicht nur meine schlanke und attraktive Frau, sondern auch die Zeitungen, das Fernsehen, das Kino und sogar der sympathische Stotterer. Ich war gerade von meinem Streifzug durch die Buchhandlungen zurück, als er mich aufsuchte. Wir plauderten über dies und jenes, und plötzlich, ohne jeden Zusammenhang, fragte er mich: »Machen Sie sich eigentlich auch manchmal Sorgen über die Größe Ihres Geräts?«

Lebten wir in einer anderen Zeit, dann hätte er vielleicht die Gerätschaften gemeint, die ich in meiner Garage aufbewahre, aber da es nun mal unsere Zeit ist, meinte er mein Fortpflanzungsorgan.

»Nein«, sagte ich. »Es lohnt sich nicht, sich darüber Sorgen zu machen, oder?«

»Das sagen Sie wahrscheinlich b-b-bloß, weil Sie gebb-baut sind wie ein Hengst.«

»Nun, mir sind noch keine Klagen zu Ohren gekommen.«

»Sehen Sie, das meine ich.«

»Aber auch noch kein übermäßiges Lob. Ich bin einfach mehr oder weniger durchschnittlich.«

»Es gibt keine Abstufungen von Durchschnittlichkeit. Mich hat die N-n-natur weit unter dem D-d-durchschnitt ausgestattet.«

Offengestanden, dieses Gespräch wurde sehr viel intimer, als mir lieb war. Die Erörterung von Penisdimensionen mit beinahe völlig Fremden verstößt gegen meinen Sittenkodex. Andererseits war der Arme offenbar wirklich beunruhigt; deshalb gab ich mir Mühe, ihn etwas zu besänftigen.

»Viele Frauen sagen, es kommt nicht auf die Größe an, sondern darauf, was man damit macht.«

»Ich w-w-wette, das sagen sie b-b-bloß, wenn man einen Kleinen hat. Ich wette, wenn man einen G-g-großen hat, sagen sie das nicht. Ich wette, wenn man einen G-g-großen hat, ist es ihnen scheißegal, was man mit dem D-d-ding macht.«

Ich sah mich außerstande, darüber zu debattieren. Ich hielt es sogar für möglich, daß er gar nicht so unrecht hatte. Aber das war schließlich kein Grund zur Traurigkeit.

»Sie kennen den Song von B-b-burt B-b-bacharach, ›What The World Needs Now Is Love Sweet Love‹. Na, ich d-d-denke, was die Welt b-b-braucht, sind große Schwänze.« Und dann fing er an zu singen: »Nicht bloß für manche, sondern für alle.«

»Hören Sie«, sagte ich, »diejenigen unter uns, die durchschnittlich ausgestattet sind, müßten den kleiner Gebauten eigentlich sehr dankbar sein.«

»Wieso das denn?«

»Nun«, sagte ich, »wenn es keine kleiner Gebauten gäbe, dann wäre das Durchschnittsmaß statistisch gesehen größer. Wenn die Kleinen nicht wären, müßte man das Durchschnittsmaß höher ansetzen, und alle Männer, die jetzt durchschnittlich sind, wären plötzlich *unter* dem Durchschnitt.«

Ich kann nicht behaupten, daß ihn das sonderlich aufmunterte. Schließlich sagte er: »Wohlgemerkt, wenn Sie stottern, ist es egal, wie groß ihr D-d-ding ist. Wenn Sie einen P-p-pimmel wie einen Fahnenmast hätten, würde sich immer noch keine von Ihnen b-b-bumsen lassen.«

»Sie müssen einfach mit dem, was Sie haben, Ihr Bestes tun«, riet ich ihm nicht zum erstenmal.

»Wenn dieses St-t-tottern nicht wäre, hätte ich ein verf-f-fluchter Sexgott werden können.«

»An Ihrer Stelle würde ich mich mit dem Zahlenausrufen beim Bingo zufriedengeben.«

Das sollte bittere Ironie sein und ihm zeigen, wie töricht und fehlgeleitet seine Ambitionen waren, aber er hatte keinen besonderen Sinn für Ironie.

»Also gut«, sagte er. »Sie haben mich überzeugt! Ich m-m-mach's! Ich werde der b-b-beste B-b-bingo-Ausrufer in ganz Großb-b-britannien!«

Wieso hören die Leute immer nur die Ratschläge, die sie hören wollen? Wieso haben so wenige Leute ein Gefühl für Ironie?

Nicht nur ich führe Tagebuch, auch Kathleen habe ich dabei ertappt und hätte mich eigentlich nicht wundern dürfen, daß sogar Sally ihre Notizen macht. Ich stieß ganz zufällig auf ihre Versuche, als ich ihren Koffer durchstöberte, um meine Sonnenbrille zu suchen. Das Journal hatte die Form einer Schriftrolle und trägt die Überschrift *Mein spirituelles Tagebuch*. Ich habe lange gezaudert, ob ich es lesen sollte oder nicht, aber dann las ich es, wobei ich mich damit rechtfertigte, daß es mir helfen würde, Sally besser zu verstehen. Offengestanden, ihr Geschreibsel ist ziemlich geschwollenes und langweiliges Zeug. Ich habe trotzdem einen repräsentativen Abschnitt abgeschrieben, der zumindest als Fallgeschichte von Interesse sein dürfte.

Mein spirituelles Tagebuch
FREITAG

Heute morgen aufgewacht. Den neuen Tag begrüßt. Mich des Lebens gefreut. Frohlockte ob der Welt und all ihrer Fülle. Sagte Dank für die vielen Segnungen, die mir heute und alle Tage zuteil werden. Dankte dem Herrn für meine Gesundheit und meine Kraft, für Witz, Intelligenz, Einsicht, Intuition und Spiritualität. Auch für meine beachtliche Schönheit und meine Überlegenheit gegenüber so vielen Seiner anderen Kinder.

Erübrigte manchen Gedanken für jene, die nicht so vom Glück gesegnet sind wie ich. Hatte echtes Mitleid für die, denen die vielen Segnungen und Vorteile, Begabungen und Talente, dich ich habe, versagt sind, diese armen, traurigen, gewöhnlichen Menschen, die sich nicht an dem Wissen erfreuen können, daß sie Auserwählte Gottes sind.

Viele Leute sagen, der Weg zur Erlösung sei ein rauher und steiler Pfad, auf dem man manches Mal stocke und stolpere. Oft, heißt es, gehe der Pilger in die Irre, erwähle die falsche Gabelung und komme viele Meilen vom Wege ab, ehe er die richtige Straße finde. Kann dem nicht zustimmen. Widerspreche nur sehr ungern, kann aber nicht die geringste Schwierigkeit entdecken. Der Weg ist klar und gut beschildert. Aber es mag ja sein, daß andere keinen so tadellosen Orientierungssinn besitzen wie ich.

Man hört so viel von geistigem Kampf und langen, dunklen Nächten der Seele. Glaube, daß ich das Richtige getan habe, als ich mir all das ersparte.

Bin mir wohlbewußt, daß die Gnade nicht jedem x-beliebigen gewährt wird. Nur einer Handvoll äußerst glücklichen Seelen – Mystikern, Heiligen –, Menschen meines Schlages eben. Und Himmel und Erde frohlocken ob unseres Daseins. Denke, ich habe es ganz hübsch getroffen.

Soviel Aufhebens um Gott, und daß er geheimnisvoll, unfaßbar und unerforschbar sei. Nun, ich werde ihn schon zu fassen bekommen.

Wenn das Feuer der göttlichen Liebe die Seele erfaßt, dann läutert es sie von Sünde und Laster. Meine Seele fühlt sich an wie nach einem Frühjahrsputz.

Habe vermutlich einfach Glück. Würde mein Glück für noch größer halten, wenn ich an einem heiligen Ort erster Klasse wäre statt auf diesem Müllhaufen Tralee, aber man kann nicht alles haben, wenigstens nicht sofort.

Manchmal betrachte ich meine bescheidene Herkunft und bin erstaunt. Wohlmeinende, aber schlampige Mutter; langweiliger, von Sünde erfüllter Vater; armer, unnützer Bruder. Wie konnte ein so wenig verheißungsvoller, unfruchtbarer Boden etwas wie moi hervorbringen?

Mache mir manchmal Sorgen wegen Vater. Ich bemühe mich, Mitleid und töchterliche Anteilnahme zu zeigen, bin aber nicht sicher, daß er meine Zuwendung verdient. Manchmal denke ich, er ist schon so weit auf der Straße der Verdammnis, daß es sich seinetwegen nicht mehr lohnt. Werde mich jedenfalls bemühen, ihn in meine Gebete einzuschließen, habe aber so viel anderes, wofür ich beten muß, daß er selbst für sich sorgen muß, sollte ich ihn zufällig mal vergessen.

Lieber Gott, bitte hilf mir, mich täglich zu bessern. Finde zwar, daß ich schon aus eigener Kraft erstaunlich gut vorankomme, aber wenn ich auch noch Deine Hilfe habe, wie kann ich da fehlgehen?

Amen

Es heißt, der Lauscher an der Wand hört seine eigne Schand', und zweifellos sitzen Leute, die anderer Leute Tagebücher lesen, im selben Boot. Nichtsdestoweniger stört es mich, wenn meine Tochter behauptet, ich sei »von Sünde erfüllt«, und gleichzeitig ihre Mutter »wohlmeinend« nennt. Will sie damit etwa andeuten, daß ich es nicht gut meine?

Tatsächlich war mir, als ich Sallys Tagebuch las, durchaus nicht wohlmeinend zumute, aber ich nahm mir vor, es trotzdem zu *sein*, nur um zu beweisen, daß sie Unrecht hat.

Wurde heute in eine Autoverfolgungsjagd verwickelt – noch eine Premiere. Kathleen und ich überließen die Kinder sich selbst und gingen mittags rasch einen Schluck trinken. Ich hatte mein übliches Flaschenbier, und Kathleen bestellte sich etwas namens Maiden's Prayer – »Gebet einer Jungfrau«. Ich bin sehr heikel, wenn es darum geht, den richtigen Pub zu finden, und der, in den wir gingen, gefiel mir überhaupt nicht, aber Kathleen bestand darauf. Ich glaube aber, er gefiel ihr bloß wegen des Namens: »Zur Pumpe«.

Wir saßen im Biergarten und ahnten nichts Böses, als ein Auto auf den Parkplatz gefahren kam. Es sah aus wie meins. Ja, in dem Augenblick, als ich es sah, wußte ich, es *war* meins, und es war repariert. Noch sicherer war ich mir, als ich den Fahrer erblickte – das südländische Aussehen, das glatte, glänzende Haar des sogenannten Ehrlichen Jago. Ich dachte mir, ich sollte mal rasch ein Wörtchen mit ihm reden. Ich flitzte also durch den Biergarten und trat ihm in den Weg, als er die Wagentür öffnete.

»Ich bin froh, Sie zu sehen«, fing ich an. »Das Auto sieht ja prima aus. Wir regeln die Sache jetzt, und dann können Sie Ihren alten Wartburg wiederhaben. Bedaure das mit den Einschußlöchern.«

Eine rasche Antwort kam nicht. Nach langem Schweigen sagte er: »Kenne ich Sie, Freundchen?«

»Das kann man wohl sagen. Und ich kenne mein Auto. Ich muß sagen, ich finde es ziemlich unanständig von Ihnen, einfach bei Nacht und Nebel zu verduften; aber geben Sie mir meinen Wagen zurück, und wir reden nicht weiter darüber.«

Er sah mich eine Zeitlang verständnislos an und sagte dann: »Wer *sind* Sie? Müßte ich wissen, wovon Sie da reden? Das ist *mein* Wagen.«

»Ach ja? Tatsächlich?«

Er sah aus, als denke er wieder nach. Kathleen schrie vom Biergarten herüber: »Setz dich durch!« Ich sah, daß sie einen Trupp Bauarbeiter eingeladen hatte, an unserem Tisch Platz zu nehmen, was zu einem weiteren Problem zu werden drohte; aber vorläufig konnte ich mich nur um den Ehrlichen Jago kümmern.

»Sie kennen mich sehr wohl«, sagte ich beharrlich. »Und Sie wissen, daß dieses Auto mir gehört. Sie haben mir als Kundendienst einen Leihwagen gegeben, für den übrigens die Polizei großes Interesse zu haben schien.«

»Die Polizei?«

»Ja. Chief Inspector Hollerenshaw.«

»Hollerenshaw«, wiederholte er langsam, und ein Ausdruck blinder Panik stand ihm im Gesicht. »Nicht Hollerenshaw! Alles, aber nicht Hollerenshaw! Okay, Sie haben gewonnen.«

Er schlug die Wagentür zu, ließ den Motor an und fuhr an. Das nannte ich nicht »gewonnen«. Ich schrie ein bißchen und wedelte mit den Armen, aber das hielt ihn keineswegs auf. Und jetzt begann die Autoverfolgungsjagd. Ich jagte ihn etwa hundert Meter weit, aber ein fairer Wettkampf war es eigentlich nicht, denn ich war ja zu Fuß. Ich erwog, in den Wartburg zu springen und ihm nachzujagen, aber bis ich ihn in Gang gebracht und vom Parkplatz gefahren hätte, wäre er schon meilenweit weg.

So stand ich verloren auf dem Parkplatz herum und dachte, wie dumm es von mir gewesen war, mein Auto zu diesem Mann zu bringen. Aber da sah ich den Wagen zurückkommen. War der Ehrliche Jago zur Einsicht gekommen? Hatten meine Worte ihm vielleicht Gewissensbisse bereitet und ihn veranlaßt, seinem Namen Ehre zu machen? Er bog in den Parkplatz ein, kurbelte sein Fenster herunter und sah mich an.

»Ich hab nachgedacht, Freundchen«, sagte er.

»Gut.«

»Ich hab mir gedacht, ich kann mich doch nicht von 'nem Hamster wie Ihnen aus dem Pub vertreiben lassen, in dem ich einen trinken will. Ich gehe, wohin ich will. Ich trinke, wo ich will.«

Das war die längste zusammenhängende Rede, die ich je von ihm gehört hatte, aber ich hatte nicht viel Zeit, über seine Worte nachzudenken, denn er ließ den Motor aufheulen und überfuhr mich. Als Verkehrsunfall war es nicht so schrecklich ernst, aber es war doch ein Schock für mein Nervensystem, und ich muß sagen, die Tatsache, daß es sich um mein eigenes Auto handelte, war für mich wie Salz in der Wunde. Ebenso wie die Tatsache, daß ein Kleinbus voller Bauarbeiter just in dem Augenblick, als es passierte, vom Parkplatz fuhr. Sie schrien mir ein paar zotige Bemerkungen zu, aber ich sparte mir die Mühe, darauf zu antworten. Als der Wagen davonfuhr, war Kathleen durch das Heckfenster deutlich zu sehen. Sie hatte einen ziemlich wollüstigen Ausdruck im Gesicht, desgleichen einer der Bauarbeiter, der mir mit einem Damen-BH zuwinkte (falls man Kathleen noch als Dame bezeichnen kann).

Ich rappelte mich auf, klopfte mir den Staub ab und

kehrte zu dem Tisch zurück, wo ich mein Bier genossen hatte. Das Glas stand noch da, und fast hätte ich getrunken, denn ich konnte einen Schluck gebrauchen. Aber ich mußte es unberührt stehenlassen. Wenn nun einer der Bauarbeiter hineingespuckt hatte?

Ich möchte nicht den Eindruck erwecken, ich sei ein Trinker, aber wenn ich im Urlaub bin, nehme ich durchaus gern in aller Ruhe ein Gläschen zur Brust. Es hilft mir, abzuschalten, und ich habe das Gefühl, daß ich noch einiges abzuschalten habe, ehe dieser Urlaub zu Ende geht. Also kaufte ich eine kleine Flasche guten Whisky und kehrte in stiller Vorfreude in den Caravan zurück. Sally saß im Liegestuhl, sah mich scharf an und meinte: »Der Trunk ist ein Betrüger, Vater.«

»Danke, daß du mir deine Ansichten zu diesem Thema mitteilst, Sally«, sagte ich, vielleicht ein bißchen zu schroff; ich hoffte, es werde keine weiteren Diskussionen geben. Manchmal ist man einfach nicht in der rechten Stimmung, ein fürsorglicher Vater zu sein.

»Kann ich mal die Flasche sehen?« fragte sie.

Das konnte nun wirklich nichts schaden. Zunächst glaubte ich, sie lese nur sehr aufmerksam das Etikett, aber sie hatte einen seltsamen Glanz in den Augen, als schaue sie geradewegs durch die Flasche hindurch. Wer wußte schon, was das alles immer sollte? Kinder! Wer wollte sie haben?

»Fertig?« fragte ich.

Sie sagte nichts, aber sie hatte einen religiösen Ausdruck im Gesicht, und ich deutete ihn als ein Ja.

Ich taperte in den Wagen und goß mir einen Fingerhutvoll Whisky in ein Glas. Darauf freute ich mich wirklich. Ich rechnete damit, das feine Bouquet zu genießen, den vollen Geschmack, die goldene Wärme, wenn der Whisky auf meiner Zunge spielte. Statt dessen bekam ich einen Mundvoll lauwarmes, geschmackloses, gefärbtes Wasser.

»Man hat mich über den Leisten gezogen!« rief ich aus und fragte mich, ob ich zufällig von denselben Leuten betrogen worden war, die den Garcias ihren Mescal mit dem Wurm drin verkauft hatten.

Meine reizende Tochter Sally stand jetzt in der Tür des Wohnwagens, beobachtete mich und sah extrem selbstgefällig aus.

»Jesus ist ganz in Ordnung, finde ich«, sagte sie. Ich begriff nicht, was das mit meinem derzeitigen Problem zu tun haben sollte, aber sie fuhr fort: »Trotzdem habe ich immer gefunden, er hätte der Welt einen größeren Dienst erwiesen, wenn er den Wein in Wasser verwandelt hätte, und nicht anders herum ...«

»Willst du damit sagen ...?«

»Jawohl, Vater. Ich habe soeben mein erstes Wunder bewirkt. Bist du nicht stolz auf mich?«

Ich dachte daran, was der Whisky gekostet hatte, und ich muß zugeben, daß ich gemischte Gefühle hatte. Einer der Gründe, weshalb ich ihn gebraucht hatte, war rein medizinischer Natur gewesen. Es ist mir immer noch nicht gelungen, diese Erkältung loszuwerden. Ich bin noch nicht hundertprozentig auf dem Damm und jetzt leide ich auch noch unter Rückenschmerzen, einem gelegentlichen flauen Gefühl sowie trockener Haut. Aber versuchen Sie mal, das Sally zu erzählen.

Kathleen kehrte irgendwann zurück. Sie sah erhitzt, aber zufrieden aus. Ich hielt es für das Beste, nicht nach dem Grund zu fragen. Sie ging in die Kochnische und zauberte ein ziemlich außerordentliches »Rübchen und Cornedbeef *flambé*« zusammen, und so hatte ich eigentlich das Gefühl, ich könne nicht klagen.

Als wir gegessen hatten, klopfte es an der Wohnwagentür; ich öffnete und sah ein sehr vertrautes Gesicht.

»Terry«, sagte ich, »was machst du denn hier?«

Terry war mein Arbeitskollege, intelligent, aber ohne große Beförderungschancen. Wir saßen jetzt seit zwei Jahren zusammen im selben Büro. Er war weder besonders faul noch besonders fleißig, jung und gelegentlich ein bißchen zynisch, aber im Großen und Ganzen ein guter Partner. Wir hatten schon über manchen kleinen Scherz miteinander gelacht, und er war auch in jener schicksalhaften Stunde meines angstvergällten Umtrunks zur Feier meines fünfundvierzigsten Geburtstags dabeigewesen.

»Endlich habe ich dich gefunden«, sagte er.

»Hattest du mich verloren?«

»Ich hätte dich überhaupt nie gefunden, wenn deine Nachbarn nicht gewesen wären, die Garcias. Die haben mir gesagt, daß du hier bist. Sind anscheinend wirklich nette Leute.«

»Der Schein kann trügen, Terry. Komm herein. Das Essen ist noch warm.«

»Nein«, sagte er. »Laß uns irgendwo hingehen, wo wir unter vier Augen reden können.«

Das alles kam mir ein bißchen sonderbar vor, aber ich sagte Kathleen, ich sei mal für einen Augenblick weg, und wir machten einen Spaziergang am Fluß entlang. Es war nicht zu übersehen, daß Terry ein bißchen prächtiger gekleidet war als sonst. Auf der Arbeit erscheint er immer sehr gediegen, im dunkelblauen Anzug mit schlichter Krawatte. Jetzt hatte er ein Hawaii-Hemd und eine erdbeerfarbene Lederhose an. Sein Haar hatte blonde Strähnchen, und er schleppte eine Menge Schmuck an sich herum. Es war nicht der Terry, den ich zu kennen glaubte – nicht, daß ich mir je eingebildet hätte, ihn besonders gut zu kennen.

»Du siehst fit aus«, stellte ich fest.

»Ich fühle mich fit. In mancher Hinsicht fühle ich

mich auf dem Gipfel des Daseins, aber zugleich plagen mich heftige Schuldgefühle.«

»Schuldgefühle?«

»Ehrlich gesagt, ich habe geradezu höllische Schuldgefühle.«

Ich forderte ihn auf, mir davon zu erzählen.

»Der Job macht mich in letzter Zeit wirklich fertig«, sagte er. »Seit zwei Jahren bin ich jetzt da, führe die Wareneingangsbücher, lasse mich rumschubsen von hoffnungslosen Versagern (nichts für ungut), laufe gezwungenermaßen im Anzug herum, und mein Wert wird nicht anerkannt. Wo soll das alles hinführen? Was ist der Sinn des Ganzen? Es muß doch noch mehr im Leben geben!«

Ich hätte mir nie träumen lassen, daß Terry ein Verbündeter auf der Suche nach einem tieferen Lebenssinn war; auf mich hatte er immer gewirkt, als sei er restlos damit zufrieden, eine Menge Rum und Cola zu trinken und die Sekretärinnen sexuell zu belästigen. Daran sieht man mal wieder, dachte ich, wie wenig man seine Kollegen kennt.

»Also habe ich mich entschlossen, zu kündigen. Beschlossen habe ich es schon vor einer Weile, aber wirklich übergelaufen ist das Faß am letzten Freitag, einen Tag, bevor du in Urlaub fuhrst. Ich hatte genug. Ich habe dir nichts gesagt, weil ich dir den Urlaub nicht verderben wollte. Aber ich nahm mir vor, mich in großem Stil zu verabschieden. Ich rief die Frau des Vorsitzenden an und erzählte ihr, ihr Mann würde den halben Kopiersaal bumsen. Und dem Geschäftsführer schickte ich einen Schmähbrief in einem Umschlag, der mit gebrauchtem Klopapier gepolstert war.«

»Verstehe«, sagte ich. »Kein Wunder, daß du Schuldgefühle hast. Das klingt alles ein bißchen unreif und sehr ungezogen.«

»Ich habe keine Schuldgefühle, weil ich unreif und ungezogen war. Ich habe Schuldgefühle, weil alle glauben, *du* wärst es gewesen.«

»Ich? Wieso glauben sie das denn?«

»Weil ich den Schmähbrief mit deinem Namen unterschrieben habe. Und weil ich der Frau des Vorsitzenden gesagt habe, ich sei du.«

»Was?«

»Alle im Büro fanden das plausibel. Du warst in letzter Zeit nicht mehr du selbst. Alle meinen, das liegt daran, daß du fünfundvierzig bist und wahrscheinlich eine Midlife-Krise hast.«

»Verstehe ich nicht. Warum hast du mir das angetan?«

»Vermutlich, weil ich einen unglaublich schlechten Charakter habe. Sei nicht zu hart mit mir.«

»Hart? Hart? Ich kann's einfach nicht glauben.«

»Solltest du aber. Weißt du, Eric, in gewisser Weise ist es ein Glück. Wenn sie gedacht hätten, ich wäre es gewesen, ich, ein Niemand, ein Junior, dann hätten sie den Werkschutz alarmiert, die Polizei – der Teufel wäre los gewesen. Da sie nun denken, du warst es, und da du so hochgeachtet bist, und zwar schon seit vielen Jahren, sind sie bereit, nicht vor Gericht zu gehen, solange du dich nie mehr in der Firma blicken läßt.«

»Aber das ist doch verrückt, Terry. Ich brauche doch sicher nur hinzugehen und alles zu erklären. Dann steht mein Wort gegen deins, und wie du schon sagtest, ich bin sehr hochgeachtet.«

»Inzwischen bin ich auch hochgeachtet«, sagte er. »Seit sie mir deinen alten Job angeboten haben. Die Beförderung war so gut, daß ich beschlossen habe, doch nicht zu kündigen.«

»Ich glaube, sie würden trotzdem noch auf mich hören.«

»Dann würdest du aber auch erklären müssen, wie es

kommt, daß die kleine Sheila gesehen hat, wie du den Brief schriebst, und wieso sie das Telefongespräch mitangehört hat.«

»Hat sie doch gar nicht.«

»Sagt sie aber.«

»Die kleine Sheila? Wieso sollte sie sowas sagen?«

»Möglicherweise, weil ich ihr ein paar Scheinchen zugesteckt habe. Du müßtest übrigens außerdem eine Erklärung für Fehlbeträge in der Portokasse abgeben. Und für die pro-terroristische Literatur, die sie in deinem Schreibtisch gefunden haben.«

»Die hast du vermutlich auch da hineingelegt.«

»Hey, jetzt werd' nicht sauer, Eric.«

»Geh mir aus den Augen, bevor ich meinen Sohn Max auf dich hetze.«

»Ja, ich muß jetzt sowieso gehen. Deine Nachbarn haben mich auf einen Drink eingeladen. Aber vorher will ich dir noch sagen, daß ich mich schon viel besser fühle. Es hat mir gut getan, mir alles von der Seele zu reden.«

Ich beschloß, Kathleen und den Kindern nichts von den Schwierigkeiten in der Firma zu erzählen. Ich wollte ihnen keinen Kummer machen. Nicht, daß es, von den elementaren Naturgewalten abgesehen, noch viel gäbe, was Max bekümmert. Und Sally, die ihr Heil gefunden zu haben meint, bekümmert sowieso nichts mehr. Ich glaube, Kathleen macht sich noch am ehesten Sorgen, aber ich habe den Verdacht, ihre Sorgen drehen sich eher darum, wie sie zu ihrem nächsten Orgasmus kommt, als um die ruinierte Karriere ihres Ehemannes.

Ich habe mich bemüht, Ruhe zu bewahren. Ich bin ein intelligenter Mann, der eine Menge zu bieten hat. Vielleicht hatte ich ja wirklich in einer Sackgasse gesteckt. Wahrscheinlich war der richtige Augenblick für einen Stellungswechsel sowieso gekommen. Ich bin nicht stolz, und ich habe keine Angst vor harter Arbeit. Ich habe eine Menge Erfahrung und komme gut mit meinen Kollegen aus.

Andererseits bin ich fünfundvierzig. Ich kann nichts außer Einkaufskontrolle, und ich kriege kein Zeugnis von meiner letzten Stellung, einer Stellung, die ich achtundzwanzig Jahre lang gehabt habe. Seien wir ehrlich: Ich bin ganz krank vor Sorge.

Jetzt ist es weit nach Mitternacht, fast zwei Uhr, genau gesagt, und ich bin überfällig fürs Bett. Zweierlei indes hindert mich noch: Erstens eine blutende Nase, und zweitens etwas, das sich nur als wüste Dschungelmusik bezeichnen läßt und aus dem Wohnwagen der Garcias kommt. Beides hängt durchaus zusammen.

Die Musik, durchsetzt von lateinamerikanischen Juchzern und Pistolenschüssen, ist schon den ganzen Abend im Gange und raubt mir meine Konzentration, während ich versuche, mein Tagebuch zu schreiben. Ich wollte keinen Wirbel machen, aber als es Mitternacht wurde, fand ich es nicht übertrieben, hinüberzugehen und sie zu bitten, die Lautstärke herunterzudrehen. Der Gedanke, daß Terry auch da sein könnte, machte es nur schlimmer.

Ich hämmerte eine Zeitlang an die Tür, aber Antwort bekam ich keine. Wahrscheinlich konnten sie wegen der Musik nichts hören. Ich hätte mir die Faust verletzt, wenn ich lauter gehämmert hätte; also holte ich meinen Kricketschläger und schlug damit laut gegen die Tür. Nicht einmal das hätte gefruchtet, aber wie das Pech es wollte, hatte ich schwitzige Hände, und der Schläger rutschte mir weg, so daß ich unabsichtlich ein Loch in das Türfenster schlug.

Die Musik brach ab. Die Tür öffnete sich einen

Spaltbreit, und Mr. Garcia zeigte sein breites Bullengesicht.

»Eh, Gringo, was ist los?«

»Entschuldigen Sie«, sagte ich, »ich wollte Ihr Fenster nicht zerbrechen.«

Er zuckte die Achseln. »Okay, ich nehme Ihre Entschuldigung an.«

Die Tür flog zu, und die Musik ging wieder los. Ich blieb stehen, wo ich war; meine Lage hatte sich nicht nennenswert verbessert. Ich klopfte erneut, aber mit ähnlich geringem Erfolg. Ich überlegte eine Weile, sah aber nicht, wie ich anders Aufmerksamkeit erregen sollte als dadurch, daß ich noch ein Fenster zerschlug. Höchst widerstrebend tat ich es. Die Musik hörte auf. Die Tür wurde aufgerissen, und Mr. Garcia kam wieder zum Vorschein. Er trug nichts als Bermudashorts und ein Paar Gummihandschuhe. Und er war böse.

»Sie verrückt, Mann?«

»Ich bin keineswegs verrückt. Ich möchte mich unterhalten.«

»Sie wollen unterhalten? Ich gebe unterhalten.«

Er verschwand in seinem Wohnwagen, kam gleich wieder hervor und schwenkte einen amerikanischen Baseballschläger.

»Vielleicht Sie wollen ballspielen.«

»Nein, ich sage doch, ich will mit Ihnen reden. Über die Musik.«

»Es ist nach Mitternacht. Irgendein verrückter Gringo zerschmeißt meine Fenster und sagt, er will sich über Musik unterhalten. Hey, wieso diskutieren wir nicht über den Kontrapunkt, über Violintechnik und die Kunst der Fuge? Fehlt Ihnen vielleicht was, Mann?«

»Mir fehlt ganz und gar nichts, außer daß mir gleich der Geduldsfaden reißt«, sagte ich ganz ruhig. »Hören Sie, ich weiß, Sie kommen aus einer fremden Kultur, in der manches anders gehandhabt wird, aber hierzulande drehen zivilisierte Leute ihre Musik um Mitternacht leiser.«

»Wollen Sie sagen, ich bin unzivilisiert?«

»Ich glaube, Sie wollen absichtlich einen Streit vom Zaun brechen.«

»Hey, Sie sind ein gerissenes Bürschchen.«

Ich wußte nicht, wie das noch weitergehen sollte. Zwei erwachsene Männer, die einander mitten in der Nacht mit Sportgeräten vor der Nase herumfuchteln, das war nicht die rechte Art, seinen Urlaub zu verbringen.

»Gehen Sie ins Bett, Sie betrunkener Affe«, sagte ich. »Wir reden weiter darüber, wenn Sie wieder zurechnungsfähig sind.«

Ich bin immer schon wortgewandt gewesen, und ich glaube, mit dieser scharfen Bemerkung habe ich mitten ins Schwarze getroffen. Sonst hätte er mich bestimmt nicht mit seinem Baseballschläger auf die Nase gehauen. Dann ging der Feigling hinein, schlug die Tür zu und drehte seine Musik wieder auf.

Deshalb sitze ich jetzt hier, mit dem Recht auf meiner Seite, Blut im Gesicht und dem Schlaf in weiter Ferne. Die Musik hat nicht nachgelassen. Im Gegenteil, da jetzt an Garcias Wohnwagen zwei Scheiben kaputt sind, klingt sie lauter als vorher. »Tijuana Taxi« war nie eins meiner Lieblingslieder, aber ich habe den Verdacht, ich werde mich daran gewöhnen müssen.

Sonntag

Ich saß im Liegestuhl, pflegte meine Nase und las, wie ich zu meiner leichten Beschämung zugeben muß, eine Boulevardzeitung mit einer Skandalgeschichte über einen Immobilienmakler, der zugleich als Fassadenkletterer arbeitete, als die Zeitung *Feuer fing*.

Ich war erstaunt. Ich hatte schon von spontanen Selbstentzündungen gehört, hätte aber nie damit gerechnet, mal bei einer dabei zu sein. Dann sah ich, daß neben mir ein stahlgrauer Typ stand, der mir schon begegnet war. Allerdings hatte er bei den beiden früheren Gelegenheiten kein Feuerzeug in der Hand gehabt.

»Hollerenshaw.«

»Für Sie immer noch Chief Inspector Hollerenshaw.«

»Wieso haben Sie meine Zeitung angezündet?«

»Um ein bißchen Aufmerksamkeit und Achtung von Ihnen zu bekommen.«

»Meine Aufmerksamkeit haben Sie vielleicht«, sagte ich. »Das mit der Achtung steht auf einem anderen Blatt.«

»Egal; das hier ist ein freies Land. Wir sind nicht in Rußland, wissen Sie. Hier kann man einem die Zeitung anzünden, ohne daß einem gleich der KGB auf den Hals gehetzt wird, oder etwa nicht?«

Ich sah, daß er einen schlechten Tag hatte, und wollte es ihm nicht noch schwerer machen, verzichtete also darauf, mit ihm zu streiten.

Ich sagte: »Kann ich Ihnen bei Ihren Ermittlungen behilflich sein, Sir?«

»Ich gebe Ihnen gleich ›Sir‹.«

»Sorry.«

Dann wurde er milder. »Aber Sie können. Ich habe ein paar Fragen, auf die ich Antworten haben muß.«

»Schießen Sie los.«

»An was für ein Tier erinnere ich Sie?«

»Was?« sagte ich ungläubig.

»Ich gebe Ihnen gleich ›was‹. Sie werden meine Fragen beantworten, und zwar mit Vergnügen. Es handelt sich um einen seriösen klinischen Test mit dem Ziel, Ihr komplettes psychologisches Profil zu ermitteln. Verstanden? Also, an welches Tier erinnere ich Sie?«

»An einen Hund«, sagte ich; ich wollte ihm eben gern eine Freude machen.

»An was für einen Hund?«

»Eine Bulldogge?« erwog ich zweifelnd.

»Kein Grund zu zweifeln. Bei dieser Art Test gibt es keine richtigen und falschen Antworten. An was für einen Baum erinnere ich Sie?«

»An eine Eiche.«

»An was für ein Gemüse?«

»Sie erinnern mich nicht an ein Gemüse.«

»Gut. Gute Antwort. Haben Sie sowas auch bestimmt noch nicht gemacht?«

»Bestimmt noch nicht.«

»An was für ein Musikinstrument?«

»An einen Konzertflügel.«

»Sind Sie sicher? Erinnere ich Sie nicht vielleicht an ein Waldhorn?«

»Nein«, sagte ich, »überhaupt nicht. Wieso?«

»Aus keinem bestimmten Grund. Ich habe nur eine meiner Lieblingstheorien ausprobiert. Was für ein Auto?«

»Ein Kombiwagen.«

»Ja, aber welche Marke?«

»Ford.«

»Ich gebe Ihnen gleich ›Ford‹.« Seine Augen loderten

auf wie eine Gasheizung. »Ich rate Ihnen, überlegen Sie sich das nochmal.«

»Ach, ein Rolls Royce«, antwortete ich hastig und verkniff mir den Hinweis, daß Rolls Royce ja keine Kombiwagen baut.

»Ich wußte, daß wir noch hinkommen würden. Wo ist jetzt Ihre Frau?«

»Sie ist im Wohnwagen.«

Er winkte mir, ihm hineinzufolgen. Ich war froh, daß Max und Sally woanders waren. Ich finde, jungen Menschen sollte die Begegnung mit Leuten wie Hollerenshaw erspart bleiben. Kathleen lag auf dem Bett und trug hautenge Jeans und ein schlauchartiges Top. Sie lackierte sich die Zehennägel in einem ziemlich unanständigen Malventon.

»Runter mit den Klamotten, Weib!« kläffte Hollerenshaw.

»Also wirklich!« protestierte ich.

»Es ist schon in Ordnung, Eric«, sagte Kathleen. »Ich bin stets überglücklich, wenn ich mit der Polizei zusammenarbeiten kann.«

Sie zog sich aus. Ich hatte das unglückliche Gefühl, daß sie allmählich Geschmack daran fand. Hollerenshaw betrachtete sie mit mehr als nur professionellem Interesse.

»Ich mache ein paar Fotos für zukünftige Nachfragen«, sagte er.

Er zog eine Minikamera hervor. Während er knipste, nahm Kathleen eine Reihe von Posen ein, die mich früher einmal schockiert hätten. Aber im Laufe dieses Urlaubs habe ich mir ein dickeres Fell zugelegt.

»Hören Sie mal, Hollerenshaw«, sagte ich, »was um alles in der Welt hat das mit Polizeiarbeit zu tun?«

»Das hätte ich mir denken können«, antwortete er. »Ja, Sie sind wie alle anderen, nicht wahr? Die Öffentlichkeit denkt anscheinend, wenn man nicht gerade Türen eintritt oder Zivilisten mit dem Schlagring bearbeitet, dann tut man keine echte Polizeiarbeit. Ich will Ihnen etwas sagen: Der Polizist von heute ist etwas ganz anderes als der traditionelle Bobby an der Ecke. Heutzutage ist er Technokrat, Soziologe, Querdenker. Oder wie ich ein Erforscher der menschlichen Psyche. Aber dankt man es uns? Bekommen wir Ruhm oder Ehre dafür? Den Teufel bekommen wir.«

»Es ist sicher ein hartes Leben«, sagte ich. »Wenn Sie mit Ihren Forschungsarbeiten hier fertig sind, gehe ich mir eine Sonntagszeitung kaufen.«

»Vorläufig bleiben Sie hübsch hier, Freundchen. Okay, Darling, Sie können sich wieder anziehen und uns allein lassen. Sie wissen schon, Männergespräche.«

Kathleen zog sich widerstrebend an und ging.

»Und jetzt ein bißchen freie Assoziation. Ich sage ein Wort, und Sie sagen, was Ihnen als erstes in den Sinn kommt. Frau.«

»Mutter«, antwortete ich.

»Sex.«

»Erschöpfung.«

»Geld.«

»Knaster.«

»Nachbarn.«

»Krach.«

»Ausländer.«

Ich zögerte. Ein Strudel von Assoziationen wirbelte mir durch den Kopf. »Anders«, sagte ich schließlich.

»Das war ein sehr verräterisches Zögern«, sagte Hollerenshaw. »Erzählen Sie mir von den Garcias.«

»Was soll ich erzählen?«

»Alles. Ihre Gedanken und Eindrücke, Ihre innersten Gefühle. Machen Sie Ihren Vorurteilen Luft.«

»Ich habe keine Vorurteile. Die Garcias sind betrunken und laut und lästig und nehmen keine Rücksicht auf andere Leute, aber das ist kein Vorurteil. Das ist die Wahrheit. Jeder kann es sehen. Na ja, jeder, der das Pech hat, neben ihrem Wohnwagen zu wohnen.«

»Werden Sie bloß nicht superschlau.«

Dann drehte er mir den Arm auf den Rücken. Es tat wirklich mordsmäßig weh und machte es mir sehr schwer, mich auf seine Worte zu konzentrieren – aber im wesentlichen sagte er folgendes:

»Die Garcias sind Gäste an unseren Gestaden, und es ist unsere Aufgabe, sie willkommen zu heißen. Wir kritisieren sie nicht. Wir fordern sie nicht auf, ihre Musik leiserzustellen. Wir zerschlagen ihnen nicht die Fenster mit einem Kricketschläger. Oder?«

»Nein, das tun wir nicht«, sagte ich als Reaktion auf ein jähes Reißen in meinem Arm.

»Nein, das tun wir nicht. England war früher das Juwel in der Krone der Welt, ein Hafen der Liberalität, regiert vom Recht. Aber heutzutage ist es beherrscht von Faulenzern, Schlägern, Paki-Klatschern, Leuten wie Ihnen.«

Jetzt mußte ich wirklich protestieren. Mir ist England so heilig wie jedem anderen auch. Ich bin absolut für Liberalität und Rechtsstaatlichkeit, ich bin kein Faulenzer und kein Schläger, und erst recht habe ich im Leben noch keinen Paki geklatscht. Hollerenshaw verdrehte mir den Arm, um meinen Protest zu ersticken.

»Es ist nur ein kleiner Schritt«, sagte er, »von da, wo man die Garcias auffordert, ihre Musik leiser zu drehen, bis dahin, wo man sie in ein Konzentrationslager schickt.«

»Ach, hören Sie doch auf!«

»Ich gebe Ihnen gleich ›hören Sie auf‹. Hören Sie mal zu, ich will Ihnen ein Geheimnis verraten. Ich habe einen Traum, Eric. Sie können mich für verrückt erklären, aber ich will das neue Albion bauen. Ich frage mich, ob Sie mir helfen können.«

Er ließ meinen Arm los und holte einen Walkman aus der Tasche. Es war einer von denen, an die man zwei Paar Kopfhörer anschließen kann. Er klemmte mir das eine auf die Ohren und setzte das andere selbst auf. »Hören Sie sich das an.« Das Band fing an zu spielen; ich war zwar nicht sicher, aber ich hätte vermutet, daß es sich um Mozart handelte. Die Musik war ganz nett, aber eigentlich nicht mein Geschmack.

»*Eine kleine Nachtmusik*«, sagte Hollerenshaw. »Der Junge war ein Genie, dieser Mozart.«

Dann ging das Wasserwerk wieder los. Hollerenshaw schluchzte fassungslos. Ich hielt ihm mein Taschentuch hin.

»Sie, ich und Mozart – das neue Albion. Was meinen Sie?«

Ich sagte, na klar, warum nicht, bauen wir das neue Albion, was immer dazu gehören mag. Es schien ihn glücklich zu machen. Er packte seinen Walkman ein und schien sich zu meiner beträchtlichen Erleichterung zum Gehen anzuschicken. Ich weiß, daß unsere Polizei überlastet ist, und ich wollte seine Last nicht noch vergrößern. Ehe er dann wirklich ging, rammte er mir noch höchst wirkungsvoll das Knie in die Genitalien, und als ich am Boden hockte, hörte ich ihn sagen: »Und wenn ich feststelle, daß sie weiterhin Rassenhaß verbreiten, sind Sie ein toter Mann.«

Das Leben ist komisch, nicht wahr? Neulich abends hat Kathleen ihre Zwergenphantasie offenbart, und heute sind zwei männliche Zwerge in einen benachbarten Wohnwagen eingezogen.

Ich ging hin und stellte mich vor, wie es sich für Nachbarn gehört. Sie schienen ganz nett zu sein; anscheinend arbeiten sie in der Unterhaltungsbranche. Das hätte ich wahrscheinlich erraten, auch wenn sie es mir nicht erzählt hätten, denn sie trugen blaue, spangenbesetzte Overalls und vollführten verschiedene Kopfstände und drollige Purzelbäume, während ich versuchte, mit ihnen zu reden. Zweifellos vervollkommneten sie ihre Nummer.

Sie waren durchaus höflich, aber nicht gerade warmherzig und freundlich. Vielleicht genierten sie sich wegen ihrer winzigen Statur. Ich nahm kein Blatt vor den Mund und sagte ihnen, das brauchten sie nicht. Trotzdem, wenn sie für sich bleiben möchten, ist das ihre Sache, und in Anbetracht von Kathleens Phantasien ist das vielleicht nicht mal schlecht.

Das Tralee Park and Holiday Centre hat überwiegend fest installierte Wohnwagen, aber es gibt einen oder zwei Plätze für durchreisende Urlauber, die mit ihrem Caravan nur eine oder zwei Nächte bleiben möchten. Der mobile Wohnwagenurlauber ist ein ganz anderer Typ als wir Festinstallierten, aber er ist deshalb nicht weniger willkommen.

Heute ist ein Wohnwagen gekommen, wie ich ihn noch nie gesehen hatte. Er war groß und unglaublich prachtvoll: rosa angestrichen, georgianische Fenster mit getöntem Glas und Fensterläden. Überall war eine Menge Chrom, hier und da auch Holztäfelungen, Bemalungen und Reihen über Reihen von blinkenden Lichtern. Er hatte sogar Weißwandreifen. Im Grunde sah das Ganze aus wie ein Nuttenschlafzimmer, ein Eindruck, der durch eine kleine Neonschrift über der Tür bestätigt wurde: »Texanisches Model – Orgasmen, während Sie warten.«

Sie werden nicht erleben, daß ich über Prostituierte herziehe. Es ist ein altes Gewerbe, und viele der Mädchen haben zweifellos ein Herz aus Gold. Gleichwohl denke ich, die Gesellschaft wäre ein glücklicherer und seelisch gesünderer Ort, wenn für Prostituierte kein Bedarf wäre. Und ich halte die Männer, die ihre Kunden sind, für einen ziemlich krankhaften und bedauernswerten Haufen, denen man helfen sollte, mit Gewalt, wenn nötig. Aber da die Gesellschaft nicht glücklich und gesund ist, und da niemand diesen Unglückseligen hilft, müssen wir uns vermutlich mit der Prostitution abfinden. Ob wir uns im Tralee Carapark and Holiday Centre damit abfinden sollten, ist allerdings eine andere Frage.

Ich beschloß, zu dem neuen Caravan hinüberzuspazieren, in aller Ruhe ein Wörtchen mit der Besitzerin zu reden und ihr – oder möglicherweise ihnen – vorzuschlagen, doch zu einem anderen, weniger erlesenen Platz weiterzufahren, wo sie ohne Zweifel willkommener wären. Ich konnte mir wirklich nicht vorstellen, welche Verwendung jemand, der ein sauberes Leben im Tralee Carapark and Holiday Centre führte, für ein Model aus Texas oder von sonstwo haben sollte.

Ich klopfte an die Tür, höflich, aber fest. Eine angenehme, leicht rauchige, möglicherweise texanisch klingende Frauenstimme lud mich ein, über die Schwelle zu treten. Ich tat es.

Meine Augen brauchten eine Weile, um sich an das Schummerlicht zu gewöhnen. Auf alle Fälle war ich beeindruckt von der Zentralheizung, deren Wärme ans Tropische grenzte, und von dem tiefen, burgunderroten Teppich, der meine Schuhe umwogte. Innen war der Wagen ebenso beeindruckend wie von außen. Es gab massenhaft Spiegel, kristallene Kronleuchter, goldene Armaturen in allen Ecken, sogar eine gepolsterte Bar. Inmitten all dieser Opulenz konnte ich ein kurvenreiches weibliches Wesen erkennen, das sich ziemlich provokativ auf einer schwarzen Pelzcouch räkelte. Ich traute meinen Augen nicht. Es war eine Vision.

Sie trug ein hauchdünnes schwarzes Kleid, dessen tiefer Ausschnitt einen beachtlichen, aber nicht übertrieben großen Busen offenbarte, und das Kleid war bis zum Oberschenkel hinaus geschlitzt, so daß man ein schlankes, sonnenbraunes Bein sehen konnte. Über die nackten Schultern fielen Kaskaden roten Haars. Sie war sexy und statuenhaft. Sie hatte blitzende Augen, eine feingemeißelte Nase mit bebenden Nasenflügeln und einen warmen, schmelzenden Mund. Sie war vornehm, entschlossen, leidenschaftlich, vielleicht ein bißchen hochmütig. Das exquisite Geschöpf vor mir war nichts anderes als das zwillingshafte Ebenbild von Joan Crawford. Mein Herz setzte gleich mehrere Takte aus.

Vermutlich hätte ich ihr alle möglichen Fragen stellen sollen, Fragen nach dem Wer, Warum und Wie; aber ich war so verdattert und entzückt, daß ich nicht darauf verfiel, Erklärungen zu verlangen.

»Kann ich etwas für Sie tun?« fragte sie.

Sogar die Stimme war eine passable Imitation meiner Ikone.

»Was können Sie *nicht* für mich tun?«

»Das stimmt«, sagte sie. »Ich kann fast alles. Ich stehe Ihnen ganz zur Verfügung.«

Das war unglaublich. Ein Traum war Wirklichkeit geworden. Mehr als das – hundert Träume, eine Million. Es war ein echter Höhepunkt des Urlaubs. Joan Crawford war so gut wie mein. (Natürlich nicht die wirkliche Joan Crawford; ich weiß, daß sie seit über zehn Jahren tot ist, und selbst wenn sie noch lebte, wäre sie heute über achtzig, aber Joan Crawford war verdammt annähernd so gut wie mein.)

Ich weiß nicht, was über mich kam. Ich bin ein verheirateter Mann. Ich liebe meine Frau und meine Kinder. Ich würde lieber sterben, als ihnen wehzutun, aber in diesem Augenblick zählten sie nicht. Sicherheit, Ehe, Familienleben, das alles sollte ruhig der Teufel holen. Es war Wahnsinn.

Ich kann zu meiner Freude sagen, daß ich alles andere als ein geübter Verführer bin. Aber in diesem Augenblick kam ich mir vor wie Don Juan. Ich war zu allem bereit. Die kräfteraubenden Nächte mit Kathleen hatten keine Spuren hinterlassen, und meine Erkältung war wie verflogen. Ich riß mir Sporthemd und Sweatshirt herunter, Hose, Schuhe, Unterhose und Armbanduhr.

»Nimm mich, ich bin dein!« rief ich.

»Willst du mich nicht ausziehen?« erkundigte sie sich.

»Natürlich, natürlich. Wie unhöflich von mir, dieses Angebot nicht zu machen.

Meine Hände zitterten, aber ich nahm die Aufgabe in Angriff. Ich schob ihr das Kleid von den wunderschönen Schultern. Ich zog den Reißverschluß auf und entblößte ihren langgestreckten, glatten Rücken. Ihre Brüste waren voll. Ihre Beine waren elegant. Ihre Taille war schlank. Alles sah so aus, wie es sollte.

Vielleicht habe ich das Vorspiel ein bißchen vernachlässigt, aber ich dachte, dafür würde hinterher immer noch genug Zeit sein. Sehr schnell streiften meine Hände über ihren Busen, über ihren flachen Bauch und hinein in den zarten Seidenslip. Und da war alles ganz und gar nicht so, wie es sein sollte. Ich bekam den Schrecken meines Lebens.

Wo es eigentlich hätte hineingehen müssen, kam es heraus. Wo ein Tal hätte sein müssen, war ein Gipfel. Wo der zarte, nachgiebige Eingang zu ihrem geheimen Ich hätte sein müssen, war ein verfluchter großer Pimmel (verzeihen Sie mein Französisch). Ich war wie vom Donner gerührt.

Ich merke es, wenn man mich auf den Arm nimmt.

Diese Joan Crawford war ein Betrüger, ein Transvestit, ein Hermaphrodit, etwas, wovon man in den Sensationsblättern liest. Nennen Sie diese Wesen, wie Sie wollen – ich wollte nichts mit ihnen zu tun haben. Ich war entsetzt. Meine Träume waren in Scherben gegangen.

Am liebsten wäre ich aus dem Wagen gerannt, schreiend, würgend, heulend vor Schmerz. Aber das hätte bedeutet, nackt durch die Anlage zu rennen. Also kleidete ich mich mit aller Würde, die ich aufbrachte, wieder an und versuchte einen taktischen Rückzug.

»Das macht fünfzig Scheinchen«, sagte die Kreatur.

»O nein, das macht es nicht!« rief ich. »Wenn Sie denken, daß ich dafür noch bezahle, haben Sie sich verrechnet!«

Anscheinend können diese Transvestiten sehr stark sein. Auch ein bißchen gewalttätig. Er rang mich nieder und nahm mir alles Geld ab, das ich hatte. Es war weniger als die fünfzig Pfund, die er verlangte; daß ich für mein Geld auch etwas bekommen hatte, konnte ich trotzdem nicht finden.

Ich konnte nicht gehen, ohne wenigstens ein Fetzchen meiner Selbstachtung zu retten. Ich hielt den Kopf hoch und sagte scharf: »Es gibt eines, was Joan Crawford hatte, was Sie niemals haben werden, nämlich *Klasse*.«

Da heute Sonntag ist, war Sally den ganzen Tag in einer ziemlich komischen Stimmung. Als ich sie heute nachmittag sah, wickelte sie sich Verbände um Hände und Füße. Natürlich erkundigte ich mich väterlich, ob etwas Ernstes vorliege.

»Stigmata«, sagte sie.

»Ach so«, sagte ich; ich wollte mir meine Ahnungslosigkeit nicht anmerken lassen.

Ich habe noch nie davon gehört, aber ich schätze, es muß sich um eines dieser Frauenleiden handeln, um die der Gentleman sich nicht allzu eingehend kümmert. Das innere Walten des weiblichen Körpers war nie ein offenes Buch für mich, und offengestanden ist es mir so auch am liebsten.

Bin heute abend wieder überfallen worden. Ich habe das Gefühl, solche Ereignisse nehmen allmählich überhand im Tralee Carapark and Holiday Centre. Weil der Joan Crawford-Doppelgänger mir mein ganzes Geld abgenommen hatte, bin ich vorhin nach Skegness gefahren, um einen Geldautomaten zu suchen. Als ich zurückkam, hatte ich reichlich Bares bei mir. Ich ging in den Toilettenblock, um eine zu rauchen, und wollte eben zu meinem Caravan zurück, als zwei Burschen in Jogginganzügen mir den Weg verstellten. Sie hielten mich von hinten fest und durchwühlten meine Taschen. Weil ich genug Geld dabei hatte, dachte ich, sie müßten sich eigentlich freuen und dürften mich nicht verprügeln. Aber nein. Sie verprügelten mich trotzdem.

Als ich schon auf dem Boden lag, schrie ich trotzig: »Vermutlich macht es euch Spaß, stille, bescheidene, wehrlose Fünfundvierzigjährige zu verprügeln.«

»Nein«, antworteten sie. »Es macht uns bloß Spaß, *dich* zu verprügeln.«

Ja, es hat gewiß seine Vorteile, wenn man still und bescheiden ist und sich nicht wehrt, aber im Moment fällt es mir schwer, zu sagen, welche. Mag sein, daß die Sanftmütigen ins Paradies einkehren werden, aber bis dahin ist es ein bißchen so, wie wenn man rumsitzt und darauf wartet, daß ein alter Verwandter stirbt. Es muß doch noch einen anderen Weg geben.

Ich bin zu dem Schluß gekommen, daß dieses Land nur eines braucht: ein paar Militante Nette Kerle. Sie wären in einer Geheimorganisation zusammengeschlossen, und ihre Mitglieder würden aussehen wie der ganz gewöhnliche Mann auf der Straße, still und bescheiden und mit verantwortungsvollem, wenn auch vielleicht etwas profanen Beruf, aber wenn der Augenblick käme, dann wären sie tapfer und furchtlos wie die Löwen.

Nehmen wir an, ein Militanter Netter Kerl ginge so daher und sähe, wie irgendein Penner Abfall auf die Straße wirft. Der Militante Nette Kerl würde hingehen und vernünftig mit ihm reden. Wenn vernünftiges Reden nichts nützte, würde er hochentwickelte Selbstverteidigungstechniken zur Anwendung bringen und den Missetäter zu Boden schlagen. »So ist es richtig«, würde er dann ganz ruhig sagen, »auf den Boden mit dir, wo du hingehörst, zu all dem anderen Müll.«

Wenn der Militante Nette Kerl jemanden in einer Nichtraucherzone beim Rauchen sähe, würde er ihn zunächst ein bißchen aufziehen. »Können Sie vielleicht nicht lesen, oder sind Sie bloß ein erbärmlicher, antisozialer kleiner Trottel?« Und dann würde er einen Feuerlöscher über dem Schurken entleeren, den er für solche Anlässe stets bei sich trüge.

Wenn einer der Militanten Netten Kerle überfallen würde, dann würde er die Angreifer so verprügeln, daß sie nur um Haaresbreite mit dem Leben davonkämen. Zusetzen würde er ihnen mit einer Kombination aus subtilen asiatischen Kampfkünsten und den guten alten Boxregeln des Marquis von Queensberry.

Militante Nette Kerle würden sich auch um die Leute kümmern, die sich im Kino unterhalten und mit Chipstüten rascheln. Sie würden Leute zur Räson bringen, die auf die Straße kotzen, die mit ihren Autotüren knallen, die ihre Kinder auf öffentlichen Plätzen wild herumrennen lassen, die sich in der Schlange vordrängeln, die in der Bibliothek ihre Strafe nicht zahlen und die nicht jeden Tag ihre Milchflaschen ausgespült zurückgeben. Die Sorte Leute.

Aber wird es dazu kommen? Werden wir einen solchen Verband prächtiger Männer durch die Straßen unseres Landes gehen sehen? Ich weiß es nicht. Irgendwie habe ich meine Zweifel. Wie gern wäre ich einer von ihnen. Ich wäre sogar gern ihr Begründer und Anführer, aber seien wir ehrlich: Sie wissen ja, wie das ist mit netten Kerlen. Die haben einfach keinen Mumm. Ich werde ebenso wenig ein Militanter Netter Kerl werden, wie aus dem netten jungen Stotterer je ein Zahlenausrufer beim Bingo wird. Trotzdem – es ist gut, zu träumen.

Na, ich sage das so – es ist gut, zu träumen. Angesichts der derzeitigen Befindlichkeit meines Unterbewußtseins bin ich gar nicht so sicher, daß es gut ist. Ein paar meiner jüngsten Träume handelten von einem Sturz in einen bodenlosen Abgrund, im anderen wurde ich von einer Schwarzen Witwe aufgefressen, ich versank im Treibsand und wurde durch einen Erdrutsch in einem Tunnel eingesperrt.

Indessen hege ich zumindest die leise Hoffnung, daß ich heute nacht volle acht Stunden werde schlafen können. Am Abend habe ich ein paar Schlaftabletten zermahlen, die hier zufällig herumlagen, und habe sie in Kathleens Schlaftrunk getan (zwei Dosen extrastarkes Lagerbier).

Mir ist klar, daß dies nicht gerade der ritterlichste Akt ist, den ein liebender Ehegatte je vollzog. Aber Kathleen ist auch keine Jungfer in Not, und selbst Sir Lancelot persönlich würde allmählich verzweifeln, wenn er das gleiche durchmachen müßte wie ich. Und damit, in der Hoffnung auf ein Vergessen, zu Bett.

Montag

Ich habe immer gewußt, daß es falsch ist, sein Vertrauen in Drogen zu setzen. Die Schlaftabletten haben nicht gewirkt. Vielmehr war Kathleen noch munterer als sonst. Und wenn ich Kathleen gerade nicht zu Willen war – in jenen kurzen Augenblicken, da sie mich einschlafen ließ –, hatte ich immer wieder schreckliche Alpträume, in denen Joan Crawford mich als weißen Sklaven verkaufte und ich die Wünsche einer ganzen Schiffsladung von weiblichen Piraten erfüllen mußte.

Ich war froh, als die Sonne aufging.

Ging auf meinen morgendlichen Spaziergang und stieß bald zu dem alten Herrn mit den radikalen Ansichten. Wir plauderten recht munter, aber ich muß doch zugeben, ich war auf der Hut. Ich wollte nicht, daß die Unterhaltung auf Gebiete geriet, die den alten Knaben zum Irren werden ließen. Also umschifften wir eine Reihe von Themen: maßstabgerechte Abbildungen, Kopfschuppen, Louis Pasteur und die Gefahren unbeaufsichtigter Feuer. Alles schien gutzugehen, und vielleicht wurde ich ein bißchen unachtsam. Jedenfalls fingen wir an, von den Frauen zu reden, die in Supermärkten herumstehen und einen überreden wollen, irgendwelche neuen Lebensmittelprodukte zu probieren. Man hätte meinen mögen, dieses Thema sei unverfänglich genug, aber plötzlich verwandelte sich der alte Knabe, und es ging wieder los.

»Wissen Sie, was ich machen würde mit den Frauen, die in Supermärkten herumstehen und einen überreden wollen, irgendwelche neuen Lebensmittelprodukte zu probieren? Ich würde sie alle verhaften und in Fußballstadien sperren, und dann müßten sie Geschlechtsakte mit Tieren vollziehen, und ihre Familien müßten zuschauen. Da würden sie sich umgucken.«

»Da haben Sie nicht unrecht«, sagte ich.

»Natürlich nicht.«

»Das können Sie zweimal sagen.«

Jetzt, wo ich ihm beipflichtete, lächelte er strahlend. Er wirkte wie der netteste alte Herr, den man sich nur wünschen kann.

»Aber eins stört mich noch«, sagte ich, und ich wußte, daß ich jetzt vielleicht mit meinem Leben spielte. »Wie kommt's, daß Sie so sehr dafür sind, all diese schrecklichen Sachen mit Leuten zu machen, wo Sie doch im Grunde ein schrecklicher Angsthase sind? Und ein paar von diesen Frauen in den Supermärkten sind ziemlich furchterregend. Die werden nicht einfach dastehen und Sie machen lassen, oder?«

»Da gibt's eine einfache Erklärung«, sagte er.

Das Gefühl hatte ich allmählich auch.

»Ich bin in dieser Hinsicht wie Karl Marx«, sagte er. »Marx war kein bombenwerfender Revolutionär. Er war ein Philosoph, ein Denker. Ich bin genauso. Ich bin nur ein Theoretiker. Die Praktiker kommen später.«

Nun, anscheinend war es nicht bloß eine optische Täuschung – der kopflose Leichnam, meine ich. Auf dem Rückweg vom Duschtrakt kam ich an einem Caravan vorbei, der anscheinend leer war, dessen Tür aber offenstand. Ich bin ein Sicherheitsfanatiker, und so dachte ich, ich sollte als guter Nachbar wenigstens die Tür schließen. Aber da klebte etwas Unangenehmes an der Türklinke, und die Schelle war mit etwas beschmiert, das ganz so aussah wie menschliche Eingeweide. Ich vermutete, daß hier etwas nicht stimmte. Ich trat ein und spähte umher, und es war nicht zu übersehen, daß jemand mit Blut die Notrufnummer 666 an die Wand geschmiert hatte, und daß neben dem Kocher ein kopfloser Leichnam lag.

Das schien mir kein bloßer Zufall mehr zu sein. Eine kopflose Leiche in der Klinik, eine kopflose Leiche im Nebel, und jetzt eine hier im Wohnwagen. Aller schlechten Dinge sind drei, könnte man sagen. Es war jedenfalls genug, um mich davon zu überzeugen, daß hier etwas Komisches im Gange war.

Korrekterweise hätte ich die Sache vermutlich der Polizei melden müssen, aber ich wollte, ehrlich gesagt, nichts mit ihr zu tun haben, vor allem nicht mit Hollenshaw. Im Grunde wollte ich nicht, daß mir noch irgend etwas den Urlaub verdarb. Wenn Sie mich fragen: Dies wäre eine sehr viel bessere Welt, wenn die Leute sich nicht immer in die Angelegenheiten anderer einmischen würden.

Ich bin heute vergewaltigt worden, und es ist ganz genauso schlimm, wie alle immer behaupten. Ich fühlte mich danach besudelt. Während ich dies schreibe, fühle ich mich derart erniedrigt und angeekelt, und ich bin sicher, die Leute haben recht, wenn sie sagen, Vergewaltigung ist ein Verbrechen, bei dem es um Gewalt und Macht geht, nicht um Sex.

Es fing ganz unschuldig an, als Kathleen vorschlug, nochmal in die »Pumpe« zu gehen. Nach meinem letzten Erlebnis dort widerstrebte es mir ein bißchen; ich hatte auch Angst, daß Kathleen vielleicht nur hingehen wollte, um sich wieder mit den Bauarbeitern zu treffen. Aber ich kann dieser Frau immer noch nichts abschlagen, und so gingen wir in die »Pumpe«. Wir setzten uns in den Biergarten und ich führte mir genüßlich eine Flasche Lager zu Gemüte, während Kathleen etwas trank, das »Killer Zombie« hieß. Die Welt schien ganz in Ordnung zu sein. Ich hätte wissen sollen, daß es nicht so bleiben konnte.

Ich hatte vage zwei etwas seltsam aussehende Pfadfinderinnen bemerkt, die in einer Ecke des Gartens saßen. Sie tranken Schnaps und rauchten eine Zigarette nach der anderen. Das schien zwar nicht so recht zu den mir bekannten Idealen der Pfadfinderinnenschaft zu passen, aber ich nahm an, daß sie irgendwie ihr Fähnlein verloren hatten und wie so viele junge Leute die Gelegenheit nutzten, um unbeaufsichtigt ein paar verbotene Freuden zu kosten. Wann werden sie es je lernen? Indessen schienen sie das Trinken und Rauchen gewöhnt zu sein, und als ich genauer hinschaute, kamen sie mir auch ein bißchen zu alt für Pfadfinderinnen vor.

Ich bemühte mich, sie nicht anzustarren, aber ich dachte mir doch, ich sollte sie lieber im Auge behalten. Jedesmal, wenn ich in ihre Richtung blickte, schauten sie mich an, und nach kurzer Zeit fingen sie an, mir zuzuzwinkern, mir vielsagende Blicke zuzuwerfen und sich in lasziver Weise mit der Zunge über die Lippen zu fahren, und schließlich winkten sie sogar. Ich versuchte, sie zu ignorieren, aber das war nicht leicht. Ich bin es nicht gewöhnt, daß mich Mädchen in Uniform anstarren.

»Was stört dich denn?« wollte Kathleen wissen. »Die meisten Männer wären begeistert, wenn zwei Pfadfinderinnen ihnen Blicke zuwerfen. Du kannst dich glücklich schätzen.«

Ich sah nicht, was Glück damit zu tun haben sollte. Mir wurde zunehmend unbehaglich, und schließlich drängte ich Kathleen zum Aufbruch.

»Das paßt gar nicht zu dir«, sagte Kathleen. »Warum sollten wir gehen? Wir haben genauso viel Recht, hier zu sein, wie die da.«

»Das stimmt.«

»Wieso gehst du nicht hin und redest mit ihnen?«

Ich wußte, daß sie recht hatte. Ein Mann in meinem Alter sollte in einem Biergarten sitzen können, ohne sexuell belästigt zu werden. Außerdem hatte ich das Gefühl, ein freundliches, aber passendes Wort würde den Possen ein Ende bereiten. Alles, was solche Typen nötig haben, ist ein entschlossenes Wort von einer Autoritätsperson, das sie zur Vernunft bringt.

Ich schlenderte hinüber in die Ecke des Biergartens, in der sie saßen. Sie kicherten mädchenhaft, als ich herankam. Aus der Nähe sahen sie noch weniger mädchenhaft aus, als quer durch den Biergarten betrachtet. Die eine war mindestens fünfunddreißig.

»Verzeihung, die jungen Damen ...«

»Wir sind ja so froh, daß Sie gekommen sind«, blubberte die eine. »Wir brauchen einen großen, starken Mann, der uns mit unserem Tandem hilft.«

Das war es also. Ich hätte es wissen können. Sie benutzten ihren sogenannten weiblichen Charme, um einen Mann dazu zu verführen, eine kleine Fahrradreparatur für sie zu erledigen. Es war immer die gleiche alte Geschichte. Aber, aber, mahnte ich mich, so schlecht wird es um das Verhältnis zwischen den Geschlechtern auch wieder nicht bestellt sein. Ein Mädchen wird doch noch einen Mann bitten dürfen, ihm das Fahrrad zu reparieren, ohne daß gleich der Sex sein häßliches Haupt erhebt. Mit dem größten Vergnügen war ich ihnen zu Diensten.

»Dann hätten Sie nur zu fragen brauchen«, sagte ich. »Was ist denn los mit dem Tandem?«

»Wir verstehen nichts von mechanischen Sachen. Wir wissen es nicht. Es könnte die Kette sein oder der Schlauch, irgendsowas.«

»Hört sich an, als ob ich's mir besser mal selbst ansehe. Wo ist denn die Maschine?«

»Oh, da drüben.« Sie deuteten unbestimmt ins Weite. »Wir zeigen's Ihnen.«

Der Weg kam mir meilenweit vor. Die Mädels waren ganz nett. Sie plapperten fröhlich und lachten viel. Wir kamen zum Fluß; nirgends war ein Weg, aber überall sehr hohes Gras. Ich konnte mir nicht vorstellen, was irgend jemand hier mit einem Tandem anfangen sollte.

»Wie weit soll's noch gehen?« fragte ich.

»Bis zum äußersten«, sagte die eine.

Sie lachte herzlich. Dann zog sie ihre Uniform aus. Ich war verblüfft. Der Körper, der sich da offenbarte, war nicht der einer Pfadfinderin. Die Unterwäsche sah auch nicht aus, als wäre sie feldtauglich. Dazu war sie viel zu schwarz und zu zart, und ich schöpfte sofort Verdacht.

»Ich weiß, daß es ein warmer Tag ist«, sagte ich. »Trotzdem wäre ich Ihnen dankbar, wenn Sie sich bedecken wollten.«

Ich wandte mich nach ihrer Freundin um, und auch sie hatte sich die Kleider vom Leib geschält und ähnlich unangemessene Dessous offenbart. Hier war etwas ganz entschieden nicht in Ordnung.

»Okay«, sagte ich. »Wenn Sie beide sonnenbaden möchten, dann lasse ich Sie jetzt allein. Sagen Sie mir nur, wo ich das Tandem finde, und ich werde mein Bestes tun.«

»Es gibt kein Tandem, Dummerchen.«

Verflixt! Eine Falle! Ich hätte es wissen sollen. Ich geriet in Panik. Ich wollte weglaufen, aber die beiden Harpyen packten mich und warfen mich zu Boden. Ich bilde mir ein, daß ich mich mit der Kraft von zehn Männern zur Wehr setzte, aber das war nicht genug; im Handumdrehen hatten sie mich nackt ausgezogen und vollführten alle möglichen schrecklichen Sachen mit mir. Tatsächlich taten sie so ziemlich das gleiche mit mir wie Kathleen, und insofern war daran nichts Neues, aber das machte es nicht weniger schrecklich. Wenn man bedenkt, daß es eine Vergewaltigung war, so hätte es vermutlich noch sehr viel schlimmer kommen können, aber es war auf alle Fälle schon schlimm genug. Man liest von solchen Sachen in Büchern. Man glaubt aber nicht, daß sie einem selbst zustoßen können.

Alles schien in Zeitlupe zu passieren. Es war eine Qual. Ein Alptraum. Was für eine Welt haben wir da hervorgebracht, in der so etwas geschehen kann? Wo war die Polizei, wenn ich sie mal brauchte? Und wo war eigentlich Kathleen?

Kathleen stand, wie ich bald bemerkte, drei Schritt weit daneben und machte Fotos. Ich schaute sie flehentlich und verständnislos an; rufen konnte ich sie nicht, weil eine der beiden Pfadfinderinnen auf meinem Gesicht saß, aber ich glaube, mein Blick sprach Bände. Kathleen dagegen hatte es nicht die Sprache verschlagen.

»Du siehst aus, als ob es dir gefällt«, sagte sie. »Ich wußte es. Du hast in letzter Zeit ein so langes Gesicht gemacht, daß ich dachte, ich unternehme mal was, um dich aufzumuntern. Also habe ich diese Rent-a-Pfadfinderinnen engagiert. Sag nicht, daß du nie was von mir kriegst. Betrachte es als verspätetes Geschenk zu deinem fünfundvierzigsten Geburtstag.«

Sie sah sehr zufrieden mit sich aus und machte noch ein Foto. Ich hoffe, das Labor wird sich weigern, Abzüge herzustellen. Der Körper ist manchmal eigensinnig, und allem Grauen und meiner Scham zum Trotz fühlte ich leider, daß mein Fortpflanzungsorgan auch bei diesem traurigen Anlaß seinen Mann stand. Zum Glück, und dank der energischen Bemühungen der Frauen, hatte es seinen erzwungenen Dienst jedoch bald erledigt. Glücklicherweise war dies das Signal für die beiden, die Folterung zu beenden. Sie warfen mich beiseite wie einen alten Handschuh. Ich lag im Gras, würgend und tränenüberströmt, während sie sich anzogen. Kathleen dankte ihnen und gab ihnen Geld. Es wundert mich, daß sie ihnen nicht dreißig Silberlinge gab.

Ich litt dumpfe Schmerzen an Körper und Seele, als ich mich ankleidete. Kathleen klopfte meine Sachen ab, lächelnd und voll weiblicher Fürsorge, was typisch für sie war. Ich war fast sprachlos, aber nicht ganz.

»Kathleen«, sagte ich mit aller Beherrschung, die ich aufbringen konnte, »daß deine Libido in morbider und gefährlicher Weise aus der Bahn geraten ist, muß noch lange nicht bedeuten, daß *meine* es auch ist.«

»Na, das nenne ich Dankbarkeit. Ich habe mir eine Menge Mühe gemacht, diese kleine Aufmerksamkeit zu arrangieren, und das ist nun der Dank dafür.«

»Du erwartest noch Dank? Du gehörst eingesperrt!«

»Ich weiß nicht, was in letzter Zeit in dich gefahren ist, Eric. Man kann überhaupt keinen Spaß mehr mit dir haben!«

»Ich habe noch *nie* gespaßt«, erwiderte ich.

Und ausnahmsweise ließ Kathleen mir das letzte Wort.

Nachricht von zu Hause. Eine Botschaft wurde bei der Platzverwaltung hinterlassen: Ich solle dringend meinen Nachbarn anrufen. Mein Nachbar heißt Ken und ist ein Typ, in dessen Hände man sein Leben legen würde, auch wenn er sich manchmal ein bißchen Zeit damit läßt, die Gartenschere zurückzugeben, die man ihm geliehen hat. Trotzdem, so dicke Freunde sind wir nun auch wieder nicht, daß er mich bitten würde, ihn anzurufen, wenn er keinen guten Grund dafür hätte.

»Was ist los, Ken?« fragte ich ihn.

»Bei Ihnen ist eingebrochen worden«, sagte er. »Gestern nacht sind sie eingestiegen, die Mistkerle.«

»Haben sie viel mitgenommen?«

»Schwer zu sagen, aber soweit ich sehen kann, haben sie überhaupt nichts wegschaffen können. Ich glaube, sie wurden gestört.«

»Wahrscheinlich haben sie nichts gefunden, was sich zu stehlen lohnte«, meinte ich. »Kathleen und ich führen ein einfaches Leben. Wir belasten uns nicht mit Videorecordern oder teurem Schmuck.«

»Ich glaube, das stimmt, Eric. Und als sie sahen, daß nichts da ist, was sich zu klauen lohnt, da haben sie Ihre Wände und Ihre Cord-Garnitur mit Margarine beschmiert und alle Ihre Teppiche als Toilette benutzt.«

»Sieht so aus, als sollten wir lieber sofort nach Hause kommen.«

»Nein, tun Sie das nicht. Warum sich den Urlaub verderben? Ich bin ja hier vor Ort und habe alles in der Hand. Ich habe die Polizei informiert, Türen und Fenster mit neuen Schlössern versehen, und wenn Sie wollen, hole ich eine von diesen professionellen Teppichreinigungsfirmen, damit sie Ihnen die Teppiche saubermachen.«

»Das wäre großartig. Sie sind ein Schatz, Ken.«

»Ich tue nur, was sich für einen guten Nachbarn gehört.«

Gute Nachbarn – die muß man in Gold aufwiegen. Ich sagte Ken, er solle nur so weitermachen. Bei einem Burschen wie Ken weiß man, daß man ruhig schlafen kann. Ich habe übrigens beschlossen, Kathleen von all dem nichts zu sagen. Wir sprechen im Moment nicht miteinander.

Man sagt, alles verstehen heißt alles verzeihen, und ich denke, das könnte durchaus stimmen. Ich habe diesen

Urlaub in der Hoffnung angetreten, meine Kinder besser kennenzulernen, aber, offengestanden, es geht nur mühsam voran. Ich glaube, bei Sally habe ich einen bescheidenen Erfolg erzielt. Mir ist jetzt klar, daß sie so etwas wie eine fromme, besessene religiöse Eiferin ist. Mag sein, daß ich damit nicht einverstanden bin, aber ich verstehe es zumindest, und jawohl, ich glaube, ich kann es auch verzeihen; jedenfalls dann, wenn sie das Ganze erst mal hinter sich hat. Mit Max dagegen sieht die Sache anders aus. Er bleibt mir unbegreiflich, und so ist ihm auch nicht zu verzeihen. Ja, ich fürchte sogar, als ich heute versuchte, den Dingen auf den Grund zu gehen, habe ich alles noch schlimmer gemacht.

Meine Bemühungen, ihn zu verstehen, werden ein bißchen beeinträchtigt durch den Umstand, daß ich ihn nie sehe. Er zieht jeden Morgen los und nimmt sich nicht mal ein Lunchpaket mit. Abends kommt er spät zurück, wenn wir meistens schon mit dem Abendessen angefangen haben. Dann ist er zerzaust und schlammbedeckt und sieht aus, als hätte er mit einem wilden Tier gekämpft. Manchmal bringt er sogar Trophäen von seinen Expeditionen mit: totes Federwild, Kaninchen, Rinderkeulen. Das vermindert zwar ohne Zweifel unsere Metzgerrechnung, aber in letzter Zeit schleppt er auch tote Ziegen und Dachse an, und die sehen einfach nicht sehr appetitlich aus.

Ich nehme an, was mich bei Max' widerspenstigem Benehmen am meisten stört, ist mein Gefühl, daß er das Herz im Grunde auf dem rechten Fleck hat. Wie ich, hegt er eine gesunde Abneigung, ja, Mißtrauen gegen viele Aspekte der modernen Zivilisation; er findet sie hohl, unmoralisch und grob materialistisch. Wer würde da widersprechen? Aber was kann man daran machen?

Aber Max resigniert nicht so leicht, sondern hat seine eigene Protestform gefunden: Er beschmiert seinen ganzen Körper mit Lehm, läßt ihn zu einer knusprigen Kruste trocknen und bohrt sich einen Knochen durch die Nase. Erst dachte ich, ich sage nichts dazu, aber dann dachte ich, nein, wenn du jetzt nicht Stellung beziehst, wird dieser Bengel dich nie mehr respektieren, und alles wird nur noch schlimmer. Außerdem ließ er überall im Wohnwagen getrocknete Lehmklumpen fallen, und schon deshalb mußte mal ein Wort gesagt werden.

Ich wartete, bis er heute abend nach Hause kam. Es fing schon an, dunkel zu werden. Wir anderen hatten längst zu Abend gegessen. Max' Essen war eiskalt, aber wir hatten es wenigstens aufbewahrt, was in gewisser Hinsicht schon mehr war, als er verdiente. Er flegelte sich an den Tisch, ohne sich vorher die Hände zu waschen, und manschte mit Lehmfingern in seinem Essen herum.

Ich wußte nicht genau, wo ich die Diskussion beginnen sollte; also sagte ich vorsichtig: »Was genau ist das eigentlich für ein Knochen, den du da in der Nase hast?«

»Schaf. Willst du auch einen?«

»Nein, danke.«

Max stand auf, und seine Nasenflügel bebten, als ob er eine Witterung aufnehme.

»Bitte, setz dich, Max. Ich habe eine wichtige Frage an dich.«

Max grunzte und setzte sich.

»Ich bin nicht böse, Max; ich will nicht mal behaupten, daß ich es unbedingt mißbillige. Ich frage nur: *Warum*? Warum der Knochen? Warum der Schlamm? Erzähl's mir. Ich werde mich bemühen, es zu verstehen.«

»Weil es primitiv ist. Weil es wild ist. Weil Körperschmuck der erste Ausdruck der kreativen Impulse des Menschen ist, und weil es mich in den Kontakt mit den Erdgeistern bringt.«

Ich finde, ich hätte allen Grund zu der Frage gehabt, was genau es mit diesen Erdgeistern auf sich habe und warum er mit ihnen in Kontakt treten wollte; aber ich wollte den Jungen nicht unter Druck setzen, vor allem in diesem Augenblick nicht, in dem er sich dazu durchgerungen hatte, sein Herz auszuschütten.

»Schau, Max«, fuhr ich also fort, »ich will ja nicht sagen, daß da nicht was dran ist. Und natürlich hast du ein Recht auf deine eigene Meinung. Aber ich finde trotzdem, wenn du weiterhin zu dieser Familie gehören willst, dann mußt du dich in Zukunft an bestimmte Regeln halten.«

Er starrte mich mit animalischer Intensität an.

»Zum Beispiel solltest du meiner Meinung nach ein bißchen pünktlicher zu den Mahlzeiten erscheinen. Ich finde, du solltest einen Beitrag zum Familienleben leisten. Du solltest dich öfter waschen, du solltest mithelfen, den Wohnwagen sauberzumachen, ein bißchen zugänglicher sein ...«

Max stieß ein furchtbares Gebrüll aus.

»Siehst du's denn nicht, Dad? Das ist doch alles ein Beschiß.«

Er deutete wild gestikulierend auf mich, auf Kathleen und Sally, auf den Wohnwagen, auf die Welt dahinter. Dann hob er seinen Teller hoch, schaufelte sich das Essen in den Mund, leckte den Teller ab und warf ihn hinter sich.

»Wenn die Ablehnung der Zivilisation auch den Verzicht auf anständige Tischmanieren bedeutet, dann ist das für mich ein trauriges Schauspiel«, sagte ich.

Max brüllte von neuem. Er stieß den Tisch um, schnappte sich einen Stuhl und zerschmetterte ihn an der Wohnwagenwand. Dann wandte er sich zum Gehen.

»Was glaubst du, wohin du gehst, junger Mann?«

Nach etlichen weiteren Tierlauten, sagte er sehr deutlich: »Ich gehe zurück in den Busch.«

»In Lincolnshire?« fragte ich ungläubig, aber es war zu spät, um mit ihm zu diskutieren. Er war schon zur Tür hinaus und verschwand auf allen Vieren.

Das war eigentlich nicht das Ergebnis, das ich mir von unserer kleinen Unterhaltung erhofft hatte, und bekäme ich eine zweite Gelegenheit, würde ich wahrscheinlich behutsamer mit ihm umspringen – obgleich ich, offengestanden, nicht genau weiß, was ich eigentlich falsch gemacht habe. Kathleen fing wieder an, mit mir zu sprechen, und bezichtigte mich, ein Schikaneur und Heimzerstörer zu sein, was ich hitzig bestritt. Max läßt sich von niemandem mehr schikanieren. Eigentlich bin ich sicher, daß es Max ungeheuer guttun wird, das Nest einmal für eine Weile zu verlassen, und wenn unsere kleine Auseinandersetzung sonst nichts gebracht hat, so hat sie doch wenigstens die Luft gereinigt.

Zu allem Überfluß gab es heute abend ein Gewitter, wie ich es noch nie erlebt habe. Der Tag war warm – um nicht zu sagen, balsamisch – gewesen, aber am Abend erhob sich ein teuflischer Wind; Regen peitschte den Caravanpark, und Blitze rissen die Himmel auf. Der Wohnwagen schaukelte auf seinem Fundament, und Hagel attackierte das Dach, so laut wie Gewehrfeuer. Das Ganze war extrem un-englisch.

Es war eine Nacht, die sich kaum jemand ausgesucht hätte, um in den Busch zurückzukehren. Ich dachte kurz daran, Max suchen zu gehen, ließ es dann aber bleiben. Zum einen wollte ich nicht patschnaß werden, und zum anderen meine ich, es kann Max nur guttun, die Suppe auszulöffeln, die er sich eingebrockt hatte und nicht immer zu erwarten, daß sein alter Dad ihm zu Hilfe eilt. Zumindest würde es ihn lehren, die Vorzüge eines schönen warmen Wohnwagens zu schätzen.

In Max' Abwesenheit stieß ich zufällig auch auf sein »Tagebuch« – in Ermangelung eines besseren Wortes. Zweifellos weiß er, daß Kathleen, Sally und ich auch welche führen, und er wollte wohl nicht hintenanstehen. Max hat sich nie besonders gut ausdrücken können, und so ist es leider eine ziemlich jämmerliche Lektüre. Es ist in Baumrinde geritzt und mit irgendeiner Farbe gefärbt. Überwiegend besteht es aus ziemlich unordentlichen Kritzeleien: Zeichnungen von Pfeilspitzen, Fischen, Enten und Schneeflocken, Schlangenlinien, die einen Fluß darstellen könnten, ein Auge, eine Eule, ein Paar gehende Beine. Das alles kommt mir ein bißchen verrückt vor. Das einzige, was einen Sinn ergibt, sind die Worte »Der König muß sterben«, die unten ans Ende gekritzelt sind – obwohl das, ehrlich gesagt, auch nicht meine Vorstellung von Sinn ist.

Es ist jetzt nach Mitternacht, und ich habe eine Weile ziemlich ernsthaft philosophiert. Vermutlich habe ich mir in Wirklichkeit nur immer wieder dieselben alten Fragen gestellt, die mich schon in der Saloon-Bar des Devonshire Arms quälten, aber jetzt stelle ich sie mit einem zusätzlichen Quantum an Verzweiflung. Während ich vorher vielleicht gefragt hätte: »Was hat das alles für einen Sinn?«, frage ich jetzt: »Was hat das alles für einen verdammten Sinn, he?« Während ich früher einmal gesagt hätte, daß es durchaus eine sinnvollere Art zu leben geben könnte, sage ich heute: »Herrgottnochmal, bestimmt muß es doch was Besseres geben als das hier, oder? Muß es doch wohl.«

Ich nehme an, es läuft alles auf die Frage hinaus, was ein Kerl mit seinem Leben anfangen soll. Ich bin sicher, ein Kerl sollte nicht Leute überfallen oder sie zusammenschlagen oder sie mit Ammoniak bedrohen oder ihnen das Auto stehlen. Aber andererseits – was weiß ich schon? Weiß ich denn, ob Leuteüberfallen nicht der Weg zur Offenbarung ist?

Im Ernst, wenn man sich all die Leute auf der Welt anguckt, hat man doch den Eindruck, sie leiden nicht unter dem gleichen Alltagsverdruß wie ich. Wie kommt das? Was haben die, was ich nicht habe? Vielleicht haben manche von ihnen treue Ehefrauen und nette Kinder, und ein paar schaffen es sogar, einmal im Jahr einen angenehmen, erholsamen Urlaub zu verbringen. Das alles hilft ihnen wohl ein wenig, aber die ganze Antwort kann es nicht sein. Ich will wissen, wofür sie wirklich leben. Für spirituelle Vervollkommnung? Die Suche nach der Wahrheit, nach wirklichen Werten? Oder dafür, ihren Mitmenschen zu helfen?

Nein, sei nicht so verdammt blöd: dafür geben sie keinen Pfifferling. Sie leben für Alkohol, Fernsehen, Einbauküchen, Eßtische etc. etc. Für mich klingt das ein bißchen besinnungslos, aber es scheint sie glücklich zu machen. Sie sind mit ihrem Los jedenfalls zufriedener als ich. Und es würde mich durchaus interessieren, wer von uns beiden recht hat.

Zweierlei fällt mir dazu ein. Erstens: Angenommen, es gibt so eine Art Jüngstes Gericht, und angenommen, dabei stellt sich heraus, daß all die Weisen und Mystiker unrecht hatten und daß es überhaupt nicht auf die geistigen Werte ankommt, sondern auf die materiellen. Was ist, wenn man feststellt, daß es überhaupt nicht darauf ankommt, ob man ein moralisches und tugendhaftes Leben geführt hat oder nicht? Was ist, wenn Moral und Tugend überhaupt nicht zählen, und wenn es bloß darauf ankommt, wer das größte Auto oder den schicksten Dinnerservice hatte?

Natürlich wäre das nicht vernünftig oder fair. Aber das Leben ist nicht vernünftig oder fair und war es auch nie – weshalb sollte es da ausgerechnet beim Jüngsten Gericht plötzlich vernünftig und fair zugehen?

Das zweite, was mir dazu einfällt, ist, daß es vielleicht gar kein Jüngstes Gericht gibt, und in dem Fall ist es so oder so schnurzegal. Wenn es am Ende kein Jüngstes Gericht gibt, dann steht der Kerl, der kaputte Secondhand-Waschmaschinen verkauft, moralisch auf einer Stufe mit Jeanne d'Arc.

All diese Gedanken gehen mir im Kopf herum wie Kleider in einer kaputten Secondhand-Waschmaschine. Vielleicht hört sich das alles ein bißchen düster und nihilistisch an; trotzdem habe ich gerade eine Erleuchtung gehabt. Eben habe ich die Feder sinken lassen und durch den Wohnwagen geschaut und eine Schrift an der Wand gesehen. Die Schrift lautete: »Bitte hinterlassen Sie den Wohnwagen so, wie Sie ihn vorzufinden wünschen.« Wenn man die Grenzen da ein bißchen weiter zieht, klingt das nach einem ziemlich guten Glaubensbekenntnis, nach dem sich leben läßt. Das Problem ist bloß, daß ich anscheinend einer der sehr wenigen bin, die von solchen Schriftzeichen Notiz nehmen.

Ich habe genug philosophiert für eine Nacht. Ich werde jetzt zu Bett gehen. Ich bin kein Trottel. Ich habe alle Hoffnung aufgegeben, daß meine schlanke und attraktive Ehefrau Ruhe gibt. Da Schlaftabletten bei ihr anscheinend nicht wirken, sehe ich mich gezwungen, zu noch verzweifelteren Mitteln zu greifen. Heute nacht nehme ich selbst ein paar Schlaftabletten.

DIENSTAG

Das fahle Licht des Morgengrauens sickerte heute früh durch die Gardinen. Es war sehr früh. Ich hatte nicht gut geschlafen. Die Tabletten haben nichts genutzt, und ich hatte einen ziemlich unappetitlichen Traum, in dem ich von einer Vagina mit Zähnen gefressen wurde. Ich war also wach und hörte, wie Motorräder in das Tralee Carapark and Holiday Centre gerattert kamen.

Ich schob den Vorhang beiseite, um hinauszuspähen. Es schienen ungefähr ein Dutzend zu sein: große, alte, britische Motorräder, sehr solide, sehr laut. Die Fahrer waren eine wilde, rauhe Bande, unrasiert, unsauber, und die meisten hatten nicht mehr alle Zähne. Natürlich trugen sie abgewetztes schwarzes Leder mit vielen Reißverschlüssen und Totenschädeln und Nieten. Sie verströmten schieren animalischen Magnetismus und finstere Bedrohlichkeit. Ich weiß, man soll ein Buch nicht nach seinem Umschlag beurteilen, aber wie es aussah, hatten diese Burschen nicht vor, jemanden einen Blick auf den Inhalt zu gestatten.

Das Tralee ist ziemlich streng auf die Einhaltung seines Motorradverbots bedacht, aber es war niemand Offizielles in der Nähe, der ihnen hätte sagen können, daß sie nicht willkommen waren. Ich dachte mir, das müsse aber geschehen, bevor sie sich häuslich niederließen. Da ich nun mal der Mann vor Ort war, kannte ich meine Pflicht. Ich bin keiner von der Sorte, die gern den dicken Max markieren, aber ich bin zunehmend der Meinung, daß man den Leuten einfach nicht alles durchgehen lassen kann.

Ich schlüpfte also in Socken und Sandalen, wickelte mich in meinen Bademantel und ging hinaus, um ein paar freundliche Ratschläge zu erteilen. Es war ein kalter Morgen. Dicke blaue Wolken von Auspuffqualm hingen in der Luft. Ich winkte den Hell's Angels munter zu, aber sie winkten nicht zurück. Sie waren mit sich selbst beschäftigt: tranken Bier, ließen ihre Maschinen röhren und brüllten einander an; ich glaube allerdings, sie brüllten nur, weil das die einzige Möglichkeit war, sich in dem Motorenlärm Gehör zu verschaffen.

»Entschuldigung«, sagte ich, aber niemand nahm mich zur Kenntnis. Es war genau wie bei den Garcias, bloß in größerem Maßstab. Ich bat noch einmal um Entschuldigung, lauter diesmal, aber es war hoffnungslos. Schließlich wußte ich mir keinen anderen Rat, als einem von ihnen auf die Schulter zu klopfen.

Ich glaube, es gefiel ihm nicht, daß ihm auf die Schulter geklopft wurde. Das war wohl der Grund, weshalb er ein Messer zog; vielleicht tat er es auch aus reiner Angeberei. Ich glaube nicht, daß er wirklich vorhatte, nach mir zu stechen – da jedenfalls noch nicht.

Einer der anderen fand offenbar, das Messerziehen sei eine übertrieben feindselige Geste, und er bot mir freundschaftlich ein Bier an. Ich mußte ablehnen, obwohl ich nicht unhöflich sein wollte; es war noch viel zu früh für mich. Aber daß man ihre Gastfreundschaft ablehnte, paßte ihnen genauso wenig, wie daß man ihnen auf die Schulter klopfte. Ich wurde grob gepackt und festgehalten, und der Mann, der mir das Bier angeboten hatte, schüttelte heftig die Dose und öffnete sie dann so, daß ein Schwall von Bier auf mich herunterprasselte. Ich wäre vielleicht bereit gewesen, diesen jugendlichen Scherz mit einem Lachen abzutun, aber daß er mir die Nase zudrückte und mich zwang, durch den Mund zu atmen, fand ich nicht mehr spaßig. Dann füllte er mir den Mund mit kaltem Bierschaum, was mich noch weniger zum Lachen reizte. Die Motorradfahrer dagegen fanden es anscheinend zum Totlachen, daß ich würgte und prustete und Bier durch die Nase blies.

Dann ließen sie mich los. Ohne Zweifel wäre der durchschnittliche Caravanurlauber hastig zurück in seine Koje gehuscht, aber leider bin ich aus härterem Holze. Zufällig hatte ich den Mund immer noch voll Bier, und das spuckte ich nun einem ins Gesicht. Das war wahrscheinlich ein Fehler. Wie man hört, haben diese Banden ein ziemlich hoch entwickeltes Ehrgefühl, einen strengen Sittenkodex, und ich hatte offensichtlich eine Grenze überschritten. Sie rissen mir den Bademantel herunter, schlugen mich ein- oder zweimal mit einer Kette, stießen mich dann zu Boden und zwangen mich, ihnen die Stiefel abzulecken. Das war Schwerstarbeit. Es waren große Stiefel und dazu noch ziemlich dreckige; ich mochte mir nur ungern vorstellen, welche Bestandteile der Dreck enthielt. Es war eine bittere Erfahrung und eine ziemliche Strapaze für meine Zunge.

Als ich fertig war, zogen sie mich hoch, knebelten mich, fesselten mich an einen Baum und fingen an, auf meiner blanken Brust Zigaretten auszudrücken. Es brannte ganz unerhört, aber ich hielt den Kopf hoch. Ich habe nie zu der Sorte gehört, die vor einer Horde übelriechender Desperados den Kotau macht, und selbst wenn man sich ihrer nicht erwehren kann, hat man, meiner Meinung nach, die Pflicht, mit Würde zu leiden. Ich war vielleicht machtlos, aber ich stand unerschütterlich fest an meinem Baum, und jede Faser meines Körpers schrie ihnen trotzig entgegen, sogar meine Brust, die allmählich aussah wie ein arg mißhandelter Kneipentisch. Mit dem Mund konnte ich ihnen nicht trotzig entgegenschreien, weil sie mir einen öligen Lappen hineingestopft hatten.

Es ist schwer zu sagen, wie alles geendet hätte, wäre

meine reizende Tochter Sally nicht aus dem Wohnwagen gekommen, um ihrem alten Dad zu helfen. Ist das nicht typisch? Ein ganzer Caravanplatz voll sogenannter Männer, und der einzige Mensch, der einem zu Hilfe kommt, ist ein fünfzehnjähriges Mädchen.

Ich muß sagen, Sally sah nicht gerade optimal aus. Was sie anhatte, sah aus wie ein Sack, der überall voll Asche war. Außerdem hatte sie sich eine Dornenkrone um den Kopf gewunden, was ich unnötig fand. Nichtsdestominder war sie von einer gewissen Aura umgeben.

Mir graute bei der Vorstellung, was diese Ölknilche anstellen würden, wenn sie Sally sähen. Aber als erstes ließen sie meine Brust in Ruhe, und das war mir ganz willkommen. Dann jedoch umringten sie Sally. Ich fürchtete schon, es könnte häßlich werden; ich dachte, sie würden sie vielleicht zwingen, Bier zu schlucken oder Schlimmeres. Aber nein. Sally sagte: »Friede sei mit euch«, und sofort wurden die Motorradfahrer sehr still. Sie legte einem nach dem anderen die Hand auf den Kopf und segnete sie. Den Jungs schien das zu gefallen.

Als ich Sally das letzte Mal sah, saß sie auf dem Sozius einer Norton Commando und führte die Rotte der Hell's Angels zum Tor hinaus. Das entsprach nicht meiner Vorstellung davon, wie ein junges Mädchen seine Ferien verbringen sollte, aber ich war doch froh, daß sie mit ihrer Sanftmut erreicht hatte, was mir mit meiner Aggressivität nicht gelungen war. Das sollte mir eine Lehre sein, dachte ich.

Habe mich den Rest des Tages sehr groggy gefühlt. Die Brandwunden von den Zigaretten waren schon schlimm genug; außerdem hatte ich rasende Zahnschmerzen, Magenkrämpfe, Muskelzuckungen und einen ekligen Geschmack im Mund.

Es ist nicht meine Art zu klagen, aber manchmal kann einen ein tiefer Klageseufzer wieder auf die Beine bringen. Wenn dieses Tagebuch zu sonst nichts gut ist, so ist es doch wenigstens ein guter Freund, dem man etwas vorstöhnen kann.

Am Nachmittag gingen Kathleen und ich am Vergnügungsstrand von Skegness spazieren, und ich sah mich genötigt, darüber nachzusinnen, was wir mit »Vergnügen« meinen. Aber lange grübelte ich nicht, sondern ich amüsierte mich mit Dartwerfen und fuhr mit Kathleen auf dem »Waltzer«. Es war ganz nett, aber ich bin nicht sicher, ob ich das alles als »Vergnügen« bezeichnen würde. Kathleen brachte mich in leichte Verlegenheit, als sie den »Waltzer«-Aufseher fragte, ob er eine Pistole in der Tasche habe. »Nein«, antwortete der Bengel, »das ist eine Erektion.« Zum Glück konnte ich sie wegbugsieren, ehe weiterer Schaden angerichtet wurde.

Wir kamen an einer Bingohalle vorbei, und es war nicht zu überhören, daß dort ein großer Aufruhr im Gange war. Ich schaute genauer hin und sah eine häßliche Horde matronenhafter Frauen, die einem jungen Mann übel zusetzten. Sie waren rasend vor Wut; sie schrien und fluchten und zerrten an seinen Haaren und Kleidern.

»Loslassen, ihr B-b-b-bestien!« schrie er.

Ja, es war niemand anderes als mein Spaziergangsgefährte, der nette junge Mann, der stotterte. Die Frauen hoben ihn über ihre Köpfe und warfen ihn aus der Bude. Er landete als ramponiertes Häuflein zu meinen Füßen. Seine Kleider waren zerfetzt, und er blutete an mehreren Stellen. Wir halfen ihm auf die Beine und fragten, wo das Problem sei.

»Ich hab's d-d-drauf ankommen lassen«, sagte er. »Ich hab sie gebeten, mir eine Chance als B-b-bingo-Ausrufer zu geben, und sie haben's getan. Erst hat auch alles geklappt, aber als dann die V-v-vieren kamen und danach gleich die F-f-fünfen, und als dann noch die V-v-vierund-f-f-fünzig kam und unmittelbar darauf die F-f-fünfundv-v-vierzig, da war ich f-f-fertig. Keiner verstand mich mehr. Dann wurden sie wütend, fingen an zu brüllen, sie wollten ihre Zahlen wissen, und als ich die Zahlen nochmal vorlas, um sie zu kontrollieren, kriegte ich wieder das gleiche Problem. Und als ich sagte, sie sollten sich nicht anstellen wie ein paar dämliche Ziegen, da w-w-w-wurden sie gew-w-w-walttätig.«

Ich versuchte, ihn zu trösten, aber ich hatte nicht das Gefühl, daß es dazu viel zu sagen gab.

»Ich war so ein b-b-b-blöder T-t-t-trottel«, sagte er.

»Machen Sie sich keine Vorwürfe«, sagte ich lahm.

»Mach ich ja nicht. Ihnen mache ich w-w-w-welche.«

Die Meute der wütenden Frauen war auf ihre Plätze zurückgekehrt. Die Gewalttätigkeit schien ihnen vergangen zu sein, aber da lief der stotternde Kerl zu ihnen hinein, und sein bloßer Anblick schien sie schon wieder in Raserei zu versetzen. Aber er hatte eine großartige Methode, ihren Zorn umzulenken.

»Es ist s-s-s-seine Schuld«, rief er und zeigte auf mich. »Er hat diese S-s-s-super-Idee gehabt.«

Das war nun wirklich ein starkes Stück. Ich fand, daß er für seine Handlungen schon selbst verantwortlich war. Außerdem fand ich, daß der Clown, der so bescheuert gewesen war, ihm einen Job als Bingo-Ausrufer zu geben, sich ebenfalls hätte verantworten müssen. Aber ich hatte nicht viel Zeit, darüber zu diskutieren. Ich rannte davon, die wutentbrannte weibliche Bingo-Meute dicht hinter mir. Ich habe schon gehört, daß manche Frauen schön sein sollen, wenn sie wütend sind. Ich fand diese Theorie aber nicht bestätigt. Die Hyänen erwischten mich bei der Geisterbahn und verprügelten mich mit Schirmen und Handtaschen, und eine rammte mir eine von diesen Windmühlen an einem Stock in die Weichteile. Sie rissen mich an den Haaren, zerkratzten mich mit den Fingernägeln und trampelten mit ihren flachen Absätzen auf mir herum. Ich weiß, daß es Typen gibt, die sowas angeblich gern haben, aber leider gehöre ich nicht dazu. Ich rollte mich kugelrund zusammen, und als ich mich nicht mehr bewegte, ließen sie von mir ab.

Ich ging zum Parkplatz. Kathleen und der junge Stotterer waren bereits in den Wartburg gestiegen. Beide saßen auf dem Rücksitz. Sie kümmerte sich mit großer Fürsorge um seine Platzwunden und Blutergüsse. Ich behaupte nicht, daß sie keiner Fürsorge bedurften, aber sie waren entschieden nicht so schlimm wie meine.

Zu dritt fuhren wir nach Hause. Als wir ankamen, sagte Kathleen: »Was du brauchst, ist eine schöne, entspannende Massage.« Aber natürlich meinte sie nicht mich. Kathleen und der Stotterer verschwanden in unserem Wohnwagen, und ich mußte draußen warten. Er kam erst geraume Zeit später wieder heraus, aber um ehrlich zu sein, er sah auch nicht glücklicher aus als beim Hineingehen. Ich weiß, daß manche Tiere angeblich nach dem Koitus traurig sind, aber ich wußte nicht, daß das gleiche für eine Massage gilt.

Eins ist mir klar: Eine Menge Leute werden es wahrscheinlich ein bißchen eigenartig finden, daß eine Ehefrau einem mehr oder weniger völlig Fremden eine Massage verpaßt, noch dazu, wenn sich ihre Tochter gerade mit einer Rotte Hell's Angels davongemacht hat und ihr Sohn in die Wildnis untergetaucht ist. Ich kann nur sagen, ich gehöre auch zu diesen Leuten.

Im Büro der Verwaltung lag eine Telefonnachricht für mich; ich sollte meine Eltern anrufen. Die Nachricht war von meinem alten Dad. Er ist sechsundsiebzig und ein Prachtkerl für sein Alter. Mam genauso. Aber wenn Eltern erst in dieses Alter kommen, macht man sich unwillkürlich ab und zu Sorgen um sie. Also fürchtete ich das Schlimmste und hoffte das Beste, als ich zu Hause anrief.

»Wird auch Zeit«, sagte Dad.

»Ich hab angerufen, sobald ich konnte. Ist alles in Ordnung?«

»Kommt drauf an, was du ›in Ordnung‹ findest. Sitzt du?«

»Nein. Ich stehe in einer Zelle neben der Burger-Bar, genau gesagt.«

»Das wird dann vermutlich reichen müssen. Es geht um deine Mam.«

»O Gott. Was ist passiert? Ist sie okay?«

»Na ja, in gewisser Weise schon.«

»Ich verstehe nicht.«

»Nein. Du warst schon immer ein begriffsstutziger Kerl, Eric. Weißt du, deine Mam und ich, wir haben uns gestern abend unterhalten.«

»Gut. Ich finde es toll, daß ihr euch nach all den Jahren noch etwas zu sagen habt.«

»Halt die Klappe, Eric.«

»Ich bin kein Kind mehr, weißt du.«

»Das weiß ich. Du bist fünfundvierzig Jahre alt und hast noch nicht mehr Verstand als an dem Tag, an dem du zur Welt kamst. Also mach's Maul zu und hör dir an, was ich dir zu berichten habe. Wir saßen da, deine Mam und ich, und guckten uns die Zehn-Uhr-Nachrichten an, und da sagt sie plötzlich zu mir: ›Du bist nicht der leibliche Vater von unserem Eric‹.«

»Was?«

»Natürlich dachte ich mir, sie hat zuviel Port mit Lemon getrunken – aber nein. Wie sich herausstellt, war dein wirklicher Dad ein amerikanischer Seemann, den sie kennenlernte, als ich im Mittelmeer war und gegen die Achsenmächte kämpfte.«

»Da soll mich doch das Mäuschen beißen.«

»Ich dachte mir, daß du das wahrscheinlich sagen würdest.«

»Ich bin wahrlich baß erstaunt.«

Ich muß gestehen, daß ich die Neigung habe, in diese altfränkischen Ausdrucksformen heimeliger Mundart zu fallen, wenn ich mit meinem Dad rede.

»Ich dachte mir, daß du das sein würdest, aber ich dachte, du würdest es gern wissen.«

»Ja, natürlich. Aber was ist mit dir? Was wirst du jetzt machen?«

»Ich dachte, ich mache mir jetzt einen Toast.«

»Du nimmst das alles sehr gelassen auf.«

»Äußerlich vielleicht, aber innerlich sterbe ich ganz leise, wahrhaftig.«

»Ich will, daß du eines genau weißt, Dad: Das ändert nichts an meinen Gefühlen für dich. Ich liebe dich immer noch wie einen Vater. Daran kann nichts etwas ändern.«

»Du bist manchmal ein selten dämliches Arschloch, Eric«, sagte er. »Da stellt sich heraus, daß mein Leben auf einer Lüge beruht, daß mein ganzes Leben ein Theaterspiel, eine Farce gewesen ist, und du sagst, es ändert nichts. Bist du bescheuert, oder was?«

»Aber Dad ...«

»Ich will dieses Wort nie wieder aus deinem Munde hören. Ja, von diesem Augenblick an bist du ein Fremder für mich, Eric. Ich will nie wieder etwas von dir sehen oder hören. Verstanden?«

»Aber die Enkelkinder ... dein Stolz und deine Freude ...«

»Die Enkelkinder gehören jemand anderem. Soll der sich an ihnen freuen!«

Dann war die Leitung tot. Ich legte den Hörer auf und verließ die Zelle; ich war ein wenig verdattert.

»Na«, sagte Kathleen, »wenn du dich schon nicht tätowieren lassen willst, wie wär's dann mit ein paar erotischen Durchstechungen?«

»Wie bitte?« sagte ich.

»Ein Ring durch die Brustwarzen, einen Bolzen durch die Eichel – etwas in dieser Art.«

»Wenn du unbedingt ein Souvenir haben mußt, was hast du an einem Kannenuntersetzer zu bemängeln?«

Ich hoffte, leichthin darüber hinweggehen zu können; ich hatte wirklich keine Lust, in diesem Augenblick mit Kathleen über körperliche Verstümmelungen zu debattieren. Ich war mit anderen Dingen beschäftigt.

»Du würdest schön beknackt aussehen, mit einem Kannenuntersetzer durch den Schwanz!« zischte Kathleen.

Ich war nicht in Urlaub gefahren, um mir solche Reden anzuhören.

»Du siehst zuviel fern, Mutter«, sagte ich.

Sie haßt es, wenn ich sie »Mutter« nenne – wahrscheinlich, weil sie nicht besonders mütterlich ist. Deshalb ist sie wahrscheinlich auch nicht sonderlich beunruhigt über Max' und Sallys Verschwinden. Und deshalb habe ich ihr wahrscheinlich nicht erzählt, daß mein Vater mich verstoßen hat. Sie hätte bloß gelacht.

Bin heute abend ein bißchen spazierengegangen und begegnete einer ziemlich zerzausten jungen Frau, die ich auf der Anlage noch nicht gesehen hatte. Eins stach mir gleich in die Augen: daß sie sehr schmutzige Fingernägel hatte, was eines meiner Lieblingsgreuel ist; aber ich gab mir Mühe, mich davon nicht gegen sie einnehmen zu lassen. Wir plauderten über dies und das. Plötzlich, aus heiterem Himmel, sagte sie: »Wollen Sie meine Strahlungsverbrennungen sehen?«

»Strahlungsverbrennungen?«

»Die ganze Gegend hier ist verstrahlt. Ich weiß nicht, wieso oder weshalb, aber ich gedenke, es herauszufinden, und Sie können mir dabei helfen.«

Ich versicherte ihr, daß ich das nicht könne. Ich wünschte ihr noch alles Gute, lehnte aber das Angebot, mir ihre Verbrennungen anzusehen, ab und verabschiedete mich hastig. Ich nahm ihre Äußerungen nicht ganz ernst. Vermutlich hatte sie getrunken; vielleicht hatte sie auch die falschen Zeitungen gelesen. Von solchen Sachen ist heute viel die Rede.

Ich sage ja nicht, daß sie unrecht hat, sich wegen der Strahlungen Sorgen zu machen, aber ich merke doch, daß ich mir immer nur um eine begrenzte Anzahl Dinge gleichzeitig Sorgen machen kann. Natürlich mache ich mir Sorgen wegen der Ausrottung allen Lebens auf der Erde, aber ich mache mir auch Sorgen, wenn am Gasherd die Pilotflamme ausgeht. Früher oder später muß man eine gewisse Auslese treffen. Und im Moment habe ich wirklich genug am Hals, ohne mir auch noch über anderer Leute Strahlungsverbrennungen den Kopf zu zerbrechen.

Als ich eilig davonging, rief das Mädchen mir nach: »Wenn das Ihre Einstellung ist, dann hoffe ich, Sie sterben an Krebs.«

Ich betrachte mich nicht als alten Mann; trotzdem ist mir sehr wohl bewußt, daß ich das, was wir so Leben nennen, wahrscheinlich mehr als zur Hälfte hinter mir habe. Mir ist klar, daß es bestimmte Optionen gibt, die mir nicht mehr offenstehen. Es gibt so manches, von dem ich weiß, daß ich es nie sein oder tun werde.

Ich habe beschlossen, einiges davon in einer Liste zusammenzufassen.

Und wenn Sie jetzt sagen, daß ich einige Dinge immer noch tun könnte (in die Oper gehen, zum Beispiel), dann kann ich nur erwidern, ich weiß, daß ich es nicht tun werde, denn wenn man mit fünfundvierzig noch nicht in der Oper war, ist die Wahrscheinlichkeit groß, daß man nie mehr hingeht.

Also:

Ich werde nie in die Oper gehen.

Ich werde nie einen Ferrari fahren.

Kein kleines Kind wird mich je wieder Daddy nennen.

Ich werde nie bei den Parlamentswahlen kandidieren oder ins Guinness-Buch der Rekorde kommen.

Ich werde nie zur Unterhaltung Drogen nehmen.

Ich werde nie ein Teenager-Idol werden, ein Wunderkind, ein zorniger junger Mann, ein Vorschulgenie, ein *enfant terrible* oder ein Fußball-Hooligan.

Man wird mich nie für altklug halten.

Niemand wird je behaupten, ich hätte einen alten Kopf auf jungen Schultern.

Ich werde nie bei irgendwas für England spielen.

Ich werde niemals ein Schnellboot, eine Elektrogitarre oder ein Paar Hanteln besitzen.

Ich werde mich niemals liften lassen.

Ich werde niemals in eine Sauna gehen.

Ich werde niemals nach Libyen, nach Tonga, nach Tasmanien oder nach St. Albans fahren.

Ich werde niemals die Hängenden Gärten von Babylon zu Gesicht bekommen; aber vermutlich ist es ein kleiner Trost, zu wissen, daß sie auch sonst niemand zu sehen kriegen wird.

Ich werde nicht Oboe spielen lernen, mit Hochseilakrobatik anfangen oder eine neue Tanzmode mitmachen.
Ich werde nicht Anthropologe, Märtyrer, extrovertiert, geistreich oder pervers werden.
Ich werde keine Petunien züchten und damit Preise gewinnen.
Ich werde nie zu einem Stierkampf, einer Hollywood-Premiere, einem Shirley-Bassey-Konzert oder einer Orgie gehen.
Ich werde niemals Geschmack an Eierlikör finden.
Ich werde in diesem späten Stadium nie mehr lernen, Ginger Rogers zu lieben.
Und ich werde keine Pubertätsprobleme mehr haben, mir nie das Haar über die Ohren wachsen lassen oder es mit komischen Farben färben, und ich werde nie zweifarbige Schuhe tragen und nie von einer älteren Frau in die Liebe eingeführt werden.

Vor allem werde ich keine schöne Leiche sein.
Und wissen Sie was?
Ich bin froh.

Es ist jetzt nach Mitternacht. Ich bin hundemüde und würde zu gern ein bißchen schlafen, aber ich kann nicht. Manchmal frage ich mich unwillkürlich, ob in diesem Urlaub irgendeine Verschwörung gegen mich im Gange ist. Eine Verschwörungstheorie könnte alles erklären, und ich muß sagen, ich wäre ganz und gar nicht abgeneigt, alles erklärt zu kriegen.

Wäre es nicht nett, wenn all meine Peiniger sich versammelten und mir einfach erzählten, weshalb sie dauernd solche schrecklichen Sachen mit mir machen? Ich wüßte wirklich gern, womit ich das alles verdient habe.

Aber das schlimmste ist: Letzten Endes ist mir klar, daß es *keine* Verschwörung gibt. Es gibt keinen *Grund*, weshalb mir diese schrecklichen Sachen passieren. Ich habe *nichts* getan, womit ich es verdient hätte.

Vermutlich hält sich jeder für einen Pechvogel. Vermutlich meint jeder, solche Sachen passieren nur ihm. Jeder glaubt, das Schicksal habe ihn für eine Extradosis Unglück ausersehen, aber ich glaube das nicht. Am Schicksal ist nichts Persönliches. Es ist wie eine Lotterie. Eine bestimmte Anzahl von Leuten kriegt Krebs, eine bestimmte Anzahl wird verrückt, und eine bestimmte Anzahl verliert ihre Kinder bei einem Verkehrsunfall. Und es besteht immer die Chance, daß einer *der* Pechvogel ist, der Krebs kriegt, verrückt wird *und* seine Kinder verliert, und zwar an ein und demselben Tag. Aber das alles ist reiner Zufall, mehr nicht.

Vermutlich besteht sogar die Chance, daß ich heute nacht ausgezeichnet schlafen werde und morgen erfrischt aufwache, um den glücklichsten Tag meines Lebens zu genießen. Aber irgendwie bezweifle ich das.

MITTWOCH

Ich wurde sehr früh heute morgen geweckt – nicht, daß ich das Gefühl gehabt hätte, überhaupt geschlafen zu haben. Draußen vor dem Wohnwagen ertönten alle möglichen seltsamen Geräusche. Ich hörte Gehämmer, das Brummen eines Dieselmotors und elektronische Rückkopplungen. Ich dachte, es könnten die Garcias sein, die versuchten, mich zu reizen, aber so leicht bin ich nicht zu reizen. Ich drehte mich auf die andere Seite und versuchte, zu schlafen, und wer weiß, vielleicht wäre es mir sogar gelungen, wäre nicht die Wohnwagentür aufgeflogen und Chief Inspector Hollerenshaw hereingestürmt. Er schwang ein japanisches Zeremonienschwert.

»Was ist denn jetzt schon wieder?« fragte ich. Allmählich ging Hollerenshaw mir wirklich ein bißchen auf die Nerven.

»Ich gebe Ihnen gleich ›Was ist denn jetzt schon wieder‹! Ich will ein paar Antworten, und zwar schleunigst.«

»Na, dann machen Sie schon. Bringen Sie's hinter sich.«

»Gut. Also erstens: Wenn Sie jemanden zu etwas überreden wollen, sagen Sie ihm dann immer Ihre wahren Gründe dafür, oder erzählen Sie irgendwelche Lügen, die für die entsprechende Person womöglich akzeptabler sind?«

»Ich ... äh ...«

»Ich geben Ihnen gleich ›Ich äh‹!«

Er drückte mir das Schwert an die Kehle.

»Also – nein. Vermutlich nicht immer.«

»Ha! Genau, wie ich's mir dachte. Und jetzt beantworten Sie die folgenden Behauptungen mit ›richtig‹ oder ›falsch‹. ›Liebe ist wichtiger als Erfolg.‹ ›Ein Buchhalter ist nützlicher für die Gesellschaft als ein Popsänger.‹ ›Leute, die anderen Streiche spielen, wollen damit nur eine Persönlichkeitsschwäche kompensieren.‹«

Das alles ging viel zu schnell, als daß ich über die Antworten hätte nachdenken können, aber das schien Hollerenshaw nicht zu kümmern, und er fuhr unbeirrt fort.

»Ich werde jetzt bestimmte Behauptungen aufstellen.

Sie müssen sagen, ob Sie entschieden zustimmen, im großen und ganzen zustimmen, weder Zustimmung noch Ablehnung empfinden, im großen und ganzen anderer Meinung sind oder entschieden anderer Meinung sind. Sind Sie bereit?«

»Ja«, sagte ich, obwohl ich es nicht war.

»›Nationale Minderheiten haben ein Recht auf Selbstbestimmung.‹ ›Habgier ist das Hauptmotiv von Leuten, die hart arbeiten.‹ ›Arbeitslosigkeit und soziale Unruhen sind die unvermeidlichen Konsequenzen aus dem Niedergang des Kapitalismus.‹«

»Sie sind verrückt geworden, Hollerenshaw.«

»Das weiß ich«, sagte er. »Ich bin ja nicht blöd. Warten Sie hier.«

Er stürzte hinaus. Ich schaute durchs Fenster, um zu sehen, was er vorhatte. Er war mit einem Pickup gekommen, auf dessen Ladefläche mehrere mächtige Stereoverstärker und Lautsprecher montiert waren. Er stellte die Anlage ein und griff dann nach einem Mikrofon. Seine Stimme donnerte mit ohrenbetäubender Lautstärke aus den Boxen.

»Und jetzt«, verkündete er, »für alle unsere Freunde im Tralee Carapark and Holiday Centre, ein oder zwei Musikstücke aus *Don Giovanni*.«

Ich war nie ein großer Opernfan, und *Don Giovanni* um sechs Uhr morgens so laut gespielt, daß die Wände des Wohnwagens sich bogen – das entsprach nicht meiner Vorstellung davon, wie man den Tag beginnen sollte. Hollerenshaw kam wieder herein.

»Dagegen sind die Garcias gar nichts, was?« sagte er und kicherte irr. »Geben Sie mir Ihre Brieftasche.«

Ich gab ihm meine Brieftasche. Es hatte keinen Sinn, zu streiten. Er nahm ein paar Scheine heraus und aß sie auf.

Kathleen war inzwischen hellwach. »Was ist los?« fragte sie.

Ich hätte ihr gern eine einfache Antwort gegeben.

»Ich helfe der Polizei bei ihren Ermittlungen«, sagte ich.

Kathleen sah Hollerenshaw, der immer noch auf einem Mundvoll Geld herumkaute, sah das Zeremonienschwert in seiner Hand und merkte sofort, daß da etwas nicht stimmte. Sie schaute mich an, als wollte sie sagen: »Keine Sorge, ich erledige das.« Laut sagte sie: »Ich glaube, *ich* kann der Polizei sehr viel besser bei ihren Ermittlungen helfen als du.«

Sie schlug die Bettdecke zurück, und darunter war sie nackt. Sie schüttelte die bloßen Brüste in Hollerenshaws Richtung. Kathleen ist in vieler Hinsicht eine bemerkenswerte Frau, und ich mußte ihre selbstlose Opferbereitschaft bewundern, mit der sie Hollerenshaw ihren Körper anbot. Es war wahrscheinlich ein alter Trick, um die Polizei aus dem Konzept zu bringen, aber für mich war er neu; jedenfalls funktionierte er. Hollerenshaw wurde sehr viel ruhiger; er ging sogar so weit, daß er das Schwert wegwarf. Dann zog er seine Hose herunter und bestieg meine schlanke und attraktive Frau.

Draußen vor dem Wohnwagen wurde *Don Giovanni* immer lauter. Hollerenshaw rammelte heftig im Takt der Musik, und dabei strömten ihm die Tränen aus den Augen, rannen seine Nase entlang und auf Kathleen herunter.

»O Wolfgang, Wolfgang«, murmelte er. »O Albion!«

Ich dachte, daß Kathleen derartige verbale Kommentare ziemlich abwegig finden würde, aber sie ließ sich nicht aus dem Takt bringen, sondern stieß selbst ein paar ziemlich erlesene Epitheta aus.

Vermutlich hätten viele Ehemänner in meiner Situation es als durchaus gerechtfertigt empfunden, das Zeremonienschwert zu ergreifen und Hollerenshaw damit zu durchbohren. Ich gehöre jedoch nicht zu dieser Sorte. Noch nicht jedenfalls. Indessen will ich gern zugeben, daß mir ziemlich unbehaglich zumute war, als ich so wie das dritte Rad am Wagen in meinem eigenen Wohnwagen stand. Also überließ ich die beiden sich selbst.

Als ich hinaustrat, hörte ich trotz des Opernlärms ein vertrautes Geheul. Genau gesagt, hörte ich zwei separate Geheule. Das eine gehörte Max, das andere Sindbad. Mein Junge und sein Hund hatten sich in der Wildnis wiedervereinigt. Jetzt kamen sie in Sicht; Sindbad machte große Sätze über die Wiese, und Max sprang von einem Caravandach zum nächsten. Manch einer hätte Max für einen außer Rand und Band geratenen, geistesverwirrten Wilden gehalten; für meine wunden Augen aber war sein Anblick Balsam.

»Max!« sagte ich. »Ich wußte, du kommst zurück.«

Er schwang sich vom Dach unseres Wohnwagens ins Führerhaus von Hollerenshaws Laster. Sindbad sprang auf die Ladefläche, knurrte einen der Lautsprecher an und sah dabei aus wie eine modernisierte Version des Signets von »Die Stimme seines Herrn«. Max ließ den Motor an und setzte den Laster in Bewegung. Die Mozartklänge verhallten, während er sich entfernte, aber ich hörte sie immer noch sehr viel länger und lauter, als mir lieb war.

Bald darauf kam Hollerenshaw aus dem Wohnwagen. Er sah zerzaust aus und war ein bißchen tränennaß, aber gleichwohl wirkte er jetzt friedfertig und still und hatte den Blick eines gefaßten Mannes.

»Nur noch zwei Fragen«, sagte er. »Sind Sie je von nekrophilen Phantasien geplagt worden?«

»Ach, lassen Sie mich in Ruhe«, sagte ich.

Er rammte mir das Knie zwischen die Beine, wie er es schon einmal getan hatte. Ich sackte schmerzerfüllt zusammen.

»Und zweitens: Achten Sie darauf, daß Sie Türen und Fenster sicher verschließen, bevor Sie abends ins Bett gehen. Schon gut, ich weiß, daß das keine Frage ist.«

Ich gab keine Antwort. Ich konnte nicht.

»Ich will dann mal los. Sehen Sie sich vor.«

Mit einem Nicken gab ich ihm und der Welt zu verstehen, daß ich das tun würde.

Weitere Nachrichten von zu Hause. Eine Telefonnachricht im Verwaltungsbüro, die besagt, daß ich dringend meinen Nachbarn Ken anrufen soll.

»Sagen Sie mir nicht, es hat noch einen Einbruch gegeben, Ken. Wenn ja, komme ich sofort nach Hause.«

Plötzlich erschien es mir ohnehin am ratsamsten, nach Hause zu fahren. Wahrscheinlich hätte ich schon vor ein paar Tagen abreisen sollen.

»Das würde ich nicht tun, Eric. Wissen Sie, ich habe ein paar von diesen Teppichreinigungsfirmen angerufen; die Leute verlangen geradezu lächerliche Summen. Also dachte ich, die sollen mich mal kreuzweise. Das mache ich selbst, denn ich bin ein ziemlich geschickter Do-it-yourself-Typ, wie Sie ja wissen. Na, um es kurz zu machen: Mir ist da ein kleiner Unfall mit den Reinigungschemikalien unterlaufen.«

»Na ja«, sagte ich, »da kann man wohl nichts machen. Es waren sowieso grobe alte Teppiche.«

»Es gab ein Feuer, Eric. Es hat gebrannt wie Zunder.«

»Was? Der Teppich?«

»Das Haus, Eric. Es ist abgebrannt. Ein richtiges Inferno. Ich kann von Glück sagen, daß ich lebend rausgekommen bin. Sie sehen also, es hätte nicht viel Sinn, jetzt überstürzt nach Hause zu kommen, nicht wahr? Und wissen Sie, das Komische ist, meinem eigenen Haus ist überhaupt nichts passiert, obwohl wir eine gemeinsame Zwischenwand haben.«

»Das ist ja ein Segen«, sagte ich.

»Es ist natürlich ein kleiner Schlag ins Kontor, aber ich bin ja hier vor Ort und habe alles in der Hand. Sagen Sie mir, in welcher Versicherung Sie sind und ich werde schon mal anfangen, alles für Sie zu regeln. Sind Sie noch da, Eric?«

Ich war noch da, aber ich sagte nichts mehr. Wenn Kathleen schon vergaß, die Autoversicherung zu bezahlen, wie groß war dann die Wahrscheinlichkeit, daß sie die fürs Haus bezahlt hatte? Ich wollte nicht darüber nachdenken. Ich würde mir nur Sorgen machen, und ich sah keinen Sinn darin, mir von einem niedergebrannten Haus den Urlaub verderben zu lassen.

Wiederum Spaß und Spiele in der Luft; diesmal brachten die Flugakrobaten uns Erinnerungen an Vietnam. Es gab USAF-Hubschrauber, F-111 und B-52, Napalm und Entlaubungsgift. Zumindest nehme ich an, daß sie Entlaubungsgift benutzt haben – wenn nicht, dann würde es dieses Jahr sehr früh Herbst.

Ich muß sagen, allmählich finde ich, die Burschen treiben es mit der Authentizität ein bißchen zu weit. Ich würde einen geharnischten Brief schreiben, wenn ich der Typ wäre, der Briefe schreibt; auf jeden Fall würde ich mich aber bei meinem Abgeordneten beschweren, wenn ich wüßte, wer das ist.

Geschichte und Bildung, alles schön und gut, aber wer weiß, wo das alles enden wird? Bei Nervengas? Bei der chemischen Kriegführung? Beim Massakrieren ganzer Dörfer? Bei Strahlungsverbrennungen?

Dann fiel mir ein, daß ich beschlossen hatte, mir keine Sorgen wegen Strahlungsverbrennungen zu machen. Damit war mir eine große Last von der Seele genommen. Ich ließ mich in den Liegestuhl sinken und fiel gnädiger- und ein bißchen überraschenderweise in tiefen Schlaf.

Es dauerte aber nicht lange. Ich schrak hoch und sah Max neben mir stehen.

»Max«, sagte ich, »wie schön, dich wiederzusehen. Vielen Dank für deine Hilfe heute morgen.«

Aber Max war nicht zum Plaudern aufgelegt. Ein unangenehmer Ausdruck stand in seinem Gesicht, und ich konnte nicht darüber hinwegsehen, daß er einen angespitzten Pfahl in der Hand hielt. Er war ungefähr anderthalb Meter lang, und an der Spitze war getrocknetes Blut. Zeremonienschwerter, angespitzte Pfähle – ich ahnte schon, welche Sorte Tag mir bevorstand.

»Was kann ich für dich tun, Max?«

Er antwortete nicht, sondern piekste mich mit dem Pfahl und forderte mich mit einer Handbewegung auf, aufzustehen und mich in Bewegung zu setzen. Ich hatte noch Schlaf in den Augen und war barfuß, aber Max machte keine Zugeständnisse. Er schob mich vor sich her, und zwar in einem Tempo, daß ich öfter stolperte.

»Was soll das alles, Max?« Doch Antwort ward mir nicht.

Wir kamen in einen Wald, und hier erlaubte Max mir, stehenzubleiben. Die Bäume waren natürlich kahl, aber der Waldboden war von einer dicken Schicht aus modrigem Laub und alten Zweigen bedeckt. Max fing an, auf dem Boden herumzuscharren; er räumte den Mulch weg und legte ein tiefes, enges Loch frei. Es hatte nur einen Meter Durchmesser, war aber bestimmt zweieinhalb Meter tief. Max schubste mich in das Loch. Es war kalt und klamm dort unten. Die Wände waren glatt, so daß man nicht hinausklettern konnte, und selbst wenn ich es gekonnt hätte, oben stand ja Max, der mich gleich wieder zurückgeschubst hätte.

»Max, alter Sohnemann«, rief ich, »laß uns drüber reden.«

In gewisser Weise taten wir das auch. Max' Kopf erschien oben am Rand, und er sagte: »Ich bin deine Nemesis, Dad. Die Erde verlangt ein Opfer.«

»Hast du etwas auf dem Herzen, Max? Du kannst deinem alten Dad alles erzählen. Zusammen finden wir schon eine Lösung.«

Max gab keine Antwort. Sein Kopf verschwand. Ich war nicht sicher, ob er überhaupt noch da war; das Loch war so tief, daß ich nicht hinausschauen konnte. Dann hörte ich Gebell, und eine Hundeschnauze erschien oben am Rand des Loches. Speichel tropfte mir aufs Gesicht, und Sindbad schaute ohne Mitgefühl zu mir herunter.

»Braver Hund«, sagte ich.

Max erschien wieder und warf Zeugs zu mir ins Loch hinunter, allerlei Verschiedenes, und wenig davon appetitlich. Frisches Blut, Tierkot, Knochen und Wurzeln, die Innereien eines Fernsehapparates, abgestandenen Cider, Fetzen von Wolle und Fell und sogar vereinzelte Kräuter und Blumen. Er fing an zu singen. Der Junge hat noch nie besonders gut den Ton halten können, und sein Gesang war unmelodiös und scheußlich, aber ich muß zugeben, daß er sein Bestes gab. Die Lautstärke war beträchtlich und kam ohne Zweifel aus tiefstem Herzen.

»Laß mich raus aus dem Loch, Max. Sei ein braver Junge.«

Zu meiner Überraschung tat er es. Sein Gesang brach ab, und er reichte mir die Hand, so daß ich hinauskraxeln konnte; aber schon im nächsten Moment fragte ich mich, ob mein Los hier oben besser war als dort unten im Loch. Max hatte sich derweil die Zeit damit vertrieben, einen kleinen Altar, mit Blättern und Tierschädeln bedeckt, zu errichten. In der Mitte stand ein ganz passables Abbild meiner selbst.

»Ich muß dich töten, Dad«, sagte Max ruhig.

»Jetzt hör auf, Max. Jetzt geht der Spaß aber ein bißchen zu weit!«

Er schlug mir auf den Kopf und prügelte mich fast besinnungslos. Dann band er mich auf dem Altar fest und ersetzte die Holzfigur durch ihr lebendes Vorbild. Er zündete rings um den Altar kleine Feuer an und warf die Holzfigur in eines davon. Er holte ein Foto von Joan Crawford hervor, das er zweifellos aus meinem Bildband gerissen hatte, zerriß es in winzige Fetzen und streute sie mir wie Konfetti über den Kopf. Dann rieb er meinen Oberkörper mit irgendeinem Tierfett ein und übergoß mich mit besonders übelriechendem Urin. Unter großem Getue begann er, eine kleine, aber mörderisch aussehende Klinge zu schleifen.

»Wir leben in einem Zeitalter ohne Rituale!« brüllte er. »Wir müssen selbst welche erfinden.«

»Ich kaufe dir einen Sportwagen«, flehte ich. »Nur laß mich bitte gehen.«

»Es ist zu spät. Die Würfel sind gefallen. Der König muß sterben.«

Der König? Ich?

Max hob sein Messer und sang. Die Lage sah ziemlich trostlos aus. Es schien, als könne der Urlaub ein ziemlich jähes Ende nehmen; das war mir zwar durchaus willkommen, aber ich wollte doch nicht, daß zugleich mein Leben ein ziemlich jähes Ende nahm.

Ich weiß, man sollte wohl tiefe Empfindungen haben, wenn man dem Tod ins Auge sieht, aber ich kann nicht behaupten, daß es mir so ging. Ich dachte bloß daran, daß ich mich wahrscheinlich nie in dieser Lage befände, wenn ich weniger sparsam mit der Rute umgegangen wäre und Max ein bißchen Disziplin eingetrichtert hätte; aber noch während mir dies durch den Kopf ging, wußte ich, daß es ein bißchen spät war, jetzt noch meine Vorstellungen von Kindererziehung zu revidieren. Ich glaubte wirklich, mein letztes Stündlein habe geschlagen. Aber ich hatte nicht mit Sindbad gerechnet.

Als Max die Klinge auf mein Herz herabsenkte, sprang der Hund in die Höhe, schien einen oder zwei Augenblicke lang in der Luft zu schweben und schlug die Zähne dann in Max' Unterarm. Die Wucht des Sprunges warf Max zu Boden, und er und Sindbad wälzten sich auf dem Boden. Es sah aus wie ein Kampf auf Leben und Tod.

»Ich habe dir einen Dorn aus dem Fuß gezogen«, schrie Max entrüstet. »Du hast für immer mein Freund zu sein.«

Hätte Max mich um väterlichen Rat gebeten, dann hätte ich ihm sicher eingeschärft, niemals einem Hund zu vertrauen, aber natürlich *hatte* Max mich nie darum gebeten. Unter viel Geknurre und Gebeiße auf beiden Seiten nahm der Kampf seinen Lauf. Von meinem Platz auf dem Altar konnte ich aber nicht recht sehen, wer gewann.

Natürlich empfand ich ein gewisses väterliches Mitgefühl für Max. Ich wollte ja nicht mein eigen Fleisch und Blut von einem Hund zerfetzt sehen. Andererseits wußte ich, wenn Max gewänne, würde er höchstwahrscheinlich meine Opferung fortsetzen. Also hielt ich auch zu Sindbad.

Fast nehme ich an, daß Sindbad als Sieger aus dem Kampf hervorging, denn als es Max endlich gelang, sich loszureißen und aufzurappeln und er fortrennen wollte, da hetzte Sindbad hinter ihm her. Sie liefen zum Wald hinaus und verschwanden, und ich war allein.

Damit war ich natürlich in einer vertrackten Lage, zwar nicht mehr ganz so hoffnungslos wie zuvor, aber mir reichte es. Und wer weiß, wie lange ich noch gefesselt auf dem Altar gelegen hätte, wenn der alte Knabe mit den radikalen Ansichten nicht zufällig vorbeigekommen wäre. Er mag radikale Ansichten vertreten, er mag ein Feigling sein und ein grauer Theoretiker, aber mit einem einzigen Blick hatte er die Situation sofort erfaßt.

»Menschenopfer, he?« sagte er, als er mich losband. »Diese verdammten Kids. Was werden sie sich als nächstes einfallen lassen? Ich würde ihnen die Bäuche aufschlitzen, eine bösartige Tarantel hineinsetzen und sie wieder zunähen.«

Obwohl ich ziemlich verärgert über meinen Sohn Max war, konnte ich das schwachsinnige Gefasel des alten Knaben nicht ohne Widerspruch hinnehmen.

»Ich bin sicher, der Junge, der das getan hat, hatte seine Gründe«, sagte ich, wobei ich sorgfältig darauf achtete, nichts davon zu erwähnen, daß es sich um meinen eigenen Sohn handelte. »Die Welt ist heutzutage ein seltsamer und schwieriger Ort für junge Menschen.«

»Kann sein.« Das war das Liberalste, was ich ihn je hatte sagen hören. »Vielleicht sollte man den Eltern die Schuld geben. Das sind diejenigen, die ich wirklich mal gern in die Finger kriegen würde.«

Als ich aus dem Wald zurückkam, hatte ich dringend Ruhe nötig. Aber statt dessen fand ich Kathleen, wie sie das Tier mit zwei (oder, in diesem Fall, wohl eher mit drei) Rücken machte, und zwar mit den beiden Zwergen, die im Unterhaltungssektor tätig sind.

Ich hätte schon Verdacht schöpfen müssen, bevor ich den Wohnwagen betrat, weil zwei Miniatur-Einräder vor der Eingangstreppe lagen, aber im ersten Augenblick dachte ich mir nichts dabei. Als ich die Tür öffnete, sah ich zwei kleine blaue, mit Spangen besetzte Overalls auf dem Teppich liegen, nahm aber an, daß es dafür eine einfache Erklärung gäbe. Sogar, als ich die drei erblickte, wie sie schamlos und unauflöslich ineinander verknotet in meinem Bett lagen, konnte ich noch nicht hundertprozentig sicher sein, was sie da trieben. Es ist ja nicht etwas, das man jeden Tag zu sehen kriegt. Man hätte es für eine Akrobatiknummer halten können, was sie da trieben; aber dagegen sprach die Tatsache, daß sie völlig nackt waren und einer der Zwerge oralen Sex mit Kathleen praktizierte.

Ich wollte nicht den starken Ehemann rauskehren, und für eine größere Konfrontation fühlte ich mich sowieso nicht stark genug, aber ich fand doch, daß ich ein Wörtchen sagen mußte.

»Zieht euch bitte was an«, schlug ich also vor.

»Hat das nicht noch eine Minute Zeit?« fragte Kathleen schwer atmend. »Wir sind fast fertig.«

Ich kann dieser Frau nichts abschlagen.

Danach hatten die Zwerge nicht viel zu sagen; wacklig fuhren sie auf ihren Einrädern davon. Auch Kathleen war schweigsam. Ob ihr Erlebnis mit Hollerenshaw die Lawine sozusagen ins Rollen gebracht hatte? Ich fragte mich, ob ich mir Vorwürfe machen sollte.

»Ich wollte bloß sehen, ob es stimmt, was man über Zwerge erzählt«, sagte sie.

»Und – stimmt es?«

»Ja.«

»Na, wieder was gelernt«, sagte ich knapp.

»Sei nicht so ein Spielverderber, Eric«, erwiderte sie. »Wenn man sich im Urlaub nicht gehenlassen kann, wozu ist ein Urlaub dann da?«

Darauf wußte ich keine Antwort.

Um fair zu sein: Kathleen bemühte sich, das Geschehene wiedergutzumachen, indem sie mir ihr Stilton-und-Seeigel »Surprise« kochte, das jedoch eine Überraschung enthielt, mit der ich nicht gerechnet hatte. Unter der Käsesauce, zwischen zarten Happen delikat gewürzter Seeigel, stieß ich auf etwas, das sich nur als menschlicher Finger beschreiben läßt.

Ich war darüber ziemlich betroffen. Meine schlimmsten Ängste in bezug auf das Auffinden widerlicher Dinge in meinem Essen hatten sich bewahrheitet. Noch schlimmer wurde das Ganze dadurch, daß es an meinem eigenen Tisch geschah, in einem Essen, das meine eigene schlanke und attraktive Ehefrau liebevoll und eigenhändig zubereitet hatte.

»Na, ich hab den nicht da reingetan«, fauchte sie.

»Wie ist er dann hineingekommen?«

»Ich weiß es nicht, Eric. Und ehrlich gesagt, es interessiert mich auch nicht besonders. Wenn dir meine Küche nicht zusagt, steht es dir frei, in die Burger-Bar hinüberzugehen.«

»Du könntest zumindest so höflich sein, dich zu entschuldigen.«

»Liebe heißt, sich nie entschuldigen zu müssen.«

Sie nahm den vollen Teller und klatschte ihn mir ins Gesicht. Anscheinend hatte der Urlaub einen neuen Tiefpunkt erreicht.

Es ist jetzt nach Mitternacht, und – seien wir ehrlich – es war kein guter Tag. Man hat versucht, mich als Menschenopfer darzubringen, mein Haus ist abgebrannt, ich wurde mit einem japanischen Zeremonienschwert bedroht, Luftangriffen ausgesetzt, kriege ganz nebenbei noch Hörner aufgesetzt und finde einen Finger in meinem Essen – alles Dinge, die nicht gerade dazu beitragen, daß man im Einklang mit der Welt ist, sondern eher dazu, daß man sich absolut niedergeschmettert fühlt.

In einer vollkommenen Welt säße ich jetzt hier – vielleicht mit einem kleinen Whisky in der Hand, möglicherweise sogar im Smoking – und fühlte mich ruhig und zivilisiert, hätte die Feder gezückt und wäre bereit, über den vergangenen Tag zu reflektieren und *bon mots* über das Leben im allgemeinen zu Papier zu bringen. Statt dessen sitze ich hier und wünsche mir mehr oder weniger, ich wäre tot.

Mein Gesundheitszustand hat sich auch nicht gebessert. Ich habe Anfälle von Doppelsicht und Fieber; Schmerzen schießen mir durch Arme und Beine; ich habe am ganzen Körper unregelmäßige purpurrote Flecken; ab und zu huste ich Blut, und hinten an meinem Schädel entwickelt sich ein merkwürdiges Gewächs. Zumindest kann mich niemand mehr bezichtigen, ich sei bloß ein Hypochonder.

Im Grunde steht mir alles bis hierher. Ja, sogar noch höher. Ich habe versucht, philosophisch zu sein. Ich habe versucht, alles mit den Augen anderer zu sehen. Ich habe versucht, die Dinge von ihrer guten Seite her zu betrachten, und ich habe versucht, mich nicht entmutigen zu lassen. Und ich habe die Schnauze verdammtnochmal voll!

Ich will nicht mehr anständig und besonnen sein. Ich habe nicht den Eindruck, daß das Zukunft hat, daß irgend etwas dabei herausspringt. Ich will gegen die Welt wüten. Ich will schreien: »Aufhören!« Ich will fragen: »Warum ich?« Ich will sagen: »Hey, hört mal, ich habe genug von dieser Sache. Es ist einfach nicht FAIR!«

Ich weiß schon, das Leben ist selten fair, und ich kenne eine Menge Leute auf der Welt, denen es schlechter geht als mir. Obwohl ich mir, ehrlich gesagt, nicht vorstellen kann, daß es *viele* davon gibt. Aber, na und? Eigentlich kümmern mich die anderen überhaupt nicht. Sie sind sowieso bloß ein Haufen Arschlöcher. Und selbst wenn es ihnen schlimmer ginge als mir: Das wäre auch kein Trost. Alles, was mich kümmert, bin ich selbst. Alles, was ich will, ist ein bißchen Rücksichtnahme, ein winziges bißchen Zuneigung, ein kleines bißchen Glück. Eigentlich fehlt mir nur eins: mal ordentlich zu heulen.

Niemand liebt mich. Niemand interessiert sich für mich. Ich bin mutterseelenallein in einer miesen und bösartigen Welt. Sie gefällt mir nicht. Ich habe nicht darum gebeten, daß sie so aussehen soll. Ich habe das nicht verdient. Ich weiß nicht, wieso es so sein muß. Ich bin's leid. Ich bin einsam. Ich bin verängstigt. Ich bin hier, und ich will nicht hier sein, und ich bin traurig, und ich bin stinksauer, und ich will, daß alle das wissen.

Vermutlich sollte mir wohler sein, nachdem ich mir das von der Seele geschafft habe, aber das kann ich eigentlich nicht behaupten.

Einen Lichtblick hatte dieser Tag jedoch, wie's scheint. Es heißt, böse Menschen finden keine Ruhe, aber wie ich es sehe, ruhen böse Menschen in einem fort, und zwar bestens. Um es anders auszudrücken: Kathleen schläft tief, und es sieht nicht so aus, als ob sie mich heute nacht noch belästigen würde. Vielleicht ist sie nach ihren anstrengenden Übungen mit Hollerenshaw und den Zwergen einfach ausgepumpt. Vielleicht stoßen sie auch meine unregelmäßigen purpurroten Flecken ab. Aber was auch der Grund sein mag, ich bin dankbar für diese kleine Gnade. Ist es denn möglich, daß die Dinge sich noch zum Guten wenden?

Donnerstag

Heute morgen bin ich aufgewacht, und ich wünschte ehrlich, ich hätte es nicht getan. Ich fühlte mich wie eine aufgewärmte Leiche. Alles, was schiefgehen konnte, *war* schiefgegangen – obgleich ich bei genauerem Bedenken zugeben muß, daß noch viel mehr hätte schiefgehen können.

Ich wußte nicht, was der Tag für mich in petto hatte, aber eine innere Stimme sagte mir, daß es mir nicht gefallen würde. Am liebsten wäre ich einfach im Bett geblieben, aber ich wußte, daß mir dort ebensogut Schreckliches widerfahren konnte wie anderswo. Und wenn wirklich neue Katastrophen unterwegs waren, hielt ich es für besser, daß sie mich nicht im Liegen überrollten.

Ich schlüpfte aus dem Bett, ohne Kathleen zu wecken, und ging auf meinen Spaziergang. Bald stieß ich zu dem alten Knaben mit den radikalen Ansichten, der bei all seinen Unzulänglichkeiten doch wenigstens ein Menschenopfer erkannte, wenn er eins sah. Wir unterhielten uns, aber ich habe den Verdacht, daß ich nicht besonders unterhaltsam war.

»Meint's das Leben gut mit Ihnen?« fragte er.

»Pah!« sagte ich.

»Das Leben ist ein heikles Thema, was?«

»Das kann man wohl sagen.«

Wir gingen eine Weile so weiter, aber die Unterhaltung wollte nicht so recht in Fluß kommen.

»Ich gehe zum Rasenkegeln«, sagte er und hielt eine Ledertasche mit seinen Kugeln hoch.

»Hab ich nie gespielt«, sagte ich.

»Dann haben Sie nicht gelebt.«

»Wie wahr.«

Wir gingen wieder ein bißchen weiter, bis wir in einiger Entfernung den Kegelrasen sehen konnten. Ringsherum waren ziemlich viele alte Knaben versammelt, und selbst aus dieser Entfernung konnte ich sehen, daß sie alle ziemlich aufgeregt waren.

»Ist das ein Turnier?« fragte ich.

»Gepfiffen. Da ist was im Gange.«

Ich habe selten gesehen, daß ein Mann dieses Alters sich so schnell und anmutig bewegte. Ich konnte jedenfalls nicht mehr mit ihm Schritt halten. Er erreichte den Rasen eine ganze Weile vor mir, und kaum war er angekommen, schien ihn der Schlag zu treffen. Er ließ unwillkürlich seine Kugeltasche fallen und sank auf die Knie. Sein Mund öffnete sich zu einem lautlosen Schrei. Ich sah nicht sofort, was seine Bestürzung verursacht hatte, aber dann fiel mein Blick auf die Rasenfläche, und ich wußte Bescheid.

Jemand hatte sich in der Nacht über den Rasen hergemacht und, vermutlich mit Hilfe eines Sodenschneiders, sehr sorgfältig und mit einigem Geschick ein Wort in die Rasenfläche geschnitten, mit dem ich mein Tagebuch lieber nicht besudeln möchte.

Ich dachte, ich hätte längst den Punkt überschritten, an dem mich noch irgend etwas schockieren oder anwidern könnte, aber irgendwie entsetzte mich dieser rohe Akt von Vandalismus nicht weniger als alles andere, was ich in den letzten Tagen erlebt hatte. Ich sah den alten Knaben an. Die Tränen strömten ihm in Gießbächen übers Gesicht. Ich dachte, ich sei inzwischen außerstande, anderen Leuten noch Mitleid oder Fürsorge entgegenzubringen, aber der Jammer des alten Knaben rührte mich doch ohne Ende.

»Warum«, sagte ich, »tun Menschen so etwas?«

Er hatte eine Antwort bereit.

»Weil Menschen Abschaum sind. Schleim, Fäkalien, Glibber im Rektum eines Flittchens, das mit Eseln vögelt.«

»Da könnten Sie recht haben«, meinte ich.

»Natürlich habe ich recht.«

»Aber was ist die Antwort?« fragte ich. »Mit ihnen reden, nützt nichts. Argumente nützen nichts. Sie wären vermutlich dafür, ihnen Elektroden an die Genitalien zu klemmen.«

»Nein. In diesem Fall würde ich mir zwei Metalltrichter besorgen. Ich würde ihnen den einen in den Rachen schieben und den anderen in den Hintern, und dann würde ich in beide Trichter gleichzeitig glühendheißes Pommesfett gießen.«

Früher einmal wäre ich über einen solchen Vorschlag entsetzt gewesen. Ich hätte alle möglichen Wischiwaschi-Bemerkungen über Rehabilitation und Umerziehung gemacht, und wie Gewalt doch immer nur neue Gewalt erzeuge. Aber jetzt fand ich die Idee ganz gut.

»Würden Sie das machen? Würden Sie wirklich?« fragte ich.

»Unter allen Umständen.«

»Aber nur theoretisch.«

»Ja«, gab er zu.

»Gut, daß es nicht nur Theoretiker auf dieser Welt gibt, nicht wahr? Daß es auch Leute wie Heinrich VIII., Pol Pot, Bob Geldof gibt. Leute wie mich.«

Ich wußte da noch nicht, was ich eigentlich meinte, aber irgend etwas regte sich in mir, etwas Seltsames, für das ich noch keinen Namen hatte, das aber zweifellos vorhanden war. Ich sah dem alten Knaben noch einmal ins Gesicht, warf noch einmal einen Blick auf den zerstörten Kegelrasen und ging zurück zu meinem Wohnwagen.

Kathleen hatte irgend etwas Unheimliches aus Eiern

gekocht, aber ich rührte es nicht an. Alles erschien mir plötzlich sinnlos und vergeblich; ich hatte jegliches Realitätsgefühl verloren. Und meinen Appetit hatte ich sowieso verloren, nachdem ich den menschlichen Finger in meinem Essen gefunden hatte.

Ich brauchte etwas zu tun, und manchmal hilft nichts so gut wie ein bißchen Hausarbeit, um den Blues zu vertreiben; also machte ich mich mit Mop, Federwisch und Staubsauger über den Wohnwagen her. Nach einer Weile sah der Wohnwagen viel besser aus, aber ich fühlte mich so mies wie zuvor. Kathleen hatte mir, auf einer Koje ruhend, zugesehen. Sie trank Lagerbier aus der Dose und hatte nicht viel an.

»Ach, um Himmels willen, Eric«, sagte sie, »nun laß es doch gut sein. Du bist im Urlaub. Zieh los und amüsier dich endlich einmal ein bißchen.«

»Wahrscheinlich willst du mich nur los sein, damit du dir deine Zwerge einladen kannst.«

»Wenn ich mir meine Zwerge einladen wollte, brauchte ich dazu keinen Vorwand. Ich finde nur, du solltest ein bißchen rausgehen. Ich zeige dir nur meine Anteilnahme.«

Verdammt, es zeigte aber bloß, wie sehr sich meine Perspektive verzerrt hatte. Ich mißtraute sogar schon dem Mitgefühl meiner Frau.

»Du bist wie ein überspanntes Uhrwerk«, sagte sie.

»Ja, genauso bin ich. Du hast recht. Ich muß mal ausspannen.«

Ich brauchte Urlaub vom Urlaub. Ich sprang in den Wartburg. In der Nacht hatte jemand die Motorhaube und die Scheinwerfer gestohlen und die Worte »Joan Crawford lutscht Schwänze in der Hölle« mit schwarzer Sprühfarbe an die Seite geschrieben, aber davon ließ ich mich nicht aus der Ruhe bringen.

Ich beschloß, eine gemütliche Spazierfahrt zu machen. Müßig fuhr ich an der Küste entlang, schnurrte so dahin, kümmerte mich um meinen eigenen Kram und blieb deutlich unter der Geschwindigkeitsbegrenzung. Ich kann nicht behaupten, daß es mich nennenswert aufmunterte. Nach einer Weile hielt ich an, parkte, stieg aus und brach mit einer lebenslangen Gewohnheit: Ich aß einen Cheeseburger und trank einen Orangensprudel. Gesund war das gerade nicht, aber ich dachte, ich könnte es trotzdem riskieren.

Wie ich gehört habe, hat man Experimente mit Ratten gemacht, bei denen man eine Gruppe mit sogenanntem »Junkfood« füttert, und die andere mit Nahrung, die angeblich »gesund« ist. Und dabei stellt sich heraus, daß diejenigen, die Junkfood kriegen, länger und glücklicher und gesünder leben. Nicht, daß ich wüßte, wie man das Glück einer Ratte oder überhaupt irgend jemandes Glück messen kann.

Manchmal frage ich mich, ob wir Menschen nicht die Ratten im Experiment eines anderen sind. Da sitzt irgendein verrückter Wissenschaftler oben im Himmel und sagt sich: »Laß uns noch ein Experiment mit ihnen machen und sehen, was dabei rauskommt. Laß uns mal sehen, wie sie sich benehmen, wenn sie mit dem Atomkrieg leben müssen. Mal sehen, wie sie mit noch einer Hungersnot zurechtkommen, mit 'ner neuen Krankheit, mit noch einem Erdbeben, noch einem Hurrikan, noch einer Hochwasserkatastrophe.«

Na, meiner Meinung nach müßte er inzwischen genug Daten haben und auf solche Experimente verzichten können. Wir wissen doch alle, was dabei rauskommt. Es macht uns verdammt fertig, weiter nichts. Kriege oder Seuchen oder Strafen Gottes auf uns herabzuschicken, das führt nur dazu, daß viele Menschen sterben und daß wir übrigen noch stinkiger und verzweifelter als vorher sind. Das sollte er inzwischen wissen. Vielleicht ist das Lästerung. Vielleicht rede ich schlecht über Gott. Bloß gut, daß Sally nicht da ist und mich hören kann.

Und so ging ich am Strand spazieren. Ein paar Kinder spielten da, ein paar Kerle waren beim Reiten, ein Pärchen machte ein Picknick, aber ich nahm wenig Notiz davon. Ich war tief in Gedanken. Ich hatte die Hände in den Taschen und kickte eine leere »Fairy«-Flasche über den Sand.

Und da geschah es, daß mich etwas überkam, was sich nur als apokalyptische Vision beschreiben läßt. Es klingt albern, ich weiß, aber genau das war es. Manche Leute würden es wahrscheinlich als ein Erlebnis aus einer anderen Dimension bezeichnen, und dem würde ich nicht widersprechen. Jeder, der schon mal eine apokalyptische Vision hatte, wird Ihnen bestätigen, daß es ziemlich vertrackt ist, dieses Erlebnis in Worte zu fassen, aber ich will's versuchen.

Ich kickte die »Fairy«-Flasche ins Meer und schaute zum Horizont. Plötzlich färbte die See sich in wütendes Purpur, ganz wie die Fabe, mit der Kathleen sich in letzter Zeit die Nägel lackiert, und fing an, riesige Wellenberge aufzutürmen. Im Handumdrehen kochte das Wasser regelrecht. Irgend etwas sagte mir, daß dies mehr als nur eine Laune des Wetters sei. Die Wolken jagten mit hoher Geschwindigkeit über den Himmel, verfärbten sich rabenschwarz und verdunkelten die Sonne. Wind kam auf. Er war eiskalt, riß an meinen Kleidern und strich wie Sandpapier über meine Wangen.

Gräßliche, körperlose Dämonen erhoben sich aus dem Meer und fuhren zum Himmel auf, wo sie tobten und kreischten und ein ganz unirdisches Getöse machten, so daß ich mir die Ohren zuhalten mußte. Dann blitzte Licht auf, so hell, wie Sie es noch nie gesehen haben, ein Blitz, der aussah, als könne er die ganze Welt zerschmettern. Der Donnerschlag ließ die Erde beben und tat meinen Trommelfellen weh, obwohl ich mir die Ohren zuhielt.

Nach diesem Krach traten plötzlich eine große Ruhe und Stille ein. Das Meer wurde glatt wie ein Spiegel, und dann vernahm ich in der Stille einen Himmlischen Chor. Erst war es nur ein leises, wortloses, sanftes Singen, aber es wurde lauter, und ich hörte deutlich, wie himmlische Heerscharen meinen Namen sangen. »Eric, Eric«, sangen sie.

Ich weiß nicht, was dann über mich kam, aber ich watete ins Meer hinaus und war sehr bewegt. Eine Galeone erschien am Horizont, schnitt wie ein Messer durch die Wellen und erstrahlte in einem unirdischen Licht. Engel erfüllten die Luft. Seeungeheuer steckten die Köpfe aus dem Wasser. Das Firmament erzitterte. Feuerschleier tanzten über den Himmel, und – ich weiß, das wird sich albern anhören, aber ich fiel in den Sand, und mir wurde die Gabe des Zungenredens zuteil.

Ich wage zu behaupten, daß ich auch heulte und mit den Zähnen knirschte, aber an mehr kann ich mich nicht erinnern.

Nachher war mir die ganze Sache ein bißchen peinlich. Auch das Picknick-Paar sah ziemlich peinlich berührt aus. Anscheinend war ich der einzige, der die apokalyptische Vision gesehen hatte. Das Paar hatte nichts mitbekommen, nur daß ich mich am Strand herumgewälzt und zum Affen gemacht hatte.

Die Frau fragte: »Geht's Ihnen gut?«

»Ich denke schon«, sagte ich. »Ich bin soeben entrückt worden. Ich hatte eine Vision.«

»Wir haben einen Erste-Hilfe-Kasten im Auto.«

»Ich bin nicht verletzt. Mir geht's prima. Genau besehen, habe ich mich in meinem ganzen Leben noch nicht besser gefühlt. Dafür bin ich in Urlaub gefahren. Dafür bin ich auf diesen Planeten gekommen.«

»Wir sind bloß wegen des Nachtlebens und wegen der Fischrestaurants hier.«

»Auch Nachtleben und Fischrestaurants haben ihren Platz unter den Dingen«, sagte ich.

»Ein wahreres Wort haben Sie nie gesprochen.«

Und sie hatte recht. Das hatte ich wirklich nicht. Meine apokalyptische Vision hatte mir offenbar Weisheit gebracht. Ich freute mich wie ein Schneekönig.

Als die Vision vorbei und ich wieder zu Atem gekommen war, blieb nicht viel anderes zu tun, als in meinen Wagen zu steigen und zum Tralee zurückzufahren. Ich hatte das Gefühl, ich sollte jemandem erzählen, was ich gerade durchgemacht hatte, aber ich wußte nicht genau, wem. Mit meinen Nächsten und Liebsten war in letzter Zeit kaum zu reden, selbst wenn ich sie hätte finden können. Vielleicht behielt ich das Ganze doch besser für mich.

Ich war immer noch ein bißchen erschüttert; also fuhr ich langsam und bemühte mich, allem Unglück auszuweichen. Ich hielt mich an den Straßenrand, damit mich die Leute ohne Mühe überholen konnten. An einem Straßenstück jedoch, wo das Überholen nicht so leicht war, schob sich ein jugendlicher Rasertyp hinter mich und fing an zu blinken und zu hupen. Mich sollte der Teufel holen, wenn ich mich zwingen ließe, in meinem heiklen Zustand schneller zu fahren, als ich wollte; also fuhren wir auf diese Weise ein oder zwei Meilen weit. Ich fuhr langsam und unendlich vorsichtig, während der Irre hinter mir blitzte und tutete und sich überhaupt benahm wie eine Wildsau.

Schließlich hatte ich genug; ich fuhr auf den Grünstreifen, hielt an und winkte ihn weiter. Unter mächtigem Getriebeknirschen und Bremsenkreischen rauschte er voll ins Heck meines Wartburg. Für mich war das glatt wie ein *déjà-vu*-Erlebnis.

Ich weiß nur zu gut, wie die Leute über kleine Schrammen und Beulen an ihren Autos in Erregung geraten können, und so war ich nicht allzu überrascht, als der jugendliche Raser ausstieg und herankam, um mich zu beschimpfen.

»Sie Penner. Sie Wichser. Sie alter Furzknoten. Sie senile Sau.«

Wenn man frisch aus einer Vision kommt, nimmt man sowas im Vorbeigehen mit. Es perlte von mir ab wie das Wasser von einer Ente. Ich wartete in aller Ruhe und musterte den Quälgeist gründlich. Er war natürlich jung, nicht älter als zwanzig, und das kommt einem wirklich sehr jung vor, wenn man fünfundvierzig ist und das Gefühl hat, von überlegener Weisheit ergriffen zu sein. Er war nach dem Trend gekleidet und hatte eine schicke Frisur und eine Sonnenbrille und weiße Schuhe. Er sah außerdem ziemlich klein und schwächlich aus und hatte eine dünne, fiepende Stimme. Er fing an, mich zu ärgern.

»Bitte halten Sie den Mund«, sagte ich.

»Von Ihnen lasse ich mir nicht den Mund verbieten, Sie Loddel«, sagte er.

Dann ballte er die Fäuste und fuchtelte damit vor meinem Gesicht herum, was, wie sich zeigen sollte, ein bißchen dumm von ihm war. Ich weiß nicht, ob meine Vision verborgene Kräfte in mir geweckt hatte oder ob ich plötzlich intolerant gegen Trottel gemacht war oder was – jedenfalls schaute ich ihn an und dachte: »Du brauchst dir das nicht gefallen zu lassen, Eric.« Ich ließ mir Zeit, wartete auf eine Gelegenheit, holte mit der Faust aus und schlug ihm auf die Nase. Es sah aus, als ob es wehtäte. Er griff mit beiden Händen nach seiner Nase; also schlug ich ihm in den Magen.

»Schon gut, schon gut«, sagte er. »Hören Sie auf. Es tut mir leid, daß ich in Ihren Wagen reingefahren bin, wirklich. Bloß schlagen Sie mich nicht nochmal. Es tut mir leid.«

Ich bin kein rachsüchtiger Typ, und ich sah, daß der Bengel litt; als half ich ihm in seinen Wagen. Und in diesem Augenblick fing der Ärger für ihn erst an. Ich warf einen Blick in den Wagen und sah ein paar Grassodenklumpen auf dem Rücksitz. Und noch etwas lag dort, was ich für einen Sodenschneider hielt. Ich ließ ihn den Kofferraum aufmachen. Der war ebenfalls voller Grassoden. Ich nahm alles heraus und legte es am Straßenrand in Form jenes Wortes aus, mit dem ich mein Tagebuch lieber nicht besudeln möchte. Ich dachte an den Kegelrasen. Ich dachte an die alten Knaben, denen ihre Kegelpartie verdorben worden war. Ich dachte an die Bösartigkeit und die Dummheit und die Entweihung. Dann prügelte ich den Bengel noch ein bißchen.

»Setz dich auf den Beifahrersitz«, sagte ich. »Ich fahre.«

Wir fuhren los. Der Bengel fragte, ob ich ihn zur Polizei bringen wollte.

»Soviel Glück hast du nicht«, sagte ich.

Ganz in der Nähe fand ich eine Tierhandlung. Ich nahm dem Bengel sein Geld ab und kaufte ein halbes Dutzend Ratten.

»Beißen die?« fragte ich den Verkäufer.

»Nur wenn sie wütend sind.«

»Wie kriegt man sie wütend?«

»Indem man sie quält, sie nicht füttert, sie in einem engen Käfig hält. Wieso?«

Ich bezahlte meine Ratten und kehrte zum Auto zurück. Ich fuhr weiter, bis ich einen verlassenen Parkplatz fand, und dort verprügelte ich den Bengel noch ein bißchen, bis er zu weinen anfing. Dann befahl ich ihm, in den Kofferraum zu klettern. Er tat es. Er wäre auf Händen und Knien von Mablethorpe nach Skegness gekrochen, wenn ich es ihm befohlen hätte. Ich quälte die Ratten ein bißchen und warf sie hinter dem Bengel her in den Kofferraum. Dann knallte ich den Deckel zu und schloß ihn ab.

Die Ratten waren vielleicht noch nicht hungrig, aber früher oder später würden sie schon anfangen zu knabbern.

Ich mußte ziemlich weit laufen, bis ich zu meinem Wagen kam, aber das störte mich nicht. Unterwegs fragte ich mich, ob ich nicht ein bißchen zu nachsichtig mit dem Bengel gewesen war. In einer vollkommenen Welt hätte ich wohl die Trichter und das glühendheiße Fett besorgen müssen, aber wir leben nunmal in einer unvollkommenen Welt. Indes, als ich zum Tralee Carapark and Holiday Centre zurückfuhr, kam sie mir ein bißchen vollkommener vor als vorher. Ich war auch nicht sicher, ob ich nicht ein bißchen zu hart mit den Ratten umgesprungen war, aber wenigstens fühlte ich mich nicht mehr wie ein überdrehtes Uhrwerk.

Ich ging auf ein frühabendliches Zigarettchen in den Dusch- und Toilettentrakt und sah zu meinem Entsetzen, wenn auch kaum zu meiner Überraschung, daß auch hier die Vandalen ihr schändliches Werk vollbracht hatten.

Spiegel waren zertrümmert, Papierhandtücher verstreut, die Stöpsel waren aus den Waschbecken gestohlen, und überall waren Grafitti. An den Wänden meiner Lieblingstoilette waren jetzt rohe Zeichnungen von männlichen und weiblichen Organen in einer Ausführung, die wenig Vertrautheit mit den realen Vorbildern vermuten ließ. Ich sah Sprüche von der Art wie »Mein

Name ist Brian. Ich stehe auf Strapse. Ruf mich an«, Slogans über Fußballmannschaften, rassistische Beschimpfungen und diverse Einladungen zu allerlei unerhörten und illegalen sexuellen Jamborees.

Ich ging in eine Toilettenzelle, setzte mich und zündete mir eine an; aber der Zauber war weitgehend dahin. Dann sah ich, daß jemand ein Loch in die Seitenwand der Zelle gebohrt hatte; darunter stand: »Freudenloch. Hier lutschen.« Ich begriff nicht sofort, was das bedeuten sollte, aber es dauerte nicht lange, und die Bedeutung wurde mir auf unmißverständliche Weise klargemacht. Ich hatte meine Zigarette zu etwa zwei Dritteln aufgeraucht, als ein Penis, erigiert, stämmig und unzweifelhaft homosexuell, durch obenerwähntes Loch flutschte und mir zuwinkte.

Ich bin ein ziemlich nachsichtiger Typ, und es ist mir eigentlich ziemlich egal, was Leute in gegenseitigem Einverständnis in der Behaglichkeit ihres Heims so treiben. Aber bei der Episode, in die ich hier verwickelt wurde, konnte von gegenseitigem Einverständnis nicht die Rede sein und sie spielte sich auch keinesfalls in der Behaglichkeit irgendeines Privathauses ab.

Erst dachte ich: »Ignorieren. Dann verzieht er sich schon.« Aber Ignorieren half nichts. Er verzog sich nicht. Im Gegenteil, der anstößige Gegenstand machte noch penetranter auf sich aufmerksam und verdarb mir wirklich die Zigarette. Dann sagte eine Stimme auf der anderen Seite der Wand: »Na los, Marjory, schieb ihn schon rein«, und das reichte. Niemand nennt mich Marjory und kommt damit durch. Jetzt nicht mehr. Das Rauchvergnügen war mir gründlich verdorben; also drückte ich den Zigarettenstummel aus, und zwar da, wo es wehtat. Es tat gut, kein »netter Kerl« mehr zu sein.

Als ich zum Wohnwagen zurückkam, hatte Kathleen mir ein Ragout aus Schellfisch und Kalbsfüßen gemacht. Möglicherweise spukte mir immer noch das Erlebnis mit dem Finger im Kopf herum, vielleicht hatte ich mir auch mit dem Cheeseburger und dem Sprudel den Appetit verdorben – aber was der Grund auch sein mochte, ich fand, daß das Gericht an Kathleens sonst so hohen Standard nicht heranreichte, und ich sah keinen Sinn darin, es zu verhehlen. Weniger denn je wollte ich, daß wir beide Geheimnisse voreinander hatten.

»Das ist Müll«, sagte ich.

»Wenn du es nicht essen willst, weißt du ja, was du machen kannst«, erwiderte sie munter.

Ich wußte genau, was ich machen konnte. Etwas in ihrem Ton ging mir auf die Nerven. Roter Nebel schwamm vor meinen Augen, und mein Gehirn fing an zu sieden. Ich schleuderte meinen Teller durch den Wohnwagen, schlug mit den Fäusten auf den Tisch, zerrte mein Gattengestänge hervor und sagte gebieterisch: »Iß das, du Stute!«

Als ich das sagte, war mir nicht ganz klar, was über mich gekommen war. Ich war entschieden nicht mehr ich selbst, aber eigentlich war ich ganz froh, nicht ich selbst zu sein, und glücklicherweise folgte Kathleen meinem Befehl mit Vergnügen. Was wir dann absolvierten, läßt sich nur als verdammt gute Runde im gemischten Ringkampf bezeichnen.

Ich gehöre nicht zu der Sorte, die zu eitler Prahlerei mit sexuellen Leistungen und Erfahrungen neigen, aber bei dieser Gelegenheit, das kann ich in aller Bescheidenheit sagen, übertraf ich mich selbst. Ja, ich denke, ich muß die meisten Männer, die so auf Erden wandeln, übertroffen haben.

Meine Rute war aus Eisen, aus fein gehärtetem Stahl,

und ich verwandte sie mit einer raffinierten Mischung aus Feinfühligkeit und Skrupellosigkeit. Das alles kam mir instinktiv in den Sinn; ich kannte alle Stellungen, alle Bewegungen, alle Zonen. Geben wir's zu: Ich war eine Sexmaschine. Jedenfalls hatte ich Kathleen nach ungefähr drei Stunden so weit, daß sie sagte, sie könne nicht mehr, und es ist lange her, daß mir oder sonst jemandem das gelungen ist. Danach war sie eine stille, zufriedene Frau. Sie hatte sogar ein bißchen Ähnlichkeit mit Joan Crawford.

Jetzt ist es nach Mitternacht, und Kathleen schläft tief. In der Ferne höre ich Geheul. Ich kann aber nicht genau sagen, ob es Max ist oder Sindbad. Irgendwo da draußen ist vielleicht auch Sally und lehrt eine Gruppe Hell's Angels, ihren Irrweg zu erkennen.

Dies ist unser dreizehnter Tag im Tralee. Der Urlaub ist fast vorbei. Größtenteils war er beschissen: eine lange Serie von Katastrophen und Demütigungen. Aber während ich hier sitze und in aller Ruhe diese Worte schreibe, da fühle ich mich wie auf dem Gipfel der Welt. Ja, ich habe mich im ganzen Leben noch nicht besser gefühlt. Alles Brennen und Schmerzen, alle Krämpfe und Zuckungen und unregelmäßigen purpurroten Flecken sind verschwunden. All die alten Sorgen und verzweifelten Fragen sind mir völlig vergangen. Wie kommt's?

Nun, zum Teil muß es etwas mit der besten Bumserei meines Lebens zu tun haben, die ich soeben mit Kathleen erlebt habe, zum Teil aber auch mit der apokalyptischen Vision; aber vor allem ist es, glaube ich, dies: Was uns nicht umbringt, macht uns stark.

Ich habe ziemliche Strapazen durchgemacht, fast so etwas wie ein seltsames Initiationsritual. Es hat mich erschüttert und in Angst und Schrecken versetzt, hat mich an den Rand des Wahnsinns und der Vernichtung gebracht, aber ich habe es überlebt, und jetzt bin ich mächtig und unbezwingbar. Man hat mir das Schlimmste angetan, aber ich bin noch immer hier. Was kann mir noch passieren? Was gibt es noch zu fürchten? Ich bin unbesiegt. Ich bin stark, weise und prächtig. Ich fühle mich ein bißchen wie Superman. Etwas sagt mir, daß morgen ein toller Tag werden könnte. Es wird Zeit, ein bißchen zu schlafen. Auch Supermänner brauchen ihre acht Stunden.

Freitag

Bin heute morgen aus tiefem, traumlosen Schlaf erwacht und habe beschlossen, daß sie alle sterben müssen.

Es war ein makelloser Tag: ruhig, klar und golden. Mir war noch immer pudelwohl. Ich fühlte mich glücklich und sicher – ein Mann auf dem Höhepunkt seiner Kräfte. Verdorben wurde das Ganze nur durch die ekelhafte, stinkende Masse der Menschheit, die auf Erden kroch und wühlte. Vielleicht war es Blutdurst, vielleicht auch Größenwahn, das Gefühl, jenseits von Gut und Böse zu sein; aber was immer der Grund sein mochte, ich wußte, daß eine bestimmte Sorte Ungeziefer vom Antlitz des Globus vertilgt werden mußte, und ich war der richtige Mann für diese Säuberung.

Ich stieg aus dem Bett und betrachtete mich im Spiegel. Da waren keine Zweifel mehr, keine Unsicherheit, kein Zögern, kein Geschmack von Asche in meinem

Mund. Jetzt gefiel mir, was ich sah. Ein Gott hatte menschliche Gestalt angenommen, wenn auch die eines fünfundvierzigjährigen Menschen. Kathleen bestätigte dies weitgehend dadurch, daß sie mich bat, sie wieder ein paarmal auf dem Fußboden zu nehmen, aber ich mußte streng sein.

»Bitte, Kathleen«, sagte ich, »nicht jetzt. Ich habe eine höhere Aufgabe.«

Ich gestattete ihr indessen, mit den Händen anbetend an meinen Flanken herabzustreichen und mich mit kostbaren Ölen und duftendem Balsam zu salben. Ich erlaubte ihr, mich in weite Kleidung zu hüllen. Ich erlaubte ihr, mir ein kleines, improvisiertes Arsenal an den Leib zu schnallen: Küchenmesser, einen Hammer, eine Axt, ein Stemmeisen, Max' alte Schleuder, das Zeremonienschwert, das Hollerenshaw zurückgelassen hatte, und einen Kricketschläger. Es war ein bißchen primitiv, aber es würde seinen Zweck erfüllen. Ich erlaubte Kathleen, mir die Füße zu küssen, ehe ich ein Paar feste Wanderstiefel anzog. Ich konnte nicht leugnen, daß ich immer noch eine gewisse Zuneigung zu dieser Frau verspürte.

»Vielleicht werde ich dich am Ende doch noch verschonen«, sagte ich zu ihr.

»Danke, Meister.«

Kathleen wußte jedenfalls, wie eine Frau mit ihrem Ehemann spricht. Ich gab ihr einen Abschiedskuß. Dann trat ich aus dem Wohnwagen, zum Handeln gerüstet, eine Kriegsmaschine, ein Kämpfer vom Scheitel bis zur Sohle.

Ich fing klein an. Ich machte mich auf die Suche nach Kathleens Zwergen. Sie waren vor ihrem Wohnwagen dabei, Kopfstand und drollige Purzelbäume zu üben. Ich muß sagen, sie sahen sehr schick aus in ihren Overalls; die Spangen glitzerten in der Morgensonne.

»Es stimmt also, was man über Zwerge sagt, was?« sagte ich. Ich hatte keine Zeit für Artigkeiten.

»Kommt drauf an, was Sie gehört haben«, sagte der eine, und beide kicherten.

»Ich habe alles gehört.«

»Dann müssen Sie ein sehr guter Zuhörer sein.«

»Eigentlich nicht. Zum Beispiel habe ich von euch beiden schon mehr gehört, als ich wollte.«

Jetzt lachten sie beide. Ich wußte nicht, was sie so komisch fanden. Ich hatte auch keine große Lust, es herauszufinden.

»Ich werde euch lehren, mit meiner schlanken, attraktiven Ehefrau das Tier mit den zwei Rücken zu machen«, sagte ich.

»Das brauchen wir nicht mehr zu lernen.«

Jetzt kriegten sie fast einen hysterischen Anfall. Das hielten sie wohl für den besten Witz des Jahres, aber ich hatte genug. Wenn ich etwas nicht ausstehen kann, dann sind das zwei akrobatische Zwerge aus dem Unterhaltungssektor, die Unzucht mit meiner Frau getrieben haben und einen kindischen Sinn für Humor besitzen.

Ich lud sie ein, in ihren Wohnwagen zu gehen. Sie hatten keine große Lust, aber ich hob sie einfach hoch und warf sie hinein. Flugs standen sie wieder auf den Füßen, gute Turner bis zum Schluß. Ich schlitzte sie mit einem Küchenmesser auf. Sie wurden filetiert, ausgeweidet und in mundgerechte Happen tranchiert. Sie starben mit einer gewissen Anmut und akrobatischer Gewandtheit, aber sie hatten ihren letzten Hopser getan.

Es war noch früh, als ich am Laden ankam. Die Tür war abgeschlossen, aber der junge Mann war hinter der Theke zu sehen, wie er seine Morgenzeitung las. Trotz der jüngsten Gehaltserhöhung sah er ziemlich mürrisch aus. Ich klopfte an die Scheibe, aber er wollte nicht aufmachen. Er schaute mich unverschämt an und zeigte auf seine Uhr, um mir anzudeuten, daß er den Laden erst in einer Viertelstunde öffnen werde. Das ließ ich mir nicht bieten. Ich schwang die Axt und schlug die Ladentür ein. Glas und Holzsplitter explodierten in den Laden. Der junge Mann blickte auf. Er schien beeindruckt zu sein. Fast änderte sich sein Gesichtsausdruck.

»Hey, also wirklich«, sagte er und schaute die Axt bewundernd an. »Das ist eine schöne politische Waffe, die Sie da haben. Damit könnten Sie ohne weiteres einen Wandel der Politik bewirken.«

»Das habe ich auch vor.«

»Was denn, zum Beispiel?«

»Die erste Forderung, auf der ich bestehe, ist ein anständiger Service in diesem Laden.«

Fast lächelte er. Einen Moment lang muß er geglaubt haben, ich scherzte. Da schwang ich die Axt im weiten Bogen und zerstörte ein Regal mit Dosentomaten nur wenige Handbreit neben seinem Kopf. Da wußte er, daß ich nicht scherzte.

»Ich möchte ein bißchen Bittesehr und Dankeschön«, sagte ich: »Ich möchte ein wenig ›Kann ich helfen, Sir?‹ und ›Mit dem größten Vergnügen, Sir, und darf es noch etwas sein?‹ und ›Es macht überhaupt keine Umstände, Sir‹ und ›Es ist ein Vergnügen, Ihnen zu Diensten zu sein, Sir‹. Und ich möchte, daß ein bißchen gedienert wird, daß man Kratzfüße macht und sich an den Mützenschirm tippt. Ein bißchen ›Der Kunde hat immer recht‹.«

Ich hackte die Theke in tausend Stücke, und er schien mich zu verstehen. In den nächsten zehn Minuten spielten wir ein kleines Theaterstück, und ich muß zugeben, der mürrische junge Mann war gar nicht so schlecht. Er erkundigte sich nach meiner Gesundheit, machte eine Bemerkung über das Wetter und hoffte, ich verlebte einen angenehmen Urlaub. Er versicherte mir, daß das Angebot an Apfelsinen preiswert und reichlich und daß Cornedbeef nur diese Woche im Sonderangebot zu haben sei. Er packte sorgfältig alles ein, was ich mir aussuchte. Dann gab er mir gratis eine Plastiktüte und erbot sich, mir alles zu meinem Wohnwagen zu bringen. Er war in jeder Hinsicht so, wie man sich einen Lebensmittelverkäufer wünscht. Natürlich war er ein bißchen nervös, und der kalte Schweiß war ihm ausgebrochen, aber das war ja auch zu erwarten.

Ich sagte, es sei nicht nötig, daß er mir die Sachen zu meinem Wohnwagen bringe. Er werde überhaupt nirgends mehr hingehen.

»Wissen Sie, was Ihr Problem ist?«

»Nein.«

»Nein, *Sir*«, korrigierte ich.

»Nein, Sir.«

»Ihr Problem ist, daß Sie glauben, Politik sei aller Rätsel Lösung. Aber ich bin hier, um Ihnen zu sagen, daß sie das nicht ist.«

»Was ist es dann, Sir?«

»*Ich* bin die komplette Antwort.«

Dann hackte ich ihn zu Tode. Das klingt leicht, wenn man es so sagt. War es aber nicht. Tatsächlich war es ziemlich harte Arbeit, und es war nur gut, daß ich fit und stark und in erstklassiger Kondition war. Natürlich versuchte der mürrische junge Mann, wegzulaufen, was die Sache nicht gerade vereinfachte. Im Laufen stieß er Gestelle mit Currybohnen und Ringelspaghetti um. Schließlich hatte ich ihn bei der Tiefkühlkost in die Ecke gedrängt, und vollends erledigte ich ihn zwischen Seifenpulver und Klopapier. Seine letzten Worte waren: »Darf es noch etwas sein, Sir?«

Als ich zu meinem Freund, dem netten Stotterer, kam, bemühte er sich immer noch, seine zerschossene Luftmatratze zu reparieren. Ich sagte ihm, das Leben sei zu kurz, um es mit der Reparatur zerschossener Luftmatratzen zu vertun.

»Da k-k-k-könnten Sie recht haben. L-l-l-langfristig ist's leichter, eine neue zu kaufen.«

»Langfristig gibt's gar nichts mehr«, sagte ich, aber aus naheliegenden Gründen verstand er nicht, worauf ich hinaus wollte.

»Ich habe über meine Z-z-z-zukunft n-n-nachgedacht.«

»Ach ja?«

»B-b-bingo-Ausrufer, F-f-fernsehsprecher – das ist alles nichts f-f-für mich.«

»Allerdings nicht.«

»Sch-sch-schätze, ich werde Sch-sch-schildermaler.«

»Ein bißchen spät«, sagte ich.

»B-b-besser spät als nie.«

»Weiß ich nicht«, sagte ich. Und dann sagte ich etwas, was ihn überraschte. »Zeigen Sie mir Ihr Ding.«

»Was?«

Ich wiederholte meine Aufforderung. Er zögerte, zeigte sich schüchtern. Wahrscheinlich waren ihm meine Motive verdächtig. Da befahl ich ihm, das Ding herauszufetzen, und zwar schleunigst, sonst würde ich ihm das Gesicht mit dem Hammer zerlegen. Er zog seinen Reißverschluß herunter und entrollte seinen Penis. Er war so, wie ich es erwartet hatte – entschieden überdurchschnittlich groß – und hatte einen Brandflecken von einer Zigarette.

»Sie verdammter Trottel«, sagte ich. »Mit etwas Verstand und ein bißchen Selbstkenntnis hätten Sie ein sehr glücklicher Mann werden können. Statt dessen sind Sie zum Neurotiker geworden. Haben sich dauernd über die falschen Sachen Sorgen gemacht. Hatten alle möglichen ehrgeizigen Berufswünsche, die völlig unpassend für Sie waren. Sie haben da einen Penis, um den manch einer Sie beneiden würde, und trotzdem zerbrechen Sie sich den Kopf über seine Länge, wo es doch auf die Länge sowieso nicht ankommt, und Sie stecken ihn durch Löcher in der Toilettenwand. Na, da fordern Sie den Ärger doch geradezu heraus, oder? Sie sind ein Idiot. Sie verdienen es nicht, zu leben. Ich werde Sie von Ihrem Elend erlösen.«

»Seien Sie vernünftig«, flehte er. »Seien Sie fair. Seien Sie kein Schwein.«

»Sagen Sie das nochmal.«

Das tat er nur zu gern. Wahrscheinlich dachte er, ich würde schwach. Wahrscheinlich dachte er, ich zeigte Mitgefühl. Tat ich aber nicht. Ich sah nur fasziniert, wie sein Stottern verschwand, wenn er einen echten Grund zur Sorge hatte. Für ihn war das freilich kein großer Trost. Ich rannte ihm das Zeremonienschwert in den Leib, und er kam nicht mehr recht dazu, die Vorzüge der normalen Redeweise zu genießen. Immerhin, er genoß sie wenigstens fünfunddreißig Sekunden lang, und – wie er leicht selbst hätte sagen können – besser spät als nie.

Der muntere alte Knabe mit den radikalen Ansichten stand als nächster auf meiner Liste. Ich klopfte höflich an seine Wohnwagentür, und er ließ mich herein. Er saß noch bei einem späten Frühstück; er bot mir ein Stück von seinem Schinkensandwich an, und um ihn in einem falschen Gefühl der Sicherheit zu wiegen, nahm ich an. Früher hätte ich es nicht angerührt, aber jetzt hatte ich keine Bedenken. Wenn man erst mal einen Finger in seinem Essen gefunden hat, birgt ein kleines Haar hier und da kein so großes Entsetzen mehr. Wir unterhielten uns über die Rechte des ungeborenen Kindes, über Renten, Massenmedien und Rasenkegeln.

»Ich glaube, Sie werden in der Abteilung Rasenkegeln keinen Ärger mehr haben«, sagte ich.

Und ich berichtete, daß ich den jungen Schurken erwischt hätte, der auf dem Kegelrasen gewütet hatte, und daß ich ihm eine Lektion erteilt hätte.

»Haben Sie ihm die Behandlung mit den Trichtern und dem glühendheißen Pommesfett verpaßt?«

Ich erklärte, ich hätte mit dem, was gerade zur Verfügung stand, experimentieren müssen.

»Improvisation ist zu gut für die«, sagte er. »Schade, daß Sie die hier nicht hatten.«

Er wühlte in einem Küchenschrank herum und holte ein M-16-Gewehr heraus. Er tätschelte es liebevoll, hielt es ans Licht und zeigte mir, wie man es zusammensetzte und lud. Dann reichte er es mir, damit ich seine ausgewogene Balance fühlen und das elegante Design bewundern konnte.

»Ein herrliches Stück Waffentechnik«, sagte er.

»Herrlich, wenn man den Mumm hat, es zu benutzen. Aber den haben Sie nicht, was?«

»Vielleicht doch, wenn es drauf ankäme.«

»Nein. Sie sind ein hilfloser, ängstlicher, im Grunde faschistischer, leerer Mann.«

»Sind wir das nicht alle?«

»Nein.«

Ich feuerte mit der M-16. Eine Kugelsalve nagelte den alten Mann an die Wand seines Wohnwagens. Er hatte die Grenzen seiner Theorie gesehen.

Ich war versucht, die M-16 zu nehmen und die restlichen Bewohner des Tralee Carapark and Holiday Centre wegzuputzen, ohne in Schweiß zu geraten. Aber die konnten warten. Ich hatte andere Pläne, weitere Horizonte.

Ich warf das Gewehr auf den Rücksitz des Wartburg und fuhr los. Ich fuhr schnell und erbarmungslos bis zur »Pumpe«. Sie hatte gerade geöffnet. Ein Wagen parkte davor, der mir ominös vertraut vorkam. Er war umgespritzt und mit Spoilern und einem rasanten Streifen ausgestattet, aber ich kannte mein Eigentum.

Ich spähte in die Kneipe und sah ihn: den sogenannten Ehrlichen Jago. Er war in bester Stimmung. Er lehnte am Tresen. Er hatte eine Tussi bei sich, und er trank irgendwas Schickes aus einem komisch geformten Glas. Er sah aus, als sei er zum Sterben bereit. Ich kehrte zu dem Wagen zurück, der einmal mir gehört hatte, kroch darunter und nahm ein paar Veränderungen an der Bremsanlage vor. Dann lungerte ich auf dem Parkplatz herum, hielt die Augen offen und wartete auf den Ehrlichen Jago und seine Tussi. Ich brauchte nicht lange zu warten. Sie kamen aus der »Pumpe«, umhaucht von lateinamerikanischer Zärtlichkeit und billigem Gelächter – obwohl sich der Preis von Gelächter vielleicht doch nicht bestimmen läßt. Sie sahen so glücklich aus, wie solche Leute aussehen können, aber ich wußte, es war kein echtes Glück, denn echtes Glück ist von Dauer, und ihres war es nicht.

Er startete seinen Wagen – meinen Wagen. Er fuhr ein bißchen zu forsch und ein bißchen zu schnell. Er verließ den Parkplatz und verschwand. Sekunden später hörte ich ein schreckliches Reifenquietschen, einen schweren metallischen Bums und vielfach zerschellendes Glas, als der Wagen aus einer Kurve flog und tödlichen Kontakt mit einem anderen Fahrzeug bekam.

Ich ging hin, um mir den Unfall anzuschauen. Ich war nur einer in der großen Zuschauermenge. Der Ehrliche Jago war mit einem flotten kleinen Sportwagen zusammengestoßen, in dem zwei Frauen in Pfadfinderinnenuniformen saßen. Er war nicht angeschnallt gewesen und durch die Windschutzscheibe geflogen. Er war mausetot. In seinem glänzenden Haar funkelten Glassplitter wie Diamanten. Die Frauen in dem netten kleinen Sportwagen lebten zwar noch, waren aber schwer verletzt und in dem Wrack eingeklemmt. Überall war es naß: Blut an Lenkrad und Armaturenbrett, Kühlwasser aus dem Motor, Benzin auf der Straße. Ich zündete mir eine Zigarette an, warf das Streichholz weg und verdrückte mich rasch. Beide Autos explodierten lodernd. Die anderen Zuschauer flogen auf das Pflaster. Eine fette schwarze Rauchwolke rollte himmelwärts. Ich mußte lachen.

Ich stieg in den Wartburg und fuhr zur Polizeiwache. Draußen parkte ich und wartete, daß Hollerenshaw seinen Dienst beendete. Als er aus dem Gebäude kam, sah ich, wie er sich von seinen Kollegen verabschiedete. Offenbar glaubte er, für heute sei Feierabend. Wie wenig er wußte.

Ich hatte erwartet, daß er mit dem Wagen führe, aber er ging zu Fuß; also folgte ich ihm auch zu Fuß. Bald waren wir an seinem Haus angekommen, ein kurzer Fußweg von der Arbeit, sehr angenehm. Es war ein solides Reihenhaus, grau, gewöhnlich, unaufdringlich, das Haus eines ehrlichen Schutzmannes. Er ging flott den kurzen Gartenweg hinauf. Sein Schlüssel drehte sich im Schloß. Er merkte nicht, daß ich mich hinter ihm herangeschlichen hatte, lautlos und verstohlen. Er öffnete die Tür und merkte immer noch nichts von meiner Anwesenheit, aber dann fühlte er den harten Druck des

Gewehrlaufs im Kreuz, und er mußte auch meinen Atem im Genick spüren. Auf jeden Fall hörte er, wie ich sagte: »Ein Wort von Ihnen, Hollerenshaw, und Sie hören keine einzige Note Mozart mehr.«

Wir gingen hinein. Das Wohnzimmer war geräumig; allerdings waren die Möbel unpraktisch und schwer sauberzuhalten, hätte ich meinen mögen. Der Teppichboden war cremefarben. Bücherregale, Tische und Sideboard waren weiß lackiert. An den Wänden hingen Bilder von Segelschiffen, und auf einem weißen Klavier standen gerahmte Katzenfotos.

»Sie leben allein?« fragte ich.

»Ja. Niemand will mich.«

»Kann nicht behaupten, daß mich das überrascht.«

An der einen Wand stand eine große Stereoanlage und eine ungeheure Plattensammlung, überwiegend Klassik, hauptsächlich Mozart.

»Warum legen Sie nicht ein bißchen Hintergrundmusik auf?« schlug ich vor. »Ein bißchen Wolfgang, wenn Sie mögen.«

»Mozart kann niemals bloß Hintergrundmusik sein«, sagte er, aber trotzdem legte er eine Platte auf. Ich glaube, es war *Die Zauberflöte*. Ich drehte die Lautstärke auf und sagte Hollerenshaw, er solle ja keine plötzlichen Bewegungen machen.

»Mir ist klar, daß die Polizei einen schweren Job hat«, sagte ich. »Ich weiß, die Gefahren sind groß, und der Druck ist stark. Ich weiß, das ist eine Strapaze für die Nerven, für die Ehe, für persönliche Beziehungen im allgemeinen.«

Er nickte.

»Aber das erklärt immer noch nicht, wieso Sie ein Wahnsinniger sind, der anderer Leute Geld frißt, sie mit einem Zeremonienschwert bedroht und dann mit ihrer Frau ins Bett springt.«

Er ließ den Kopf hängen. Ich befragte ihn nach seinen Jugendjahren, nach seinem Verhältnis zu Mutter und Vater, seinen ersten sexuellen Erfahrungen, seiner schulischen Laufbahn. Wir erörterten seine sozialen und politischen Auffassungen, seinen Sinn für Humor, seinen Umgang mit den Kollegen, seine emotionale Stabilität. Ich deutete ihm ein paar seiner Träume. Gern hätte ich ihm auch ein paar Tintenkleckse gezeigt, um festzustellen, was er darin sah, aber eigentlich war das nicht nötig. Ich war bereits zu dem Schluß gekommen, daß Hollerenshaw ein rasender Irrer sei. Unter anderen Umständen hätte ich vielleicht mehr Mitgefühl aufgebracht. Normalerweise habe ich große Geduld mit Geisteskranken. Aber heute nicht.

Die Musik spielte, und nach kurzer Zeit fing er an zu flennen. Aber er flennte noch sehr viel mehr, als ich anfing, seine Mozartplatten aus den Hüllen zu nehmen und mit der Mündung meiner M-16 tiefe Macken und Kratzer hineinmachte, bevor ich sie in den Kamin warf.

»Bitte«, sagte er, »ich weiß, ich bin kein guter Mensch. Ich weiß, ich bin schuldig – so schuldig wie all die Schurken, die ich eingebuchtet habe. Schuldiger als so mancher von denen. Aber bitte, bitte lassen Sie Mozart in Ruhe. Sie können haben, was Sie wollen: Geld, Drogen, Mädchen, geklaute Mikrowellen, alles.«

Ich blieb ungerührt. Was sollte ich mit einer Mikrowelle? Ich fuhr fort, seine Platten zu vernichten. Die Musik schwoll an und ertränkte sein erbärmliches Winseln und Flehen. Sie überlagerte auch den Lärm der Gewehrschüsse, als die Kugeln durch Hollerenshaws Körper fetzten und in den dicken Polstern seines weißen Sofas steckenblieben.

»Was ist mit dem neuen Albion?« fragte er, als er verschied.

»Ich gebe Ihnen gleich ›neues Albion‹«, sagte ich gefühlvoll.

Zum Glück hatten die Kugeln seine Polizeimarke nicht beschädigt. Die konnte ich noch gebrauchen. Ich nahm sie ihm aus der Tasche und steckte sie ein. Sie erwies sich als sehr praktisch, als ich auf den regionalen Flugplatz kam. Ich fuchtelte damit herum, und auch wenn ein gewisses Maß an Mißtrauen und Abneigung spürbar war, öffneten sich doch alle Türen.

Ich teilte einem uniformierten Beamten mit, daß ich die Kunstflieger aus dem Luftzirkus sprechen wollte, und wurde zu einem Hangar hinausgeführt, in dem ein halbes Dutzend Jungs in Bomberjacken, mit Schnurrbärten und nach hinten gekämmten Haaren sowie mit internatsgeprägtem Akzent und Benehmen an historischen Flugzeugen herumhantierten und Martinis tranken.

»Sitze ein bißchen in der Klemme, genau gesagt«, erklärte ich und versuchte, ihren Upperclass-Akzent nachzuahmen. »Die lokale Truppe hier hat die Sache ein bißchen verpatzt. Weiß aber, ihr Kerls werdet den Kräften von Recht und Ordnung nur zu gern beispringen.«

»Hört, hört.«

»Die Sache ist schlicht die: Brauche einen Hubschrauber, einen Kanister Napalm und einen Kerl mit Nerven aus Stahl. Frage mich, ob ich wohl richtig hier bin.«

Sie waren ein rauher Haufen von Teufelskerlen, und ich hatte keine Mühe, einen Freiwilligen zu finden. Tatsächlich kam es fast zu einer Prügelei, weil sie sich nicht einigen konnten, wer von ihnen das Vergnügen haben sollte, mich zu fliegen.

Wir kämmten die Gegend in Baumwipfelhöhe

durch. Der Hubschrauber war ein widerspenstiges altes Ding, und unter normalen Umständen hätte ich mir nicht träumen lassen, damit zu fliegen. Wir sahen Strände, Wohnwagen, Straßen, ein paar Tennisplätze, zwei Kegelrasen, einen Verkehrsstau, einen Swimmingpool. Dann sah ich, was ich suchte.

An einem schmutzigen Stück Strand parkten mindestens ein Dutzend Motorräder im Kreis, und in dem Kreis befand sich eine Horde unappetitlicher, lederbekleideter Motorradrocker. Ich spähte durch ein Fernglas. Es waren die, die mich im Tralee mißhandelt hatten. Sie tranken immer noch und rauchten selbstgedrehte Zigaretten. Manche ließen ihre Motorräder aufbrüllen, und zwei spielten Frisbee. Von meiner reizenden Tochter Sally war nichts zu sehen.

Der Hubschrauber schwebte über ihnen. Sand wurde aufgewirbelt. Das konnten sie nicht ignorieren. Sie starrten herauf und wußten nicht, ob wir Freunde waren oder nicht. Jemand winkte. Da gab ich ihnen das Napalm zu schmecken. Flammender, flüssiger Tod regnete vom Himmel. Sie rannten, aber sie konnten sich nicht verstecken. Sie wollten sich ins Meer flüchten, aber mein Pilot strich am Rand des Wassers dahin und trieb sie zurück auf den Strand.

Ich bat den Piloten, mich ein Stück abseits des Gemetzels abzusetzen. Wir schüttelten uns die Hände, und ich gab ihm als kleines Dankeschön einen vollen Flachmann. Er nahm einen mannhaften Schluck, bevor er salutierte und davonflog. Ich ging zu den verbrannten Leichen und brennenden Motorrädern, und ich dachte an die Zigarettenbrandwunden auf meiner Brust. Jetzt fühlten sie sich an wie Orden. Einer der Rocker lebte noch, gerade noch, und kroch durch den Sand auf mich zu. Er schaute mit mit gepeinigten, leeren Augen an und fragte: »Zu welchem Kapitel gehörst du?«

»Zum letzten Kapitel«, sagte ich.

In der Ferne stürzte ein Hubschrauber ab. Der Schnaps in dem Flachmann war vergiftet gewesen. Die Jungs vom Luftzirkus mochten ja ganz anständige Kerle sein, aber soweit es mich betraf, waren sie bloß Luftverschmutzer.

Ich unternahm einen Strandspaziergang, um meine Batterien wieder aufzuladen. Ich mußte ungefähr eine Meile weit spaziert sein und wäre wahrscheinlich noch ein paar Meilen weitergegangen, wenn ich nicht auf einen nur allzu vertrauten Wohnwagen gestoßen wäre. Es war das pinkfarbene, verchromte, holzgetäfelte Ding mit den georgianischen Fensterläden, das dem Joan-Crawford-Double gehörte. Wie es kam, daß er an einem öffentlichen Strand parkte, wußte ich nicht, aber offensichtlich gingen die Geschäfte gut. Der Sand war aufgewühlt von lauter Fußspuren, die zur Tür und wieder weg führten.

Und was die Sache noch interessanter machte, war der fast ebenso vertraute blaue Lieferwagen, der daneben parkte; ich war sicher, daß er dem Mann gehörte, der mich so weit überlistet hatte, daß ich ein Tombola-Los gekauft hatte, und Sindbads Eigentümer geworden war. Der Lieferwagen war leer. Sindbads Verloser war im Wohnwagen und kriegte dort entweder den Schreck seines Lebens oder genau das, was er wollte.

Ich schätzte, daß sie beide verdient hatten, Opfer meines Zorns zu werden, aber ich wußte nicht recht, wie ich es auf passende Weise erledigen sollte. Doch ich hätte mir nicht den Kopf zu zerbrechen brauchen. Das Schicksal half mir weiter. Ich hörte ein manisches Geheul hinter mir, und als ich mich umdrehte, entdeckte ich Sindbad, der über den Sand herangesprungen kam. Er sah übel zugerichtet aus. Seine Beine knickten ein, seine Augen waren blicklos, aber er wirkte immer noch nicht so, als könne man ihn einfach streicheln. Im Gegenteil, er war offenbar bereit, allem, was sich ihm in den Weg stellte, die Innereien aus dem Leib zu reißen.

»Hierher, mein Junge«, rief ich.

Er kam ganz bereitwillig und sprang mich an. Ich wich seinen schnappenden Kiefern aus, riß die Tür des schicken Wohnwagens auf, stieß Sindbad hinein und warf die Tür wieder zu. Drinnen ertönten langgezogene Schreie, und jemand versuchte, die Tür aufzustemmen, aber ich hielt sie zu.

»Kill, mein Junge!« schrie ich Sindbad zu.

Und ich habe allen Grund zu der Annahme, daß Sindbad tat, was ihm befohlen war.

Ich kam zu spät, und »Skegness Stars« hatte schon angefangen. Daß ich so die Sängerin von »I'm Sixteen Going On Seventeen«, den Xylophonspieler und den Komiker verpaßt hatte, brach mir nicht das Herz. Die zweite Hälfte fing gerade an; also setzte ich mich an die Bar, bis ich die Musik hörte, mit der der Hypnotiseur angekündigt wurde.

Er war gerade auf die Bühne gekommen und hatte mit seinem Geschwätz begonnen, als ich in den Zuschauerraum stürmte. Zur allseitigen Überraschung und begleitet vom Gekicher des Publikums, galoppierte ich durch den Mittelgang und sprang auf die Bühne. Ich schwenkte meine M-16. Das Publikum schien zu glauben, daß alles zur Show gehörte. Der Hypnotiseur wußte es besser.

»Was glauben Sie, was Sie hier machen?« fragte er.

»Ich werde Ihnen eine kleine Demonstration von geistiger Stärke geben«, antwortete ich.

Er starrte mich eindringlich an. Ich glaube, er versuchte, mich zu hypnotisieren, aber ich war nicht mehr das leicht beeinflußbare Subjekt, das ich noch bei meinem letzten Bühnenauftritt gewesen war.

»Hypnose ist eine schöne Kunst«, sagte ich. »Sie übt Macht über den menschlichen Geist aus. Sie macht das Subjekt leicht beeinflußbar. Der Hypnotiseur vermag es, das Subjekt zu allen möglichen Dingen zu veranlassen, die es sonst niemals tun würde. Das klingt sehr eindrucksvoll. Aber mit diesem Gewehr kann ich ziemlich genau das gleiche.«

Ich feuerte ein paar Kugeln in die Kulissen. Der Hypnotiseur fing einen Steptanz an, und auf meinen Vorschlag hin gab er aus voller Brust seine Version von »On A Good Ship Lollipop« zum besten. Das Publikum war entzückt. Die armen Trottel.

»Und jetzt sind Sie ein Bergsteiger, und Sie werden den Mount Everest erklimmen.«

Er kletterte am Stuck des Bühnenbogens entlang zu den Logen an der Seite des Zuschauersaales hinauf, auf den Balkon und weiter, immer höher hinauf, bis er oben bei den Göttern war.

»Und jetzt halten Sie sich für Superman«, rief ich. »Wir alle wollen Sie fliegen sehen.«

Er wollte aber nicht springen, und so feuerte ich ungefähr in seine Richtung. Ich glaube nicht, daß ich ihn traf, aber der Schock war so groß, daß er den Halt verlor und kopfüber in den mittleren Rang hinabstürzte. Natürlich war er im Gegensatz zu mir kein Superman. Sein jämmerlicher, zerschmetterter Körper zeigte kein Lebenszeichen mehr.

Inzwischen hatte das Publikum begriffen, daß nicht alles, was es zu sehen bekam, auch so im Drehbuch stand. Als ich versuchte, zu fliehen, mußte ich ein paar Zuschauer niederschießen, weil sie aufgesprungen waren und den Ausgang versperrten; außerdem mußte ich die Bühnenarbeiter, den Theaterdirektor und zwei

Platzanweiserinnen beseitigen, bevor der Weg frei war. Unter den Zuschauern herrschte großes Durcheinander, sie brüllten und schrien, und manche wollten ihr Geld zurück. Ich weiß nicht, worüber sie sich beschwerten. Sie hatten etwas wirklich Unwiederbringliches gesehen.

Die Abendluft draußen war sanft. Der Vollmond stand am Himmel. Ich stahl einen Wagen und fuhr zurück zum Tralee.

Sie mußten alle weg. Alle mußten sie meinem unwiderstehlichen Willen zum Opfer fallen. Babys, Kinder, Teenager, Erwachsene, Alte, alle Bewohner des Tralee Carapark and Holiday Centre. Ich pustete sie weg wie Staub. Sie waren Hundefutter. Sie waren nichts. Sie hatten keine Chance. Sie verdienten auch keine.

Aber ein Paar verwahrte ich mir bis zum Schluß. Man sollte meinen, daß bei all den Schüssen und Schreien, bei all dem Gnadengewinsel, sogar die Garcias hätten merken müssen, daß etwas im Gange war. Aber sie merkten es nicht. Ihre Wohnwagentür blieb geschlossen. Drinnen schmetterte Musik. Sie sahen mich nicht kommen.

Ich gebe zu, daß ich in letzter Zeit nicht viel von ihnen gehört hatte. Dann und wann ertönten unbeherrschte Lachsalven oder unerbittlich lautes Herb-Alpert-Geplärr; auch wuchs der Berg von weggeworfenen Schnapsflaschen unter ihrem Wohnwagen stetig. Aber für ihre Verhältnisse war das ein ziemlich zivilisiertes Benehmen. Ich marschierte zum Wohnwagen und zerschlug zwei Fenster; ich hatte keine Zeit, auf formelle Einladungen zu warten. Von drinnen vernahm ich gedämpftes Heulen, das von der Musik übertönt wurde. Wie sich das anhörte, gefiel mir überhaupt nicht.

Schließlich öffnete Garcia die Tür. Er trug eine Metzgerschürze und Chirurgenhandschuhe, und er war blutbespritzt.

»Was geht da drin vor?« fragte ich gebieterisch.

Zumindest hatte er soviel Anstand, sprachlos auszusehen. Er zuckte die Achseln und machte ein verschlagenes Gesicht.

»Nichts Besonderes, Gringo. Wir wollen bloß grillen.«

Mit dieser Antwort war ich nicht zufrieden. Ich packte meinen Kricketschläger und versetzte Garcia einen heftigen Schlag auf den Kopf. Er kippte um. Ich stürmte in den Wohnwagen. Mrs. Garcia versuchte, mir den Weg zu versperren. Sie war nackt bis auf ein Tutu, Netzstrümpfe und eine OP-Maske. Ich stieß sie beiseite, stellte die Musik ab und ließ meinen Blick durch die grausige Szenerie wandern. Überall sah ich medizinische Gerätschaften – Spritzen, Skalpelle, Sägen, Aderpressen, Infusionsflaschen, Röntgenapparate, Apparate zum Messen von Herzschlag, Hirnwellen, Blutdruck, ein Autoklav. Und in der Mitte, auf einem kunststoffbezogenen Küchentisch, standen drei große, umgekippte Goldfischgläser, und jedes enthielt einen abgetrennten Kopf. Ein Gewirr von Drähten und Schläuchen führte von den Köpfen unter den Tisch, wo sie an etliche Batterien und Pumpen sowie an etwas angeschlossen waren, das aussah wie ein Glasballon mit selbstgebrautem Bier.

Das wäre eigenartig genug gewesen, aber noch eigenartiger war die Tatsache, daß jeder dieser Köpfe lebendig aussah. Ihre Lider zuckten, die Münder bewegten sich, die Haut schien gut mit Blut versorgt zu sein. Und das Eigenartigste war: Ich erkannte einen der Köpfe. Er gehörte Terry, meinem ehemaligen Kollegen und nachmaligen Nachfolger in der Einkaufskontrolle einer großen Möbelhandelskette.

»Ihr Metzger! Ihr Wahnsinnigen!« schrie ich die Garcias an.

Mr. Garcia hatte sich von dem Schlag erholt, den ich ihm verpaßt hatte, und kam taumelnd auf mich zu.

»Ich fürchte, Sie haben zuviel gesehen«, sagte er.

Das wußte ich nun nicht, aber ich hatte auf alle Fälle mehr als genug gesehen. Als er sich auf mich stürzen wollte, nahm ich ein Skalpell vom Tisch und schlitzte seinen faltigen, unrasierten, ausländischen Hals von einem Ohr zum anderen auf. Das Skalpell war scharf. Der Schnitt war sauber. Der Tod kam schnell. Ich fand das in gewisser Weise schade. Mrs. Garcia erledigte ich, indem ich ihren Kopf in den Autoklaven stopfte. Das verlief sehr viel unsauberer, denn das kochende Wasser spritzte überall hin, und ihr Kopf war zu groß und paßte nicht richtig hinein, aber mit einiger Hartnäckigkeit brachte ich die Sache doch zu Ende.

Dann wandte ich mich den drei Goldfischgläsern auf dem Tisch zu. Alle drei Köpfe guckten mich an und fingen an zu plappern, aber der Kopf, der Terry gehört hatte – und in gewissem Sinne vielleicht immer noch Terry gehörte –, plapperte am lautesten.

»Ihr beide haltet die Klappe«, sagte ich zu den anderen Köpfen. »Ich will Terry betteln und flehen hören.«

»Eric«, sagte er, »bin ich froh, dich zu sehen!«

»Ich wüßte nicht, wieso.«

»Ich weiß, ich habe dir den Job weggenommen und dich als Verbrecher hingestellt, aber weißt du, das ist doch alles Vergangenheit, oder?«

»Allerjüngste Vergangenheit«, sagte ich.

»Aber seitdem ist eine Menge Wasser den Jordan hinuntergeflossen.«

»Das ist wahr, Terry. Sehr wahr.«

»Ich meine, zumindest hab ich mir doch die Mühe gemacht, hierher rauszukommen und dir zu sagen, wie ich dich reingelegt habe. Weißt du, das hätte ich ja nicht machen müssen. Und wenn ich nicht hergekommen wäre, um es dir zu erzählen, wäre ich auch den Garcias nicht begegnet, und sie hätten mir nicht den Kopf abgeschnitten.«

»Das Leben ist manchmal voller Ironie, findest du nicht, Terry?«

»Hör mal, Eric, ich weiß, du schuldest mir nichts ...«

»Das ist verdammt wahr, nur allzu wahr.«

»Und ich weiß, ich verdiene es nicht, aber du siehst mich doch hier, in meinem Zustand, das ganze verdammte Elend. Ich verlange nicht viel, aber wenn du auch nur ein Gramm verzeihende Menschlichkeit im Leib hast, dann klemmst du die Drähte ab, die mich am Leben erhalten. Mehr verlange ich nicht, Eric. Du sollst mich nur umbringen.«

Ich lächelte Terry an. Ich tätschelte sein Goldfischglas und verließ den Wohnwagen. Seine Schreie und auch die Schreie der beiden anderen hallten mir nach, aber nicht sehr laut. Sie waren gedämpft durch die Wände der Goldfischgläser.

Kathleen erwartete mich, als ich von den Garcias zurückkam. Sie war schlank und attraktiv wie immer. Sie war heiß. Sie war gierig. Sie riß mir die Kleider vom Leib, und wir trieben es auf der Wiese neben dem Kinderspielplatz. Wir wälzten uns im taunassen Gras, und ich brachte Kathleen einen berstenden Höhepunkt nach dem anderen. Als ich es fünfzehn- oder zwanzigmal gemacht hatte, stand ich auf. Ich ragte vor Kathleen auf wie ein Turm. Sie schaute anbetend zu mir auf.

»Du warst mir eine gute Frau, Kathleen«, sagte ich. »Aber nicht gut genug.«

Ich nahm die M-16. Ich fühlte ihr Gewicht, die ausgewogene Balance, sah das elegante Design. Es war ein gutes Gefühl. Ich richtete das Gewehr auf Kathleen. Sie schaute mich an, ohne mit der Wimper zu zucken. Sie geriet nicht in Panik, und sie flehte nicht. Es wäre leicht gewesen, abzudrücken und die Welt von einer treulosen Ehefrau zu befreien. Vielleicht zu leicht.

»Ich war dir treu, Eric. Auf meine Weise«, sagte sie. »Erschieß mich nicht.«

Ich konnte dieser Frau immer noch nichts abschlagen. Ich erschoß sie nicht.

Jetzt ist es nach Mitternacht. Es hat heute ziemlich lange gedauert, mein liebes Tagebuch zu schreiben. Kathleen schläft tief. Tralee Carapark and Holiday Centre ist der Inbegriff von Ruhe und Frieden. Es scheint ein großartiger Ort für zwei Wochen Urlaub zu sein.

Es war ein langer, erfüllter Tag. Ich bin ziemlich erledigt, aber sehr zufrieden. Man sagt, Rache sei süß, und damit hat man nicht unrecht.

Natürlich war meine Rache nicht *vollständig*. Ein paar Leute haben immer noch nicht gekriegt, was sie verdienen, Leute wie die Buchhändler von Skegness, die Bauarbeiter, die mit Kathleen in ihrem Kleinbus davongefahren sind, das androgyne Pärchen, das unsere Wäsche gestohlen hat, Hollerenshaws Polizeikollegen, die mir den Arm umgedreht und mit einem Schlagstock im Gesicht herumgefuchtelt haben, die unfähigen Leute in der Klinik, die Vorbewohner dieses Wohnwagens, meine sogenannten Eltern, mein Nachbar Ken, die Leute, die in mein Haus eingebrochen sind, der Kerl, mit dem ich auf der Fahrt hierher den Zusammenstoß hatte, die Typen, die mich überfallen haben, der oder diejenigen, die in unserer ersten Nacht hier einen Ziegelstein in unser Fenster geworfen haben, der Erfinder des Wahrheitsspiels, der Besitzer des Kaufladens, derjenige, der mir einen Finger ins Essen getan hat, die Leute, die es für eine gute Idee hielten, in Tralee eine Burger-Bar aufzumachen, derjenige, der für dieses launenhafte Wetter verantwortlich ist, die junge Generation insgesamt – sogar Max und Sally, wenn wir wirklich ehrlich sind.

Aber da ich nun hier sitze, friedvoll und entspannt, und mich eins mit dem Universum fühle, glaube ich, ich kann es mir leisten, großzügig und barmherzig zu sein. Ich habe beschlossen, mit ihnen allen Mitleid zu haben.

Samstag

Bin heute morgen aufgewacht, und – o Gott – es war alles nur ein Traum.

Der Wecker piepste. Ich war zu Hause in meinem Bett, in meinem Haus, das nicht abgebrannt war. Kathleen lag neben mir, und sie hatte sich nicht in eine lüsterne Höllenkatze verwandelt. Gleich würden wir hinuntergehen und mit unseren lieben Kindern frühstücken, die nicht die Natur und die Religion entdeckt hatten und uns nicht verlorengegangen waren. Wir waren nicht im Tralee Carapark and Holiday Centre, der Urlaub war keine ununterbrochene Folter gewesen, und ich hatte nicht sämtliche Bewohner des Platzes abgeschlachtet. Das Ganze war ein Alptraum gewesen, aber ein *richtiger* Alptraum, wie man ihn nur im Schlaf erlebt – möglicherweise, weil ich am Abend zuvor zuviel von Kathleens Pfirsich-und-Tauben-Sauté gegessen hatte.

Ich bin aufgewacht, und es war ein ganz normaler Tag. Nie war mir die Normalität so ansprechend erschienen. Ich sang »These Foolish Things«, als ich ins Badezimmer ging und mir ein schönes heißes Bad einließ. Ich sah nach dem Datum auf meiner Armbanduhr. Bis zu meinem fünfundvierzigsten Geburtstag waren es noch ein paar Tage. Vielleicht war der Traum eine Art Vorahnung gewesen. Die Jungs im Büro hatten versucht, mich zu einer Sauftour an meinem Geburtstag zu überreden. Die Idee hatte mir nie so recht gefallen, und jetzt war ich absolut sicher, daß ich nicht mitmachen würde. Ich wollte nicht riskieren, im Devonshire Arms in den Spiegel zu sehen und damit eine Midlife-Krise zu provozieren. Ich war gewarnt.

Dann bin ich wirklich aufgewacht, und – o mein Gott – es war alles überhaupt kein Traum gewesen. Ich hatte bloß geträumt, dies sei ein ganz gewöhnlicher Tag. Ich war wirklich in Tralee. Der Urlaub war wirklich eine ununterbrochene Folter gewesen, und ich hatte wirklich sämtliche Bewohner des Platzes abgeschlachtet und noch ein paar andere Leute dazu.

Na schön. Was nicht mehr zu ändern ist, darüber soll man nicht jammern.

Kathleen regte sich neben mir. Sie schlug die Augen auf, sah mich anbetungsvoll an und lächelte. Wir trieben es ein Weilchen, und wenn ich auch vielleicht nicht der formidable Sexgott der letzten zwei Tage war, lag doch ein wenig Trost in der Tatsache, daß Kathleen auch nicht mehr wie die unersättliche Sexgöttin der letzten zwei Wochen wirkte.

»Wie fühlst du dich?« fragte sie, als wir fertig waren.

»Ziemlich bitter-süß«, sagte ich. »Gestern war ein guter Tag für mich. Ich habe mir einiges von der Seele geschafft, und jetzt ist mir viel wohler. Mir scheint, unsere Ehe war niemals besser. Aber ich mache mir Sorgen um die Kinder. Was habe ich falsch gemacht?«

Wie aufs Stichwort klopfte es höflich an der Wohnwagentür. Ich stand auf und öffnete. Draußen stand Max mit gesenktem Kopf und gebeugter Haltung. Ich muß sagen, er sah nicht optimal aus. Sein Gesicht und sein ganzer Kopf waren mit Stoppeln bedeckt. Er war am ganzen Körper mit Schlamm, tierischen Eingeweiden und primitiven Bemalungen bedeckt. Seine Fingernägel waren zu dicken, schmutzigen Krallen ausgewachsen. Seine Zähne waren grün, und sein Atem hätte eine angreifende Amazone auf fünfzig Schritt Entfernung abgeschreckt.

Sindbad war bei ihm, und er war ein ganz anderer Hund. Nicht mehr die mörderische Bestie von gestern, sondern friedlich wie ein Schoßhund, und diesmal, das fühlte ich, war die Veränderung echt und von Dauer. Ich tätschelte ihm den Kopf. Er legte sich hin und wälzte sich auf den Rücken, damit ich ihm den Bauch streichelte.

»Hallo, Dad«, sagte Max.

»Hallo, mein Sohn«, sagte ich, ohne wie ein Richter zu klingen.

»Kann ich mir deinen Rasierapparat ausleihen?«

Die Bitte überraschte mich ein wenig, aber ich erfüllte sie gern. Ich gab Max Shampoo, Seife, Deodorant, Aftershave, Zahnpasta, Mundwasser, Nagelknipser, Luffaschwamm, Bimsstein und einen Rasierapparat. Ich stellte keine Fragen. Als er aus dem Duschtrakt zurückkam, sah er makellos aus. Er lieh sich eine nüchterne Krawatte, ein weißes Hemd und eine Hose von mir, und die Verwandlung war vollkommen. Er machte seinem alten Dad Ehre.

»Was ist mit den ganzen anderen Urlaubern passiert?« fragte er.

»Sie sind gestorben.«

»Aber wie?«

»Eines natürlichen Todes«, sagte ich.

»Pah!« Max spuckte aus. »Ich hab genug von der Natur. Ich halte zwar immer noch nicht viel von der Zivilisation, aber bei der Zivilisation hat man doch wenigstens ein Dach über dem Kopf.

Und ich hab ein bißchen über unsere Zukunft nachgedacht. Die Umweltwissenschaften sind ganz in Ordnung, da, wo sie hingehören, aber ich kann mir nicht vorstellen, wie ich sie drei Jahre lang studieren soll. Ich will was Praktischeres. Ich glaube, ich wäre sehr viel besser damit bedient, in der Kreditorenbuchhaltung einer größeren Möbeleinzelhandelskette zu arbeiten.«

Ich wußte, daß in meinem alten Büro mindestens zwei Stellen frei waren. Die Tatsache, daß er mein Sohn war, könnte sich vielleicht als kleiner Nachteil für Max erweisen, aber Max ist ein helles Bürschchen, es gibt keine Familienähnlichkeit zwischen uns, und wenn er seinen Namen ändert, dürfte er eine gute Chance haben, genommen zu werden.

»Damit würde ein Traum für mich wahr«, sagte Max. »Weißt du, ich hab das Gefühl, ich hab mich in den letzten vierzehn Tagen echt beknackt benommen, aber zumindest hab ich was gelernt.«

»Nur darum geht's ja im Leben«, sagte ich.

»Genau gesagt, ich hab 'ne ganze Menge gelernt, wirklich. Weißt du noch, wie ich sagte, ich möchte dich umbringen und mit Mum schlafen?«

Allerdings, nur allzu deutlich.

»Na, ich glaube, da bin ich rausgewachsen.«

»Schön für dich, Max.«

»Und das versuchte Menschenopfer: sorry.«

»Du bist ein guter Junge, mein Sohn. Der Apfel fällt eben nicht weit vom Stamm.«

Es kam dann zu einer ziemlich emotionsreichen Szene zwischen uns. Wir schüttelten uns längere Zeit die Hand und schlugen uns auf den Rücken; Kathleen kam dazu, und es wurde geherzt und geküßt, und ich schäme mich nicht, zu berichten, daß auch die eine oder andere Träne vergossen wurde.

»So sollte es in der Familie aussehen«, stellte Kathleen fest.

»Ja, aber sie ist nicht vollständig, nicht wahr?« sagte ich.

Wir dachten an Sally und waren plötzlich traurig. O ja, ich hatte mich an den Hell's Angels gerächt, aber das brachte mir Sally nicht zurück. Plötzlich hörten wir ein Motorrad herankommen, und als es in Sicht war, erkannten wir, daß niemand anderes als mein eigen Fleisch und Blut im Sattel saß, meine reizende Tochter Sally. Ihre Schenkel umspannten die mächtige Bestie, und ein heiteres Lächeln lag auf ihrem Gesicht. Sie trug keinen Helm. Vor uns brachte sie das Motorrad zum Stehen und stieg ab.

»Lange nicht gesehen«, sagte Max lässig.

»Selig sind die, die nicht sehen und doch glauben«, versetzte Sally.

Immer noch dieselbe alte Sally. Manches ändert sich eben nicht. Sie schaute sich auf dem Platz um und betrachtete die Toten und vereinzelt auch Verstümmelten.

»Macht nichts«, sagte sie. »Sie sind wenigstens jetzt an einem besseren Ort.«

Hoffentlich hatte sie recht.

»Ach, übrigens«, fuhr sie fort, »ich bin schwanger.«

Ich habe immer gedacht, ich hätte meinen Kindern eine ganz ordentliche Sexualerziehung zuteilwerden lassen. Ich gebe zu, mir war immer ein bißchen unwohl, wenn es darum ging, die technischen Details zu beschreiben, aber ich habe dafür gesorgt, daß zur rechten Zeit stets einige hilfreiche, erzieherische Broschüren und alte Biologiebücher herumlagen. Auch wenn ich damit vielleicht nicht verhindern konte, daß sie ihre kostbare Sexualität verschleudern, so hatte ich doch gehofft, ihnen einzubläuen, vorsichtig zu sein und keine ungewollten Kinder zu kriegen.

»Wer ist der Vater?« wollte ich wissen. »Wenn es einer von diesen Hell's Angels ist ...«

»Natürlich nicht«, sagte sie. »Obgleich man sagen könnte, daß Engel etwas damit zu tun hatten.«

Ich verstand diese Bemerkung nicht. Ich konnte mir nicht denken, wer außer diesen Rockern in Frage kam. Sie hatte keinen Freund zu Hause; genaugenommen hatte ich nie gesehen, daß sie einen Jungen auch nur anschaute. Mir kam der vage Verdacht, daß Max der Schuldige sein könnte. Zu genau sowas war er imstande, wenn er in seiner Bolschewikenlaune war, aber eigentlich konnte ich mir nicht vorstellen, daß Sally da mitmachte.

»Du kannst es mir sagen«, meinte Kathleen.

»Das werde ich«, antwortete Sally. »Ich gedenke, es der ganzen Welt zu sagen.«

»Und?«

»Ich weiß, es fällt den Leuten heutzutage sehr schwer, an die Jungfrauengeburt zu glauben ...«

Sie brauchte nichts weiter zu sagen. Ich diskutierte nicht mit ihr. Niemand tat es. Es schien wenig Sinn zu haben. Diese Hell's Angels hatten sich für eine Menge zu verantworten; zum Glück hatte ich sie schon zur Rechenschaft gezogen. Offensichtlich hatten sie Sally den Kopf verdreht, sie um den Verstand gebracht. Wir waren sehr sanft zu ihr, sehr geduldig, und ich beschloß, ihr die beste psychiatrische Hilfe zuteilwerden zu lassen, die es gibt. Das ist das mindeste, was ein Vater tun kann.

»Wenn es ein Junge ist, werde ich ihn Eric nennen«, sagte sie.

»Sehr lieb von dir, mein Schatz.«

»Wißt ihr«, sagte Kathleen und sprach ein Gefühl aus, daß wir, glaube ich, alle teilten, »in diesem Urlaub ist nicht unbedingt alles so gelaufen, wie wir es uns gewünscht haben. Hier und da ist der eine wohl ein bißchen laut geworden, hat der andere die Geduld verloren – aber jetzt, wo wir alle wieder vereint sind, finde ich, war dies der beste Urlaub, den wir je hatten. Ich könnte ewig hierbleiben.«

Dies schien mir nicht der rechte Augenblick, allen den Tag zu verderben, indem ich ihnen erzählte, daß unser Haus abgebrannt war, und so behielt ich es für mich. Statt dessen sagte ich, es gebe absolut keinen Grund, weshalb wir nicht noch eine Woche in Tralee bleiben sollten, oder auch zwei Wochen, wenn wir Lust hätten. Die Familie fand, dies sei ein bißchen wild und verantwortungslos und entspreche gar nicht meinem Charakter, aber sie schienen mich zu bewundern und waren sogleich einverstanden. Der Rest des Tages verflog im Glanze glücklicher Urlaubsfreuden.

Jetzt ist es nach Mitternacht. Wir haben einen stillen Familienabend im Wohnwagen und ringsherum verbracht. Ich hatte gestern, als ich den jungen Stotterer niedermetzelte, bemerkt, daß er einen tragbaren Fernsehapparat besaß. Den wird er nun nicht mehr brauchen; also ging ich hinüber zu seinem Wohnwagen und holte ihn. Im großen und ganzen gesehen halte ich es für eine Schande, wie so viele Leute jeden Abend vor dem Fernseher verbringen und nie miteinander sprechen, aber heute war ein besonderer Abend. Es gab ein Doppelprogramm mit Joan-Crawford-Filmen: *Forsaking All Others* und *Strait Jacket*. Ich war im siebten Himmel.

Kathleen übertraf sich mit dem Abendessen selbst. Ich hatte Lust, *al fresco* zu speisen, und Kathleen hatte die ausgezeichnete Idee, Sindbad zu grillen. Es war ein Geniestreich. Mit etwas schwarzem Pfeffer und ein bißchen englischem Senf war er eine Geschmackssensation.

Die Familie schläft jetzt. Tralee ist still wie ein Grab, aber in der Ferne höre ich eine Zweiklang-Sirene. Ich denke, es könnte ein Brand sein oder ein Verkehrsunfall, aber ich vermute, sie kommen mich holen. In gewisser Weise hoffe ich es sogar. Je früher alles geregelt wird, desto besser. Ich werde mich nicht wehren. Ich werde ruhig mitgehen. »Keine Sorgen, meine Herren«, werde ich sagen, »ich kann alles erklären.« Tatsächlich werde ich gar nichts erklären müssen. Ich brauche ihnen nur mein Tagebuch zu zeigen.

EPILOG

Ich fürchte, ich weiß eigentlich gar nicht, welchen Tag wir heute haben. Ich bin jetzt seit einer Weile hier, und, offen gesagt, hier ist ein Tag so ziemlich wie der andere, und ich habe die Übersicht verloren. Außerdem habe ich mein Tagebuch ziemlich nachlässig geführt, aber wie gesagt, da ein Tag wie der andere ist, hätte ich ohnehin nicht viel Neues zu berichten gehabt. Aber in der letzten Zeit sind mir doch ein oder zwei Gedanken gekommen, die dazu beitragen können, der Nachwelt einen vollständigen und ehrlichen Einblick in mein Leben und meine Zeit zu vermitteln, und jetzt fühle ich mich bereit, sie niederzuschreiben. Also:

Das Beste an meinem Aufenthaltsort hier ist der Umstand, daß ich wirklich ausspannen und mich ausruhen konnte. Ich kann hier völlig abschalten. Noch nie habe ich mich so abgeschaltet gefühlt. Ich bin absolut entspannt, was großenteils daran liegen muß, daß ich so gut schlafe, so gut wie seit Jahren nicht mehr. Jede Nacht kriege ich gute zehn oder zwölf Stunden Schlaf, und immer wache ich wunderbar erfrischt auf. Und mein Schlaf wird nicht von Träumen gestört; ich habe keine Alpträume mehr, in denen Vaginas mit Zähnen vorkommen oder ich in bodenlose Abgründe falle.

Und all das liegt zweifellos daran, daß ich bei weitem nicht mehr so angespannt bin wie früher. Alles, was mich so wütend machte und reizte, all die täglichen Strapazen und Kümmernisse – das alles berührt mich einfach nicht mehr. Es perlt heutzutage von mir ab wie das Wasser von einer Ente. Komisch, wenn man's sich überlegt, nicht wahr?

Die Unterbringung ist ausgezeichnet. Das Zimmer hat alles, was man sich wünschen könnte. Es ist kompakt, aber man hat wahrscheinlich mehr Platz als in einem Wohnwagen, den man mit drei anderen Leuten teilt. Es ist sehr sauber, und die Schallisolierung ist hervorragend. Ganz gelegentlich hört man vielleicht ferne Schreie oder Gelächter, aber es ist wirklich nichts, worüber man sich beschweren könnte.

Das Klima ist vorzüglich: konstante Wärme, kein Wind, Aircondition. Frische Luft gibt es nicht viel, aber man kann nicht alles haben. Das Essen ist gut. Natürlich nicht so gut wie Kathleens Hausmannskost – wie könnte es auch? Es ist schlicht und einfach, aber reichlich, gut zubereitet, ansehnlich präsentiert und völlig frei von allem, was nicht hineingehört. Ich könnte es jedem empfehlen.

Das Personal ist ausgezeichnet. Ihre einzige Sorge scheint zu sein, mir meinen Aufenthalt angenehm zu machen. Sie platzen nicht gerade vor Intellektualität, aber in dieser Hinsicht war ich nie ein Snob. Sie stellen mir Quizfragen: zum Beispiel, welches Jahr wir haben, wie ich heiße, wer zur Zeit Premierminister ist. Ich glaube, meistens kann ich sie richtig beantworten, und das macht sie anscheinend glücklich.

Ich habe noch nicht viele der anderen Bewohner kennengelernt. Sie bleiben für sich, und mir ist das ganz recht.

Kathleen, Max und Sally fehlen mir allerdings; aber zweifellos erholen sie sich auch irgendwo. Auf diese Weise habe ich aber wenigstens Gelegenheit, einmal wirklich alles hinter mir zu lassen.

Ich will nicht behaupten, daß es jedem so gefallen würde. Viele Leute würden es hier vielleicht ein bißchen langweilig finden. Ich kann keine Spaziergänge machen, und es gibt niemanden, mit dem man etwas unternehmen könnte; man kann nicht einmal Monopoly oder Mensch-ärgere-dich-nicht spielen. Es gibt zwar eine Art Bibliothek, aber was soll ich mit einer Bibliothek, in der es nicht mal einen Bildband über Joan Crawford gibt?

Andererseits ist der Mangel an Abwechslung ein geringer Preis für das Glück, aller Sorgen und Kümmernisse ledig zu sein. Es gibt niemanden, der zu jeder Tages- und Nachtzeit Musik macht. Niemand streut seinen Abfall herum. Niemand versucht, einen zu betrügen, zu überfallen, zu vergewaltigen, zu bedrohen, zu demütigen oder einem Hörner aufzusetzen. Es ist toll. Ich kann mich nicht erinnern, je so sorgenfrei gewesen zu sein.

Und meine Gesundheit ist erstklassig. Das liegt vermutlich an den Medikamenten. Die Medikamente sind vielleicht auch die Erklärung dafür, daß ich so gut schlafe und so sorgenfrei bin. Aber der Grund kümmert mich gar nicht, solange ich keine Sorgen habe.

Es gibt keine Arbeit, die mich bekümmern könnte, keine Verantwortung, kein Auto, kein Haus, keine Familie, keine Versicherung, keine Rechnungen. Es ist ein einziger langer Urlaub. Und das Beste daran ist: Es kostet mich keinen Penny!

Ich habe darum gebeten, mir ein paar Postkarten zu besorgen, damit ich ein paar Freunden schreiben kann. Man hat mir meinen Wunsch erfüllt. Ich habe die Karten und einen Buntstift bekommen und kann nach Herzenslust Postkarten schreiben. Ich erinnere mich, daß wir die ganze Zeit im Tralee Carapark and Holiday Centre nie irgendwelche Postkarten verschickt haben, und da ich jetzt soviel Muße habe, will ich die Gelegenheit nutzen.

Auf den Postkarten sind keine Bilder. Sie sind einfach weiß, und das kommt mir irgendwie sehr angemessen vor. Ich weiß nie, was ich auf eine Postkarte schreiben soll, und so begnüge ich mich mit dem üblichen »Ich wünschte, Ihr wäret auch hier.«